中国专业作家作品典藏文库

中国专业作家作品典藏文库
石钟山卷

天下兄弟

石钟山 著

中国文史出版社

图书在版编目(CIP)数据

天下兄弟 / 石钟山著. -- 北京 : 中国文史出版社, 2023.3

(中国专业作家作品典藏文库 ; 1. 石钟山卷)

ISBN 978-7-5205-3448-2

Ⅰ. ①天… Ⅱ. ①石… Ⅲ. ①长篇小说-中国-当代 Ⅳ. ①I247.5

中国版本图书馆 CIP 数据核字(2021)第 262295 号

责任编辑：蔡晓欧

出版发行：中国文史出版社
社　　址：北京市海淀区西八里庄路 69 号院　邮编：100142
电　　话：010-81136606　81136602　81136603（发行部）
传　　真：010-81136655
印　　装：北京新华印刷有限公司
经　　销：全国新华书店
开　　本：720×1020　1/16
印　　张：18　　　　字数：244 千字
版　　次：2023 年 3 月第 1 版
印　　次：2023 年 3 月第 1 次印刷
定　　价：63.00 元

目　录

危险的孕妇

王桂香的肚子已经有脸盆那么大了，从怀孕到现在，掐指算算，再有十天半月的就要生产了。王桂香对于生孩子已经不陌生了，八年前，那一年她二十二岁，生了老大刘树，现在上小学一年级。四年前她又生了个闺女，闺女叫刘草，此时应该在自家的院子里玩儿。

农村女人皮实，不把生养个孩子当回事，直到肚子疼了，才往炕上一躺，急三火四地把接生婆接到家里来。这面烧上一锅热水，呼天喊地的就等着接生了。农村女人大都在家里生孩子，去医院一是没条件，二也花不起钱。因此，农村的接生婆遍地都是，有几次生养经验的，胆子大些、心细一些的，都可以干这个营生。不计报酬，等接生的孩子满月了，孩子的爹用毛巾包裹着十几个鸡蛋送来，也算是酬谢了。农村女人生养一点也不隆重，怀就怀了，生就是了。

王桂香虽说离预产期只剩下十天半月的了，但她并没把生孩子当回事，一大早就出工锄地来了。这是生产队的地，集体劳动，挣工分。男劳动力，包括王桂香的丈夫刘二嘎被大队集中起来大炼钢铁去了。钢已经炼了一年多了，炼钢炉建了好几座，没黑没白地炼，现在每家每户只有做饭的锅没被炼钢，剩下的能炼的都拿去炼钢了。炼出一坨一坨的铁疙瘩被隆重地送到公社，又送到县里，支援国家建设去了。

炼来炼去的，钢没见到多少，肚子倒是吃不饱了，生产的粮食都送给国家还外债了，家家户户能有一缸粮食的，已经算是富户了。

王桂香一家早就揭不开锅了，自从怀孕后她就能吃得很，以前喝一碗粥能顶上个半天，现在一碗粥喝下还不到一个时辰，她的肚子就咕咕响个不停了。她就喃喃地冲肚子里的孩子说：你这个讨债鬼，是和妈争食呢。

八岁的刘树正是长身体的时候，他的胃就像个无底洞，怎么也填不满。家里早就清汤寡水了，好在是夏天，地里山上生着一些野菜，挖一些，捡一些，熬成半锅绿菜汤，一家老小靠的就是这些。有时，刘二嘎在傍晚时分，偷偷地跑回来一趟，怀里揣着半个玉米饼子，掰成三块分给老婆、孩子。王桂香看着刘树和刘草狼吞虎咽的样子，眼圈就红了。悄悄地把自己那一小块饼子塞进刘树的嘴里。丈夫刘二嘎就说：桂香，你就吃一口吧，别忘了你肚子里也有一张嘴呢。王桂香就叹口气，摇摇头，理是这么个理，可是让她吃那块饼子她做不到，也不忍心。刘二嘎回来就是为了送半块玉米饼子，然后又匆匆地走了。炼钢炉前离不开人，要是没人，炉子就塌架了，那可是政治事故，没人能担得起责任。

王桂香望着丈夫匆匆离去的背影，她的心疼了一下，又疼了一下。那半块饼子是丈夫刘二嘎的口粮，口粮给了孩子，他就只能喝野菜汤了。她心疼丈夫，也心疼孩子。她经常发愁，现在家里是四张嘴，如果再生一个，就又多了一张嘴，以后的日子可怎么过呀！即将生产的王桂香愁苦得要死要活，早知道添个孩子这么难，当初还不如不怀这个孩子了。王桂香已经发肿了，腿上一按一个坑，按下去，那个坑半天平展不起来。她知道这是饿的。她要在生产前多挣些工分，年底的时候，生产队是按照工分的多少分发口粮。她参加集体劳动还有一个原因，那就是在地里可以找到一些野菜，收工后回到家里可以整一锅菜汤喝。她不下地劳动时也闲不住，她要满世界去挖野菜，没有野菜，一家老小吃啥？

这天的下午时分，因饥饿和笨重的身子拖累，王桂香的身体已经疲惫不堪了，她头晕眼花，有几次差点摔倒在田地里。有好心人就劝她回去歇一歇，都说不差这半天的工分。王桂香不是不想回去，她是担心野菜挖得还不够，所有的人都是一边锄着地，看到野菜就挖上一些。她想再坚持一会儿。就这一会儿，她的肚子就发生了变故，先是紧一阵慢一阵地疼，裆里也有了感觉。她生养过两个孩子，凭经验她知道这是要生了，可离自己掐算的日子还有十天半月的，咋就要生了呢？她扔了手里的锄头，把地上的野菜抓起来，放到筐里，她要回家去，然后打发刘草去大队炼钢炉前喊丈夫，准备生产了。

她忍着阵痛，从田地里走到公路上，顺着公路走，还有二里地就能走回村子了，不争气的肚子就在这时爆发了。疼痛让王桂香无力走路了，刚开始她蹲在地上，后来她坐着，实在坚持不住了，就躺在那儿了。她离开田地时，有好心的姐妹要送她回家，被她拒绝了。凭她的经验，从肚子疼到生孩子时间还早着呢，最快也得两个时辰，要是慢一些，一宿也不一定生出来。没想到这次和前两次不一样，不给人个喘气的工夫，说来就来了。虚弱和疼痛让王桂香大汗淋漓，她冲着天喃喃地说：老天爷啊，你就让我把孩子生在这公路上吗？她的声音很微弱，她想喊救命，可没有一点气力。

王桂香的命运就是这时候开始发生变化的。一辆挂着部队牌照的绿色吉普车，卷着烟尘急速驶来。车里坐着野战军一二八团的团长田辽沈，还有他的妻子——师医院的护士杨佩佩。田辽沈的老家离这还有一百多公里，他是带着妻子回家奔丧的，生养他的母亲去世了，他回老家处理母亲的丧事，办完事回来正路过这里。结果他们就发现了躺在路上就要生产的王桂香。司机离挺远就发现了半躺在公路上的王桂香，他减慢了车速，并向后座上的田辽沈报告：团长，路上躺着个人。

田辽沈和杨佩佩都从后座上探出身子向前张望。车近了，杨佩佩一眼就看出躺在地上的王桂香是即将临盆的女人，职业的敏感让她喊了一声：停车——

车就停了，先是杨佩佩下了车，田团长和司机也下了车，他们一起向王桂香走去。

王桂香这时的意识已经开始模糊了，她半睁着迷离的眼睛，看见有几个人向她走过来，半晌，她才看清那是几张解放军的脸，有男有女，她伸了伸手，微弱地说：解放军，救救我……接下来，她就晕过去了。

杨佩佩只简单地给王桂香做了一下检查，她就知道这个孕妇很危险，不仅仅因为她躺在路上，更重要的是她的身体很虚弱，弄不好大人孩子都有生命危险。她抬起头，看了丈夫一眼道：太危险了，要是不抢救，这女人怕是要死了，孩子也保不住。

田团长考虑都没考虑，一挥手道：还愣着干啥？把她抬上车，送师医院去。

三个人齐心协力地把王桂香抬到车上，杨佩佩坐在后排，王桂香半躺在后排座上，她的头靠在杨佩佩的怀里。田团长冲四下里喊：有人吗？

没有人回答，四周静悄悄的。

杨佩佩说：别喊了，再等人就没救了。

田团长上了车，一摔车门，冲司机道：快，要快。

吉普车带着一团烟尘向前冲去，从这里到师医院还有七十公里。太阳就要落山了，西边的云彩被太阳晕染得红彤彤的。

一对双胞胎

田团长和杨佩佩十万火急地把孕妇王桂香送到了师医院。杨佩佩就是医院外科的护士长，师医院的建制不同于地方医院，一切都为战争考虑，重外科，轻内科。师医院自然没有妇产科，一般军家属生孩子都是由外科医生、护士接生，条件和经验并不比地方医院差。

王桂香被七手八脚抬进病房时，羊水已经破了，孩子也已经露了头，王桂香一声又一声低唤着。杨佩佩一边组织接生，一边忙着为王桂香输液，她知道凭王桂香现在的体力，想把孩子顺利地生下来，有一定的危险，也有一定的难度。王桂香的身体已经被汗水湿透了，杨佩佩又让人冲了一碗红糖水，她亲自一勺一勺地喂给王桂香。王桂香已经喝不下去了，生产的疼痛折磨得她要死要活。杨佩佩就说：大妹子，你挺一挺，喝点糖水你就有劲儿了。

王桂香就咬着牙喝，那样子跟喝毒药差不多。

终于孩子生出来了，是个男孩儿，正当医生、护士准备处理后续内容时，发现还有一个胎儿在王桂香的体内跃跃欲试。喝了红糖水，又输了液的王桂香，体力得到了恢复，她从昏迷中又一次苏醒了过来，刚才她已经隐隐地听到孩子的哭泣声了，以为生产该结束了，却见医生、护士仍忙个不停，她似呻似唤地说：怎么还没完哪？

杨佩佩一边为她擦汗，一边道：别急，就完了。

十几分钟后，第二个孩子终于出生了。连续两次的分娩让王桂香耗尽了最后的体力，她又昏沉沉地睡去了。

第二天一早，她醒过来的时候，第一件事就是寻找身边的孩子，床上除了她，空空荡荡的，不见孩子的身影。这时，两个护士相继抱着孩子走了进来。

一个护士说：你可醒了，这个是老大，四斤二两。

另一个护士道：这是老二，四斤一两，都是男孩儿。

王桂香觉得自己是在做梦，从她倒在路边，到上车，一路上的疼痛、颠簸，最后来到医院，断断续续的意识告诉她，此刻她躺在部队的医院里。她的精神放松下来，可眼前面对两个护士抱着的两个孩子，她又糊涂了。她盯着护士，看看这个，望望那个，又看了眼两个孩子，喃喃道：怎么是两个？

其中一个护士笑吟吟道：恭喜你了大姐，是双胞胎。

王桂香确信自己真的是生了双胞胎，她此时一点惊喜也没有，只怔怔地望着眼前的两个孩子，他们已经睡着了，小脸红扑扑的。护士说：昨天晚上，是我们护士长亲自买的奶粉，这两个小家伙可能吃了，一人吃了一瓶。

王桂香此时的意识已经不在孩子身上了，她的思绪回到了离这七十公里的王家屯——那两个饥肠辘辘的孩子，还有自己的丈夫刘二嘎。他们发现自己没了，会怎样寻找和等待啊。一家人现在这个样子，生活已经很艰难了，一下子又多了两个孩子，她下意识地伸出手摸了摸空空的乳房，它们似乎已经被前两个孩子吃干了，此时那里面什么也没有。直到这时，她才意识到，自从怀孕到现在，她没吃过啥油水，怀孩子时身体还有些重量，此时却如同一张纸那么轻，一阵风就能把自己给吹起来。一滴奶水也没有，却要喂养两个嗷嗷待哺的孩子，想到这儿，泪水就汹涌地流了出来。

正在这时，杨佩佩走了进来，她穿着军装，外面又穿着白大褂，显得文雅又素净。她见王桂香流泪的样子，就说：大妹子，你怎么了？

王桂香哭泣得更厉害了，她双手掩了面哽咽道：大姐，你还不如不救我了，我要是死了，日子也许能好过一些。

杨佩佩没想到王桂香竟然这么说，原以为自己的行为会换来王桂香的千恩万谢，母子平安，且又是对双胞胎。如果不是她及时把王桂香送到师医院，凭农村和孕妇的自身条件，他们母子的结果还真不好说。

杨佩佩怔怔地望着王桂香，一时竟不知说什么好。

王桂香把手从脸上拿下来，仍哽着声音道：大姐，我知道是你救了我，别说两个孩子，就是一个我都不知道能不能养活。

杨佩佩明白了，王桂香这是遇到了难处，现在全国的形势杨佩佩是了解的，别说农村，就是他们部队每天的伙食也已经开始定量了。

王桂香把家里的情况又向杨佩佩说了，杨佩佩就低着头望着那两个正在熟睡的婴儿，一时也没了主张。王桂香的哭诉，让她的眼圈也红了，都是女人，她看不得女人哭。

做了一件好事，却遇到了这样的难题，杨佩佩一时也不知如何是好。她回到护士长办公室，坐在那里发呆，一副愁眉不展的样子。

护士小王推门进来，满面笑容地推推杨佩佩的肩，笑吟吟道：护士长，是好事啊！

杨佩佩抬起脸，不解地望着小王护士道：产妇都愁成那个样子了，你还笑？

小王又道：护士长，你不是一直想要个孩子吗？她养不起，干脆你抱养过来得了，反正你又是她的救命恩人。

杨佩佩一下子又怔住了，她和田团长结婚十几年了，一直没个孩子，当然责任不在她。田辽沈在淮海战役中，下身受了一次伤。她就是那时认识田辽沈的，那会儿她刚参军不久，在野战医院里当护士，当时的田辽沈已经是连长了。海南岛解放后，他们就结婚了，却一直没有个孩子。直到几年前，他们双双去医院检查身体，才知道问题出在田辽沈身上，是那次淮海战役受伤留下的后遗症。得知这样的结果，他们想生养孩子的梦想才算破灭。一年年过去了，随着年龄的增长，看到战友们的孩子中大一些的上学的上学，参军的参军，就是那些比他们年轻的人，孩子也都是满院子跑了，他们看在眼里急在心上。身为女人，天生的母性让她更是留意孩子，看着那些孩子就发起呆来。田辽沈自然知道她的心思，在夜深人静的时候，就拥着她说：要不，你跟我离婚算了，再嫁个人，就能有自己的孩子了。

她就用拳头去打他，手上挥舞着，眼里就流出泪了。最后，田辽沈就叹息一声道：要不咱们就去抱养一个吧？

两人都有这个心思，一个是团长，一个是护士长，都是有身份的人，又不能敲锣打鼓满世界张罗抱养孩子的事，只能暗中打探，托战友帮忙，看有没有这种可能。一晃几年就过去了，却一直也没有这样的机会。

小王的话击中了杨佩佩心中最软的地方，她怔怔地望着小王道：这事人家能愿意吗？

小王道：你没问人家，你怎么知道？

杨佩佩为难地说：这事怎么好张嘴啊？

王护士道：护士长只要你同意，这件事我来说。

王护士不等杨佩佩点头，就风风火火地走了出去。

病房里的王桂香一连吃了两碗面条，还有三个荷包蛋，她已经许久没有吃过这么好的饭菜了，力气似乎正一点点地又回到了身上。她望着静静熟睡的两个孩子，又开始愁苦起来。她知道，自己很快就要离开这里了，回到家后的日子该怎么过呢？正在这时，小王护士轻手轻脚地走了进来，坐在王桂香的床旁，拉过她的一只手。

小王道：这里好不好啊？

王桂香道：这是解放军的医院，还用说吗？我一辈子都不会忘记的。

小王又说：我们的护士长好不好？就是送你来医院的杨大姐。

王桂香眼圈红了：她是我们家的恩人，这辈子我忘了谁，也不敢忘了杨大姐。小王又看一眼小床上仍在睡着的婴儿道：要是杨大姐收养你一个孩子，你愿意吗？王桂香张大了嘴巴，吃惊道：你说啥？杨大姐她能收养我的孩子？

小王点点头。

王桂香的泪又下来了，她语无伦次道：恩人呢？老天爷你算是开眼了，孩子跟我回去可受罪了，能不能养我还不知道呢。说着她就要下床，似乎要跪在地上冲老天磕头，被小王劝住了。

手心手背都是肉

两个孩子，真的要送走一个给人时，王桂香犯难了。孩子就躺在她的眼前，他们在睡梦中无法决定自己的命运。王桂香看一眼老大，老大稍微胖一些，又看一眼老二，老二要瘦一些，似乎也黑一些，是给老大还是老二，母亲犹豫不定。她不怀疑杨护士长是个好人，不会亏待她的孩子，这里的条件和她家相比要好上千倍万倍，她没有理由不相信孩子留在这里会享福。理是这么个理，可真让她放弃一个孩子，她又舍不得。舍不得又有什么办法呢，她连一滴奶水都没有，家里又有什么呢？野菜能救活大人，但能救活孩子吗？就是她抱回去一个孩子，她也不敢保证，这个孩子一定能够活下来。她的目光又停在孩子的身上，她是母亲，十月怀胎，孩子在她的身体里一点点长大。孩子没出生时就是娘肚子里的一块肉，那时还谈不上感情和依恋什么的，只有胎动的时候，她才感受到孩子是有生命的。孩子出生了，活脱脱的两个生命摆在她的眼前，母亲的心不能不为之牵动。究竟送哪个、留哪个，王桂香愁死了。

虽然她明白，留下的就意味着生，是去享福了，以后就可以名正言顺地生活在城市里，成为一个体面的城市人；而她抱走的孩子，也许没等养大就会病死饿死。农村的孩子命贱，村里每年都要夭折几个孩子，用破席裹了扔到荒郊野外。农村有个不成文的规矩，没有长大成人的孩子，死后是不能入祖宗的坟地的，扔在野外被狼啊狗的疯扯了，也算是一种安葬，意味着早日托生到另外的人家。王桂香此时已隐隐地看到了自己孩子的将来。

最后她抱起老大，想想又放下了；抱起老二，停了一会儿也放下了。老大比老二要重上些，大些的孩子，硬实，意味着好养活。终于她的手伸向了老大，她把老大抱起来，目光仍停在老二身上，孩子睡着，小嘴一动一动的，似乎在寻找吃的，她在心里哭泣着说：老二啊，你看妈一眼吧，你就要成为别人家的孩子了，这辈子怕是再也见不上你亲妈一面了。

孩子仍睡着，样子安静无忧。她的眼泪就流下来了，王桂香冲身旁的小王说：我现在没钱，等我有了钱一定把钱给你们送来。

小王说：大姐，你就别担心了，杨大姐把住院费给你交了。今天，她会亲自送你回去。

走到门口，王桂香又停下来，抹一把眼泪，最后看了眼躺在小床上的老二，然后头也不回地向外走去。也许是关门的声音把屋里的老二惊醒了，老二大哭起来。哭声让王桂香迈不动步了，她停下来，倾听着老二的哭声，心里说：这是老二找妈呢。

小王说：孩子可能是饿了，快走吧，杨大姐和车都在外面等着呢。

此时的王桂香只能硬下心肠往前走了，她的眼泪一直在流，最后她是怎么上车的，杨护士长说了什么，小王又说了什么，她一句也没有听清楚，耳畔就是铺天盖地的老二的哭声。

直到车开走了，她才一点点冷静下来，车还是昨天接她的那辆车，杨大姐一直坐在她的身旁，所不同的是，田团长没有坐在前面，只有那个小兵在轻车熟路地开着车。

王桂香明白，以后这里就和她没有关系了，只有她的孩子留在这里，会成为她日思夜盼的念想。她有些感伤，也有些无奈。

这时，杨护士长抓住了她的一只手，她的手冰冷，杨护士长的手是滚热的。半晌，杨护士长握着她的手用了些力气，她感到了这份力量，杨护士长说：大妹子，你放心，从今往后你的孩子就是我的孩子，有我一口干的，就不会给他喝稀的。

她点了点头道：我信。

杨护士长又说：我和老田没孩子，以后我就把这孩子当成亲生的。停了停又补充道：比自己亲生的还亲。

她的眼泪又一次流了出来，杨护士长的手握着她又用了些力气，小声地说：大妹子，我知道你舍不得，这孩子我先养着，啥时候你想要了，我再给你送回去。

她停止了流泪，认真地把杨护士长看了又看，从昨天到现在，她还没有时间仔细看一眼杨护士长。眼前的杨护士长在她眼里是那么文静慈爱，还有一些贵人相。她一边注视着杨护士长一边说：大姐，送出去的东西哪有要回来的道理，我不后悔，老二就是你的了。孩子送给你，我放心。他以后就算享福了，不像我们农村人，吃苦受累一辈子。

说到这儿，王桂香的眼泪又一次流了出来。这一次，为了老二有了幸福的归宿，她有了一缕温暖的感动。

杨护士长也被王桂香的话感动了，她也真诚地说：大妹子，咱以后就是一家人了，往后有什么困难，到部队来找我们。我们家那口子叫田辽沈，辽沈战役那年参加的工作，部队首长就给他起了这个名字，好记。我叫杨佩佩，就在医院工作，一打听都知道。

这回王桂香握杨护士长的手就用了些力气，她说：大姐，啥也别说了，孩子送给你们，我放心。

车驶进村子时，引来了众人的围观，那个年代的车并不多，尤其是部队首长坐的小车，村民们的目光里满是羡慕和惊奇。

昨天，车在路上停留了一下，只有放羊的老于头在山坡上看到了王桂香被部队首长救走的那一幕，王桂香被部队小车拉走的消息，丈夫刘二嘎是晚上回家里听说了。部队把老婆接走了，他一百个放心。他知道，老婆生完孩子就会回来的，他今天专门请了假，在家里等着老婆孩子平安回来。果然，吉普车一直开到他家门前，他扎着手迎出来，和那些没开过眼的村民一样，他的注意力首先被车吸引了，直到王桂香走下车，站在他的面前，他才反应过来，看一眼王桂香怀里的孩子，又看一眼王桂香，木讷地道：挺好吧？

王桂香没说什么，她在看从车上下来的杨佩佩，杨佩佩从车里拿出一些东西，有几袋奶粉，还有奶瓶什么的。

王桂香就说：杨大姐，这东西我不能要，你拿回去吧，回去还能用得着。

她的潜台词是说让杨佩佩把东西拿回去给老二用。杨佩佩说：大妹子，这东西你用得着，你一点奶水都没有，孩子吃啥？

一句话又让王桂香流下了眼泪，她相信自己是遇到了好心人。

杨佩佩把东西递给刘二嘎，又冲他笑了笑道：以后要照顾好孩子。

刘二嘎对这位亲切的女解放军一时不知说什么好，诺诺地点着头道：你是俺家媳妇的救命恩人，快屋里坐。

杨佩佩望着王桂香道：大妹子，快进屋吧。我就回去了，医院里还有事。

王桂香知道杨佩佩是惦记医院里的老二，她又何尝不惦念呢。她听杨佩佩这么说，就点了点头。杨佩佩就上了车，从车窗里又探出头道：大妹子，有时间就去我那儿。

车就走了。

王桂香一直目送着吉普车远去，仿佛她的老二就在车里，被一点点地拉远了。她的眼泪就那么一直流下来。

这时怀里的孩子醒了，不知是饿了，还是尿了，哇哇地哭叫起来。她抹一把脸上的泪，头也不回地向屋里走去。

丈夫刘二嘎乐颠颠地跟在后面。

艰　难

王桂香并没有马上说出自己生了个双胞胎的秘密。起初，她被一种弃子的情绪笼罩着，她不愿意再提起老二，她以为不提起就会忘记。

她回到家以后，乳房里仍没有一滴奶水，生前两个孩子时，那奶水很足，都能喷出来，这次却不同以往，连一点胀的感觉都没有。丈夫刘二嘎狠下心来把家里唯一能下蛋的母鸡杀了，王桂香鸡汤也喝了，鸡肉也吃了，乳房却仍是空空的。

刘二嘎就真的愁苦了，他骑在自家的门槛上，一脚门里一脚门外，看着躺在炕上的老婆和儿子，他只能长吁短叹。眼见着，杨佩佩送的那几袋奶粉就要吃光了，最后他们也只能省着冲奶粉了，奶粉调稀的结果是，没过一会儿孩子撒上两泡尿就又哭上了。不论王桂香抱在怀里，还是刘二嘎抱在怀里，都无济于事，只是一味哇哇地哭。几天下来，孩子的脸色就不那么红润了，有些苍白，还有些发黄，这是营养不良的表现。

一天傍晚，刘二嘎到村外那个河沟里去摸鱼。以前偶尔的还能在沟里摸出一两重的鲫鱼、泥鳅什么的，这一次，刘二嘎从头摸到尾连鱼的影子也没有摸到。当他扫兴而归回到家里时，孩子又在那里哭闹不止。后来，孩子似乎已经没有力气哭闹了，只是做出一副哭的样子。王桂香看着孩子一张日渐消瘦的小脸，悄悄地抹着眼泪。

八岁的刘树似乎已经懂事了，他一会儿看一眼母亲，又望一眼弟弟，样子很焦灼，他端了碗野菜汤递到母亲面前：妈，给弟弟喝汤吧。

王桂香试着用小勺喂了孩子两口，菜汤的味道远比不了奶粉，很快就被吐了出来。四岁的刘草，伸出一只小手去逗弟弟，弟弟一下子就嘬住了她的手指，有滋有味地吸吮了两口，安静了一会儿后就又哭了起来。

王桂香也失去了耐心，把孩子放下，用劲儿去揉一对乳房，然后就叹口气说：你咋就这么不争气呀，真是越渴越吃盐。

一家人，都为刚出生的孩子发愁。

半晌，王桂香抬起脸，冲刘二嘎说：他爹，去借几碗白面吧，给孩子做面糊糊吃。

刘二嘎袖着手，硬着头皮走了出去，他知道现在去借白面，不是人家不借，是谁家还能有呢？

刘二嘎出去借白面了，王桂香脑子里又一次想到了老二：此时老二在吃什么呢？是睡了还是在喝奶？她再看着眼前的老大，真的觉得对不住他，要是把他送人，他就不会饿成这样。都是自己身上掉下来的肉，送走哪个她都舍不得。她为老二庆幸，庆幸把老二送给了一个好人家。一个是团长，一个是护士长，在她眼里那就是高干，把孩子送给高干人家，以后的日子一定错不了。她现在有些后悔，当时忘了问杨护士长要不要两个孩子，要是他们能把这两个孩子都收养了，也就不会让她现在这么为难了。

刘二嘎借了东家借西家，终于凑够了一碗白面，做了面糊糊给孩子喂了下去。

王桂香和刘二嘎躺在炕上，中间隔着孩子，半晌，王桂香说：早知道这样，还不如在城里把孩子送人了。

刘二嘎叹口气：这年头，大人都顾不过来，还有谁要孩子呀？

王桂香说这话的口气是试探丈夫，毕竟送老二时，她没有征求丈夫的意见，现在见丈夫这么说，她的心安稳了一些。

半晌，她又幽幽地说：咱家现在的条件，能养活这孩子吗？

刘二嘎翻了个身，瓮声瓮气地道：生都生出来了，走一步看一步吧。

孩子满月的时候，刘二嘎给孩子上了户口，大名叫刘栋。意思是有用的木材，老大叫刘树，老二叫刘草，这老三就能只能叫刘栋了。满月的刘栋一点也不像能成材的样子，面黄肌瘦，哭声都有气无力的，像只病猫。

一村子的白面都被他们一家借光了，只能借玉米面了，玉米面煮出的糊糊刚开始刘栋不喝，后来饿急了也就喝了，他不喝又有什么办法呢。一天天这么挨着，终于满百天了。在这一百天的时间里，一家人为了孩子真的是愁死了，大人的肚子都顾不过来，还要惦记三个孩子，尤其是刘栋，在王桂香的心里，能把刘栋养到百天已经是个奇迹了。有时晚上躺在炕上，她真担心一觉醒来刘栋会饿死。

她生了三次孩子，只有这次她才体会到养个孩子的艰难。

刘栋满百天后，王桂香终于下决心，准备去城里一趟，名义上她是去部队医院感谢杨护士长，实际上她是想看看老二。还有个目的就是想问问杨护士长，她还要不要孩子了，如果要就把刘栋也送来。她对养大刘栋已经失去了信心。满百天的孩子，还像刚生出来的那么小，又黄又瘦，一不小心，她真担心孩子会死在她的怀里。

刘二嘎也是个通情达理的男人，他支持王桂香去一趟城里，好好谢谢人家。可拿什么谢呢，他看着空荡荡的家，除了几个会喘气的人，家里还有什么呢？

王桂香只能空着手去城里了，七十公里的路，对于开汽车来说一会儿就到了，王桂香只能步行，不时地搭一段顺路的马车或牛车，走走停停，从早晨一直走到晚上，一边打听一边问，终于找到了部队医院。

值班的护士正是那个小王，小王看见她的样子很吃惊，一时不知说什么。王桂香就说：俺没事，就是来看看杨护士长，她是俺的救命恩人，俺来看看。

小王似乎放下心来，一边招呼她休息，一边去值班室打电话。

不一会儿，听见外面有车响，她看见杨护士长抱着孩子从车上下来了，后面还跟着田团长，那一刻她的心都提起来了，一百多天了，自己的老二是胖了，还是瘦了？终于，她看见了自己的老二，他正睡着，脸红扑扑的，还握着小拳头，样子又白又胖。老二的身子都能装下老大了，看到这儿，她哭了。

田团长和杨护士长很热情，不由分说要把她接到家里去，她怕麻烦人家，孩子看到了，比她想象中的还要好上几倍，就说：不麻烦了，我就在这儿的椅子上坐一宿，明天一早就回去了。

田团长和杨护士长还是把她拉走了，坐上车，一会儿就到了田团长家里。杨护士长的样子似乎变了，变得像一个母亲了，一边招呼她吃饭，一边用奶瓶喂孩子，样子更加的慈爱和幸福。她注意到，杨护士长也送给她一个这样的奶瓶，可自从杨护士长送的那几袋奶粉吃完后，那个奶瓶就再也没有用过。看到老二，又想起老大，她又一次流泪了。

后来，杨护士长问了一句：老大还好吧？

她听了这话，终于鼓起勇气道：杨大姐，我和你说一件事，不知行不行？

杨护士长和田团长听了她的话，一下子紧张了起来，杨护士长下意识地把怀里的孩子抱紧了。她看出了杨护士长的心思，笑笑说：大姐，我不是那个意思，我想问你还要不要孩子？

田团长和杨护士长不解地望着她。

她又说：老大我怕是养不活了，我没有奶水，又买不起奶粉，我想把老大也送给你。

田团长和杨护士长面面相觑了半晌，后来还是田团长说话了，田团长说：小王同志，我们有一个孩子就够了，你家有困难，我们可以帮助你们。你能把孩子送给我们，这就是天大的恩情，现在全国都紧张，但我们还是要帮你渡过难关。

王桂香听了田团长的话，泪水又哗哗啦啦地流了下来。

帮　助

田团长和杨护士长留王桂香在家里住了一个晚上，这一晚上她一分钟也没有睡踏实，隔壁田团长夫妻的床上就睡着她的老二，孩子发出的每一丝声响都牵扯着她的心，她一直在心里说：那是我的孩子。

在这期间，杨护士长起来喂了一次孩子，又给孩子把了一泡尿。孩子半睡半醒的，发出“咿咿呀呀”的声音，做完这一切，孩子就踏实地睡去了。

王桂香离自己的老二近在咫尺，她现在又惦记起家里的老大了。老大留给丈夫照顾，他喝的是面糊糊，这会儿是不是又饿了，在那儿无助地哭泣？此时的王桂香心乱如麻。

第二天一早，王桂香就要走了，田团长和杨护士长提出让她再待几天，她明白人家这是客气，田团长有工作，杨护士长也是又要带孩子，又要上班，哪有时间陪她呀？况且，她在这里又怎么放心家里的老大，此时她恨不能把自己分成两半。

这次，田团长又派出自己的小车送王桂香，她对这辆吉普车已经不陌生了，她熟练地上了车，田团长又在她身边放了一袋子东西，她想拒绝，田团长就摆摆手说：小王同志，你就别客气了，你家的困难就是我们的困难，这点东西不算啥。

杨护士长没来送她，她还要照顾孩子，临出门时，王桂香从杨护士长怀里抱过老二，老二还睁开眼睛，冲她笑了笑。在那一刻，她的心都碎了，眼泪又一次涌了出来。她怕自己哭出声音，忙把孩子放在杨护士长怀里，逃下了楼。杨护士长在她身后说：妹子，我就不下楼了，孩子怕风。

她应了一声，头都没敢回一下。

车启动了，田团长挥舞着手也远去了，她的心才平静下来，小心地打开田团长一家送的东西，里边有一套孩子的衣服，几袋奶粉，还有几瓶炼乳。王桂香知道，这些东西可以救老大的命。

这次进城，她看到了老二，只有百天的时间，两个孩子的差别就这么大。一个白白胖胖，另一个面黄肌瘦，一副活不成的样子。她又一次庆幸老二生长在一个好人家，她暗下决心，以后再也不打扰田团长一家了，孩子送出去就送出去了，送给这样的人家，她放心。就是这一生一世再也不和老二见面了，她也认了。想到这儿，她回了一次头，似乎是在和老二做最后的诀别。

开车的小战士似乎也留意到了王桂香对孩子的不舍之情，一边开车一边说：大姐，孩子送给我们团长，你就放心吧。他和杨护士长准比对自己亲生的儿子还亲。

这几次交往中，她还是第一次听小战士说话，她心里一阵感动，抹了一把泪，低声道：我放心，田团长他们一家都是好人。

又是半晌，小战士说：田团长就要提升了，他马上就要当副师长了。

那他还在这个城市工作吗？她一时有些紧张。

师部在另外一个城市里，离这里还有一百公里。小战士这么答。

那杨护士长呢？她急急地问，似乎都听到了自己的心脏在剧烈地跳动。

杨护士长以后也得调动工作，那里也有部队医院。小战士答完就不说话了。

她也不说话了，她明白田团长调动工作，意味着自己的老二也会离开这里，且离她越来越远；虽然她下决心不再打扰田团长一家了，但她得到这个消息后，心里还是沉了沉。

在王桂香最需要帮助的时候，田团长一家又一次帮了他们，把刚满百天的刘栋从死亡线上拉了回来，几袋奶粉、几瓶炼乳，对他们来说真是雪中送炭。

刘二嘎这个善良的男人，看见王桂香从城里带回来的东西，眼泪都流下来了，他冲着吉普车远去的方向，又是作揖又是磕头的，嘴里一遍遍地说：好人哪解放军，你是我们一家的大恩人哪，我刘二嘎这辈子报答不了你们，下辈子就是当牛做马也要报答你们。

王桂香一直想找个合适的机会把另一个孩子送人的事告诉刘二嘎，但她一直没有找到机会，也不知如何开口。

这天晚上，孩子们都睡着了，刘二嘎也打起了呼噜，王桂香翻来覆去的一直没有睡着，她不想再瞒下去了，这个秘密憋得她难受。她捅醒了刘二嘎，刘二嘎迷迷糊糊地说：咋了，孩子尿了？

孩子他爸，你说田团长一家好不好？

刘二嘎不解其意，嗡着声音说：那还用说，你生孩子把你送到医院，人家一分钱没要，还给咱们送这些东西。要是没有这些东西，咱家刘栋就活不到今天。

王桂香又往深处说道：要是把咱家刘栋送给他家，准保享福。

刘二嘎"嘁"了声道：人家能要咱们孩子吗？人家是啥人，咱是啥人，你别顺嘴胡扯了。

王桂香转过身，趴在炕上又道：要是咱们孩子真送给他家呢？

刘二嘎似乎仍没反应过来，顺嘴答道：那敢情好，咱们也省心了，孩子也享福了。

话说到这儿，刘二嘎似乎意识到了什么，他问道：他们想要咱家刘栋？

王桂香见时机成熟，才道：孩子他爸，这次我生孩子，生的不是一个，是两个。

刘二嘎吃惊地张大了嘴巴，半晌才问道：是双胞胎？

王桂香点点头。

刘二嘎反应了片刻说：这么说，你把那个孩子送给人家了？

王桂香没有说话，算是默认了。

这回轮到刘二嘎沉默了。

王桂香说：咱一个孩子都养不起，两个孩子还不得饿死，这次多亏了杨护士长，要不是她，连我和孩子都活不到现在呢。

刘二嘎像座雕像似的坐在那儿，一动不动。

王桂香道：这事我没告诉你，是我自作主张，要打要骂随你。

刘二嘎听了这话，“咚”的一声又躺在炕上，过了片刻才道：这就是命啊。

王桂香又说：孩子他爸，你不愿意？

刘二嘎道：不愿意又能咋样，孩子活一个是一个，跟着咱们也是受罪。

王桂香听到这里，悬着的心才放下来，很快她就睡着了。刘二嘎却没有了睡意，他呆呆地望着黑夜，眼泪悄然从脸上爬了下来。

从那以后，刘二嘎就不停地向王桂香打听部队上的事，还有田团长一家的情况，王桂香说了一遍又说了一遍，刘二嘎自己都能把王桂香的话背下来了，但他还是要问。同时也学会了发呆，经常站在院子里，目光沿着公路一飘一飘的，路的尽头就连着城里的马路。那里有着自己的儿子和念想。

两个月后的一天早晨，刘二嘎起床打开门，在门口发现一包东西，他惊叫一声，把包提到屋里，打开包，发现包里又是几袋奶粉和几瓶炼乳，包里还有一封信。

信是以杨护士长的口气写的：

> 妹子，你看到这封信的时候，我和田团长已经调到师里工作去了。不能向你告别，让司机小陈把这些东西送过去。以后咱们离得远了，恐怕就不好见面了，你放心，孩子很好，都会爬了，你也要照顾好孩子，让孩子长大都有出息。
>
> 杨大姐

王桂香和刘二嘎看着信，虽然他们心里早有准备，但突然而至的消息，还是让他们有些慌乱，以前他们离孩子有七十公里的距离，现在比这七十公里还远了，他们的心里有些空落。

王桂香转过身去，肩膀一耸一耸的，刘二嘎突然用哭腔说：孩子是享福去了，在师长家，那是高干，你哭啥咧？

从那以后，两人都学会了张望，向更远的方向。

刘草就问：爸，妈，你们望啥呢？

爸妈就一起告诉她：看看明天会不会下雨。

田辽沈和杨佩佩

田辽沈给孩子取了名字叫田村。

意思是不让孩子忘记自己来自农村，当然他们现在是不会告诉他的，有朝一日，时机成熟了，他们会把真实的情况告诉他的。这是田辽沈和杨佩佩要孩子前就商量好的。

田辽沈的老家就在东北农村，辽沈战役打响那年，田辽沈刚满十八岁，他是村里的民兵，民兵们组成了担架队，他们负责抢救的伤员就是塔山阵地的。塔山阵地是辽沈战役的外围阵地，也是战斗最残酷、最激烈的阵地，部队的任务就是阻击敌人的援兵。当时锦州已被解放军里三层外三层地围住了，能否顺利拿下锦州，就看塔山阵地能不能阻击住敌人的援兵了。敌我双方在塔山阵地前展开了一场你死我活的战斗。伤亡可想而知了，田辽沈他们由民兵组成的担架队一次次奔波着，伤员多得根本就抬不过来。

田辽沈又一次穿过炮火硝烟，冲上阵地时，他被眼前的景象震惊了：一个班的阵地一个活人都没有了，战士们的胳膊呀腿的到处都是，还有那些散落的枪支和弹药，没有人还击的阵地静悄悄的。可他看到了三五成群的敌人正从山下摸来，有的已经爬到半山坡了。他在心里大叫一声：不好，敌人上来了。

他知道敌人冲上来意味着什么，那就是我军将失去塔山阵地，再想夺回来，伤亡要比守阵地大上几倍，甚至是十几倍。这时已经不允许他多想了，身旁就是一挺机枪，当民兵时他学会了打枪，对枪并不陌生，他没有犹豫，就上了阵地，朝那挺机枪奔去。阵地上到处都是血，已经不知换过多少机枪手了，他扑在血泊中，枪就响了。沉寂的阵地又响起了枪声，往山上爬的那些敌人一排排地倒下去，后面的就往回跑。他已经顾不得许多了，机枪子弹射完后，他又拿起步枪，抓起手榴弹，没头没脑地扔下去。那时，他心里只有一个想法，就是决不让敌人攻上塔山。直到增援部队赶到，带队的是一位姓郭的连长，看到一个民兵在苦守阵地时，感动得眼泪都流下来了。郭连长抓住田辽沈的手说：民兵同志，太谢谢你了。你的任务完成了，快撤下去吧。

田辽沈已经杀红了眼，十头牛都拉不回了，他冲郭连长大吼：我不，我要战斗。

当时已经没有更多的时间争论了，阵地上下又打成了一锅粥。

当塔山阻击战顺利完成任务时，郭连长和田辽沈才满面烟火地对视在一起。

郭连长当胸就给了田辽沈一拳，然后大声地说：你小子行呀，是块当兵的料，你叫什么？

田辽沈也大声地答：我没有大号，别人都叫我田狗剩。

郭连长摇摇头：这名字不行，太难听了，咋叫个这呢？

田辽沈不答，只是笑。

郭连长又说：想当兵吗？

田辽沈抹一把脸道：想，早就想干正规军了。

郭连长拍一拍田辽沈的肩膀道：那就跟我们走吧。

郭连长带了一个连，撤下的时候还不足二十人，田辽沈第一次对战争的残酷有了认识。

不久，田辽沈就随部队入关了，马上又参加了平津战役。然后部队一路南下，田辽沈天生对打仗充满了悟性，既勇敢又机敏，仿佛他就是为战争而生的。从辽沈战役到淮海战役，他连续立了几次大功。淮海战役打响后不久，他已经是连长了。当年的郭连长，也已经是副团长了。

淮海战役进入中段，望云山一战中田辽沈负伤了，他被一颗炸弹掀起来有树那么高，又重重地摔下来，人就失去了知觉。

田辽沈醒过来的时候，已经在后方医院里了，当时他的下半身被绷带缠满了。醒来后的第一件事就是想小便，可他又动不了，憋得脸红脖子粗的。最后是一个漂亮的护士奔过来，帮他解决了问题。

一个男人当着漂亮姑娘的面小便，好长时间过去了，田辽沈都觉得抬不起头来，没法做人。在以后的时间里，他知道那个护士叫杨佩佩，刚入伍不久。杨佩佩是解放南京后参的军，参军前她就已经是护校的毕业生了。

那一次，他在医院里足足住了两个月，第一个月的吃喝拉撒都是杨佩佩在照顾他，这让他见到杨佩佩就脸红。杨佩佩一见他这样就别过脸去偷笑。

你笑啥？

杨佩佩见他这么问，就一脸严肃地道：没笑什么。

他又说：没笑啥那你又笑啥？

杨佩佩就低下头，红了脸道：还男人呢，一点都不勇敢。

这下田辽沈的自尊心受到了伤害，他大声地说：打老蒋，俺没怕过，枪子儿也没怕过，还怕你个黄毛丫头！

从那以后，他再见到杨佩佩时，就故意做出一副英勇无比的样子，牙关紧咬，双拳紧握，他这个样子，更是逗得杨佩佩笑弯了腰。

那次住院，他记住了杨佩佩，杨佩佩也记住了他。出院后，他就追赶大部队去了，他们的队伍已经到了南海，和海南岛隔海相望了。

他赶上了解放海南岛的战斗，海南解放后不久，他的部队又北上了，剿匪只赶上了尾巴，这时的他已经是副营长了。部队进城后，大龄军官们赶上了一个结婚成家的热潮。

田辽沈和杨佩佩的媒人就是郭团长，当郭团长说要给他介绍个对象，他就跟着郭团长愣头愣脑地来到师医院，却没想到站在他面前的就是杨佩佩。自从那次离开医院，他再也没有见过她，但杨佩佩的音容笑貌已经刻在他的骨头里了。只要不打仗，睁眼闭眼的都是杨佩佩那双水灵灵的大眼睛，这个江南女子把他的魂儿给带走了。

他见到杨佩佩真是喜出望外，他一拍大腿，大声豪气地说：我当是谁呢，原来是你啊。

说完伸出双手掐架似的要和杨佩佩握手，吓得杨佩佩一下子躲到了郭团长的身后。郭团长的爱人就是杨佩佩的护士长，郭团长经常来医院，他和医院里这些姑娘已经很熟了。杨佩佩知道要见面的是谁，心里有数，可田辽沈心里没数。

郭团长一见这架势，就道：原来你们早就认识啊，那就不用我介绍了，你们自己谈吧。

说完，郭团长转身就走了。

两人站在那儿，你看我，我望你，都大笑起来。

不久，他们就结婚了。

婚后没多久，抗美援朝就爆发了，田辽沈去了朝鲜。在这期间曾回国休整，一直到回国，两人奇怪竟一直没有怀上孩子。和他们脚前脚后结婚的那些人，孩子都满地跑了。

回国后，田辽沈就冲杨佩佩发狠道：这回咱们也要生个孩子。

狠也发了，也努力了，可还是没有一点动静。两年前，田辽沈去军区开会，关心他的老首长安排他去医院做了检查，结果就查出了问题，原因还是淮海战役中那次负伤。检查的结果是输精管被炸断了，当时的医疗条件有限，没有接上，时间长了，现在想接也是回天乏术了。随着年龄的增长，他们要孩子的心情就越发急迫。他们决定抱养一个孩子，于是就有了田村后面的故事。

田村的成长

是偶然，也是机遇，田辽沈和杨佩佩收养了王桂香的孩子，他们为孩子取名叫田村。田辽沈为孩子取名时，感情也极其复杂，他们想得到田村，却又怕失去田村。

自从有了田村，两个人一下子都变了，以前两个人生活时，田辽沈人就像长在了部队，晚上九点之前从没回过家。杨佩佩也一样长在医院里，她除值班外，有时还要替别人值班。医院的护士都是女人，而且大都是拖家带口的，家里哪能没点事儿？不管谁有事，她都主动替别人值班，下班一个人待在家里也没意思。有时她一连值几个夜班，白天回家时田辽沈已经去上班了，这样一来，他们就好几天也见不上一面。

自从有了田村，情况就完全不一样了。首先变化的是田辽沈，只要部队一吹响下班的军号，没过多久，楼道里就响起田辽沈急匆匆的脚步声。孩子在哭，杨佩佩把孩子抱在怀里，从这屋走到那屋，嘴里哼着小调哄着孩子。

田辽沈还没进屋，脸上的笑容已经绽开了，他不洗手、不洗脸，一定要先看一眼孩子。就是孩子在杨佩佩的怀里咿呀地哭闹，他看了也是那么开心。他甚至想伸出手指，去逗弄一下孩子粉嫩的小脸，但被杨佩佩严厉地制止了。直到这时，田辽沈才如梦初醒，慌忙去洗手洗脸。田辽沈不洗手不洗脸的毛病，还是战争时期养成的。养成了，也就很难改了，以前两人为田辽沈这种不讲卫生的坏习惯没少吵嘴，杨佩佩是护士出身，天生有一种洁癖，水火不容的两人吵过了闹过了，田辽沈也只能记住两天，两天后见生活一切又正常了，他转脸就又忘了。于是一切依旧，然后是两人再吵再闹，反反复复，势不两立的样子。但田村的到来，让田辽沈彻底地改掉了不洗手的毛病，他不仅洗手，还洗脸，用香皂一次次搓他那张战火硝烟的脸。他一回来，孩子就被他接管了，他抱孩子，杨佩佩做饭，他学着杨佩佩的样子，把孩子平抱在怀里，从这屋走到那屋，嘴里哼着东北二人转的调。孩子笑了，他就俯下身，用那张老脸去贴孩子的小脸，弄得田村哭也不是，笑也不是。最后，他就抱着孩子来到厨房，一边看杨佩佩做饭，一边冲孩子说：看看你妈，给咱们做啥好吃的了。

他这样的话已经说得很顺溜了，孩子刚来的时候，他不知如何称呼孩子，爸爸妈妈这样的字眼他感到陌生又别扭。随着感情的深入，他爸爸长、孩子短地叫起来，倒显得既亲切又顺口。

两人吃饭的时候，田村已经睡着了，他小心地把孩子放在床上，然后一步三回头地向饭桌走去。田辽沈吃饭的速度一直很快，就像抢占一块高地，这是多年战争生活养成的习惯。以前杨佩佩曾多次说过他这种毛病，什么吃饭快容易得胃病、消化不好什么的。可自从有了孩子，田辽沈吃饭的速度有过之而无不及，把汤汤水水往碗里一倒，三两口就解决了问题，害得杨佩佩也忙三火四的，仿佛她吃慢了，孩子就被田辽沈抢去了。她一边嚼着饭，一边冲田辽沈说：你吃那么快干什么？又没人跟你抢孩子。话虽然这么说，但她还是加快了吃饭的速度。

田辽沈一放下碗，抹抹嘴，就又把孩子抱起来了。

杨佩佩就说：孩子睡得好好的，你抱他干什么？

田辽沈就嬉皮笑脸地说：抱着孩子我心里踏实。

杨佩佩接下来也把饭吃得风风火火，然后又马不停蹄地收拾碗筷，等她擦干手，第一件事就是过来抱孩子。

杨佩佩说：行了，你都抱半天了，也该我抱一会儿了。

田辽沈不但不给，还背过身子，心不甘情不愿地说：你都抱一天了，我这才抱了一会儿。

说完两人就在屋里争争抢抢起来，最后还是田辽沈投降了，把孩子交给了杨佩佩。

晚上，孩子睡在他们中间，两人一时无法入睡。自从有了田村，他们一直很兴奋，睡觉也比平时少了，要是以往，田辽沈的脑袋只要一挨枕头，不到一分钟就鼾声雷动。现在，他眼睛睁得大大的，在黑夜里骨碌碌地乱转。他就感叹：哎呀，有个孩子可真好，这是天意，是老天爷送给咱们这个孩子啊。

杨佩佩也说：你说这事真巧了，王桂香生孩子，偏偏让咱们给碰上了，碰上了还不算，又赶巧生了对双胞胎，你说这是不是老天爷看咱俩可怜，送个孩子给咱们？

这是托毛主席他老人家的福，没有毛主席，就没有我，我也不会有你，更不会有这孩子。

一个孩子，彻底改变了两个人，有时他们在梦中都能笑醒，看着床上酣睡的孩子，仿佛还是不能相信这一切是真实的。

杨佩佩上班的时候，就把孩子抱到医院去，有了田村后她就只上白班，不上夜班了，这也是医院的规定。医院里有那么多医生、护士，他们轮番争着抱孩子，孩子在成人的眼里永远都是新鲜、可爱的。

师医院平时并没有太多的事，仗早就不打了，医院里自然也没有伤员。部队的干部战士都是一些很年轻的人，平时也没什么大病，偶尔头疼感冒的，开点药，打上一针也就走了。那时的部队医院还没有向地方开放，因此，杨佩佩有时间，也有精力一心一意地照顾田村。

小王护士是田村的见证人，也是田村成长的亲历者，那天田村出生时，她就是接生的护士之一。

有一天，杨佩佩正在值班室用奶瓶喂田村，小王护士走了进来，她一边看孩子吃奶，一边冲杨佩佩说：护士长，你这么喜欢孩子，要是有一天这孩子不在了，你会怎么办？杨佩佩吃惊地望着小王护士，一时不知说什么，其实她自从抱养了田村，心里也一直隐隐地总感到不踏实。每次睡醒一觉，她都要摸摸身边的孩子，她一直担心王桂香一家反悔，再把孩子给要回去。虽然她一直没把事说出来，但在潜意识里，这种忧虑一直存在着。今天，小王把话说破了，她还是吓了一跳。

小王又说：咱们医院离王桂香家太近了，我觉得不是个好事，以后她要三天两头地找上门来，你可怎么办？

自从上次王桂香找上门来，他们一直也有这方面的担心。

杨佩佩似自言自语，又似对小王说：不会吧？

那可不好说。

杨佩佩：王桂香一家人我都见过，他们都是老实本分的人，况且这孩子给她，也不一定能养活呀。

小王：现在条件是不好，要是孩子大了，以后呢？

对这一点，杨佩佩还真没有想过，现在一想起来就感到可怕，要是没有这孩子，她和田辽沈不知怎么撑下去。

就在这时，田辽沈的一纸调令下来了，让他去任副师长。师机关和这个团相距一百多公里，在另外一座城市里。田辽沈和杨佩佩都感到隐隐的高兴，他们不是为了升任高兴，而是因为要离开这里，带着他们的孩子，以后就没有人知道他们的孩子是抱养的了。

杨佩佩自然要随着丈夫一起调走，她的新单位是师机关的门诊部。临走那天，她抱着田村和医院的人告别，先说了几句告别的话，看了眼孩子，就说到了孩子。她说：大家都知道，我和老田一直没有个孩子，如今有了田村，太不容易了……说到这儿，杨佩佩就说不下去了，眼泪在眼里噙着。众人都明白杨佩佩的潜台词，然后大家就都说：杨护士长，你放心，我们知道怎么做，你和田团长就放心走吧，孩子的事到此为止。

杨佩佩就一步三回头地走了。走到门口，孩子竟大声地哭起来，仿佛在向生养他的医院告别。

人们目送着母子的身影，眼里也含了泪水。

小王护士哽着声音说：大家都听好了，孩子是护士长亲生的，根本就不是抱养的。

众人都默默地点头。

新的环境

师部的环境，一切都是新的。师机关坐落在城市的中心地带，这里没有部队，只有机关。当了副师长的田辽沈多少有些不适应，他一直是个带兵的人，从当排长开始，他一直没有离开过部队，就像农民从没有离开过土地一样。师机关才称得上是真正的机关，每天按时上班，下班你不走也没处可去，只能待在办公楼里。于是他只能在吹号时上班，吹号时下班。

杨佩佩因为丈夫工作的变动，她也顺理成章地调到了师机关的门诊部。门诊部不是医院，人也没那么多，只有几个医生和护士，看一些头痛脑热的病，如果有些急诊或大病什么的，还得去正规医院。杨佩佩也是按时上下班。

到了机关后，工作环境变了，田村又小，家里就请了个保姆。保姆是远郊区人，前两年丈夫死了，带着一个九岁的孩子，一直没有再找人家，就到城里当保姆了。孩子让家里的老人带着，十几天回一次家看看孩子，早晨走，晚上再回来，工作勤奋努力。保姆姓张，是个三十多岁的女人，因为生养过孩子，带起田村来也是得心应手。

每天田辽沈和杨佩佩下班回来的时候，张保姆已经做好了饭菜，田辽沈和杨佩佩坐下来吃饭的时候，田村已经睡醒一觉，正是活跃的时候，咿咿呀呀的显得精力旺盛。田辽沈和杨佩佩就说：小张，一起吃饭吧。

小张是一个知道深浅的人，她说：你们吃，我再逗会儿孩子。

田辽沈和杨佩佩在吃饭的当口，小张就汇报孩子一天中的情况，无非是吃了几次奶，排了几次大小便等。杨佩佩一边听着，一边交代着注意事项，小张表情认真地听着。

杨佩佩一放下碗筷，就抱过田村。她一天都没有抱过孩子了，田村看见她很兴奋，又是笑又是扭身体的。杨佩佩的心瞬间就被融化了，孩子已经把她当成亲人了。

小张一边吃饭，一边道：杨姐，孩子长得可真像你。

杨佩佩就笑一笑道：你再好好看看，不像他爸爸吗？

小张就认真地看一眼田辽沈，田辽沈吃过饭正一边剔牙，一边看着报纸。

小张摇摇头道：孩子还是长得像你，男孩都像妈妈，也许长大了才像爸爸。

杨佩佩就显得很高兴，用脸贴着孩子道：小村像妈妈，小村像妈妈。

这时的田辽沈也放下报纸，走过来，伸出手逗着孩子道：小村真的不像爸爸，我看看哪儿长得像妈妈。

说完，认真地看眼杨佩佩，又看一眼田村，然后点点头：嗯，小张有眼力，小村长得是像妈妈。

杨佩佩就偷偷地向丈夫吐了一下舌头。

两人自从来到师机关，心态已经是一百八十度的大变化了。在团里的时候，许多人都知道这孩子是抱养的，不是他们亲生的。那时他们心里的滋味是说不清的，总感到不是那么理直气壮。现在的环境是新的，没有人知道孩子是抱养的。在单位里，有许多人冲田辽沈说：老田，你要孩子可太晚了，我那孩子都小学毕业了，你这是咋弄的？

田辽沈就笑。

在门诊部里，女人多一些，她们也打听杨佩佩生孩子时的一些细节。

有人说：护士长，你都四十来岁了，生孩子就不怕？

杨佩佩就骄傲地说：怕啥？就生呗。

又有人说了：你这年龄可是高危产妇了。

杨佩佩又轻描淡写地答：是吗？

还有人说：你和田副师长咋不早点要孩子啊？

杨佩佩的脸就红了，但她很快就恢复了常态道：早要晚要都一样，不就是个孩子嘛。

众人就一起说：那是，那是。

这是刚开始的情形，因为新鲜才说一说，后来习惯了，也就没人再说什么了，仿佛这一切都是天经地义的。

偶尔，杨佩佩也会把孩子抱到门诊部去，这大都是孩子身体不舒服才有的情况，比如孩子拉肚子、感冒什么的，众人一边看着孩子一边说：护士长，你这孩子长得可真像你。

杨佩佩听了，心里美滋滋的。回到家里，偷偷地把自己和孩子关在屋里，她一边看镜子中的自己，又一边低头看孩子。果然，找到了孩子和自己许多一致的地方，比如额头、鼻子、下巴什么的，她就笑了，这回笑得是理直气壮。

晚上，田村自然和小张睡在一起，她还要为孩子喂一次奶，把两次尿。

杨佩佩和田辽沈住在另外的一个房间里，两人都感到了轻松和愉快，一时间竟没了睡意。

杨佩佩就说：你发现没有，孩子还真长得有点像我呢。

你说这事怪了，是不是谁带他多，他就像谁啊？

杨佩佩说：这就是缘分，老天注定的，要不然咱们怎么就碰上了王桂香，她又一下子生了两个。

田辽沈翻了个身：也不知他们一家怎么样了？

要不，啥时候咱们抽空去看看他们。

田辽沈想了想：算了，咱们还是别去，要是走动起来，等孩子大了，他们要是反悔，把田村要回去怎么办？

杨佩佩说：我是担心那个孩子，他毕竟是田村的哥哥。我真担心他们养不活那个孩子。

要不，你明天抽空给他们寄点钱去。想了想又补充道：地址就别留真的了，咱们在暗地里帮帮他们吧，都挺不容易的。

杨佩佩点点头。

田村，就这样一天天长大了。

一个星期天，小张回家了。田辽沈和杨佩佩抱着孩子在公园里转，正是春天的季节，花也开了，树也绿了。孩子看到这崭新的世界，似乎也很兴奋。

杨佩佩一边抱着孩子，一边咿咿呀呀地教田村说话：这是树，这是花……

田村突然就叫了声：妈妈——

杨佩佩一时怔住了，田辽沈也怔住了。

杨佩佩冲田村道：你再叫妈妈，我的孩子，你再叫妈妈一声。

田村似乎受到了鼓励，清晰地又喊了一声：妈妈——

杨佩佩更紧地把田村抱在怀里，脸贴在他的身上，半晌才抬起头，这时的她已是满脸泪痕了。

那一天是值得纪念的日子。

后来他们坐在椅子上，看着田村就那么睡着了，阳光照在他的身上，暖烘烘的。

杨佩佩仍哽着声音说：他会叫妈妈了。

田辽沈望着远处，也有些感动。

杨佩佩又说：孩子都是先会喊妈的，过几天他就会叫你爸爸了。

田辽沈就说：好，好哇，有个孩子可真好。

半晌，杨佩佩又说：要是孩子大了，咱们一家会是什么样呢？

两人都不说话了，沉浸在对未来的幻想中。

艰难的成长

刘栋没有夭折，多亏了田辽沈和杨佩佩一家的帮助。他们给王桂香寄了奶粉，还有一些钱，虽然没有写明他们的地址和名字，但王桂香知道，这是杨佩佩一家所做的努力。

这些援助虽然杯水车薪，却往往是在最关键的时候救了刘栋的命。刘栋在两岁时，得了一种奇怪的病，肚子胀得像小山一样，憋得孩子眼睛凸着，青筋毕露。一连几天吃不下饭，只能喝点水。他们想给孩子看病，可拿不出一分钱，于是王桂香就泪水涟涟地去邻居那里借钱，邻居家日子过得也并不比王桂香一家富裕，况且自从有了刘栋，他们一家从借白面，到最后只能借玉米面，已经把全村的人家借了个遍，直到现在仍还不上这些人情。那时候，一碗半碗面，也许就能救人一条命，吃食比金子还贵重，这是多么大的人情啊！如今，孩子危在旦夕了，他们只能求了东家借西家，全村走遍了，他们只借到一块五毛钱。刘二嘎和王桂香回到家里，看着躺在炕上奄奄一息的刘栋，他们只能用无助的眼泪洗面了。他们在心里问自己，好端端的一个孩子，就要这么走了吗？

就在那天下午，乡邮递员给他们送来了二十元钱的汇款单，不用问，这是杨佩佩一家寄来的钱。就是那二十块钱，救了刘栋的命。其实孩子得的也不是什么大病，就是因营养不良造成的消化功能紊乱。住了两天医院，刘栋就出院了，剩下的钱又给孩子买了些炼乳，买炼乳要比奶粉便宜。是杨佩佩一家，支持着王桂香一家度过了最艰难的时光。

刘栋三岁的时候，三年自然灾害结束了，生活比以前有了很大的改变。老大刘树已经上小学三年级了，刘草七岁，也要上学了。三个孩子就像三级台阶，站在那里错落有致的。

王桂香就很有成就感地感叹：三个孩子刚好，要是再多一个，怕真的养不过来了。

她这三年来，一直担心丈夫刘二嘎埋怨她把孩子送人的事，时不时地她也会想起来，一想起来，心里就很空落。

这么多年来，一家人都忙于生计，活着成了他们唯一的目标，他们真的很少有时间想起刘栋的弟弟。

刘二嘎和王桂香心里清楚，如果不把孩子送人，也许两个孩子都活不到现在，他们为有今天的生活感到知足。

夜晚的时候，孩子们都睡着了，刘二嘎和王桂香躺在炕上，在一天的时间里，他们只有这会儿才有时间，也有心情说说话。他们说的话大都围绕着刘栋的弟弟，他们生了四个孩子，只有那个最小的不在身边，那个孩子就成了他们遥远的念想。他们把更多的思念和种种对孩子的想象，都倾注在远方不知音信的孩子身上。

王桂香就说：也不知那个孩子咋样了？

他们不知孩子现在叫什么，他们也不可能给孩子起名字，孩子没上学前，家人以及周围的人只称孩子的小名，起名字是为了给孩子落户口。在以后的日子里，他们一提起田村，称呼的就是那孩子。

刘二嘎望着天棚：一准错不了，人家是部队的高干，能亏了孩子吗？

也不知孩子长得咋样了？

她还是在田村满百天的时候见过一次，现在孩子都三岁了，她再也没有看到过。十指连心，她是十月怀胎生的田村，虽然没有养过他一天，但实际上，他还是她的孩子，她不能不在心里记挂着。

刘二嘎听了王桂香的感叹，也陷入了想象中。半晌，有些无奈地说：也许这辈子咱们也见不到那孩子了。

王桂香听了，眼角就有了泪，在黑暗中只有她自己能感觉到。

半晌，她哽着声音说：要是在我临死那天，那孩子能回来叫我一声妈，也算我没白生他一回。

刘二嘎似乎有了火气，就有些不耐烦：孩子送人了就是送人了，别再七想八想的了。

王桂香毕竟是女人，她说到伤心处，吸溜着鼻子说：他是我生的，你不让我想，我就不想了吗？

刘二嘎转身趴在炕上，卷了支纸烟，深深浅浅地吸，然后道：那个孩子肯定比刘栋享福，人家是城里人，爸爸是高干，孩子以后准错不了。

他以后生活得再好，我也是他妈呀，你也是他爸。

听王桂香这么一说，刘二嘎不再说什么了，扭着头，看了眼躺在炕上的三个孩子，咳一声道：当爹娘的就是命贱，生多少个孩子都是个想。

王桂香又叹：我真想看那孩子一眼，就是一眼也行啊。

你就死了这份心吧，送出去的孩子，泼出去的水，哪有收回来的道理。

王桂香委屈地说：我没有想要回来，只想看一眼。

刘二嘎挥挥手，认真地劝道：人家给咱寄钱、寄东西，为啥真名真地址都不敢留，还不是怕咱们去打扰人家？你这时候要去看孩子，人家会咋想？

王桂香幽幽地说：理是这个理，可俺老忍不住想那孩子。

以后你就不要再想了，孩子是人家的了，和你没关系了，咱们不能做那种出尔反尔的事。别忘了人家可没少帮咱，要不是他们的帮助，咱刘栋能有今天？

王桂香不说话了，她把自己蒙在被子里，默默地流着眼泪。在以后的日子里，她一想起那孩子，总要默默地流一回眼泪，远方的孩子成了她的一块心病。

三岁的刘栋刚刚会走，他细小的身板完全是一副营养不良的样子。

王桂香看着眼前的刘栋，就一脸的愁苦，她有时呆呆地望着刘栋，喃喃自语着：也不知你弟弟长得有多高了。

刘栋就迷惑不解地问：我弟弟，我弟弟在哪里？

王桂香自知失言，忙打岔：我乱说呢。

刘栋就蹒跚着向前走去，他在地上看到一群蚂蚁在搬家，就蹲下来，一边看一边说：蚂蚁搬家要下雨，下雨了，冒泡了，王八戴草帽了。

王桂香听了，就大声呵斥：栋，你别胡说。

刘栋受到母亲的制止，就更加起劲儿地喊：王八戴草帽了。

八岁那一年，刘栋上学了。

上学那一天，姐姐刘草把他领到学校，那年刘草已经是四年级的学生了，哥哥刘树已经上初中了。

刘草把刘栋带到一年级老师那里，冲老师说：这是我弟弟，叫刘栋。

老师对新入学的学生要考一考，比如那些反应迟钝的，或者发育不良的孩子，老师总要劝回去，让明年再来上学。这种考试方法也很简单，就是让孩子数数，如果能数到五十就算合格，能数到一百就优秀了。

老师就让刘栋数数，刘栋看一眼姐姐，刘草就说：老师让你数你就数呗。

刘栋就一个一个地数开了，不停歇地数到一百，还要数下去时，老师就挥手说：行了。

然后，老师在表格上刘栋的名字后面写上了个“优”。刘栋还想表演一首歌，那首歌就是《我爱北京天安门》。这是他跟姐姐刘草学的，他很喜欢这个歌，他一唱这个歌，就想起一座光芒四射的城楼，那座城楼就是天安门，天安门生长在一个叫北京的地方。他在姐姐的课本里见过。他是因为喜欢那座光芒四射的城楼，才喜欢上这个歌的。

可惜，老师没让他唱，就让姐姐把他带到一年级的教室去了。他只能在心里把那个歌唱了一遍，这时他的眼前又闪现出那座光芒四射的城楼。

刘栋在 1968 年的 9 月，开始了学习生活。

军 机 关

田村四岁那一年的秋天，田辽沈的职务又得到了提升，他的职务由副师长的位置，提升到军里任副参谋长。军部机关在省城，一家人也随着搬到了省城的军部机关。

军机关和师机关相比，军机关就更像一个机关了。田辽沈是副参谋长，主抓部队的训练和日常管理，他会经常带着一些处长和参谋到部队检查工作。

杨佩佩的工作，也由师门诊部调到了军机关的门诊部。田村上幼儿园，是军机关的幼儿园，在那里上幼儿园的孩子，都是军机关的军官们的孩子。

田村生得虎头虎脑，壮实可爱，走在路上总是招人多看几眼，这种目光让杨佩佩感到骄傲和自豪。现在的田村早已融入田辽沈和杨佩佩的家庭中了。短短的四年时间，从团到师再到军里，一家人变换了三个地方，而到了军里，就更没人知道田村是抱养的这回事了。

每天早晨，孩子都由杨佩佩送到幼儿园，从家属区到幼儿园还有一段路程，杨佩佩牵着儿子的手，两人说说笑笑地往幼儿园走，路上就会碰到许多上班的军人，人们就热情地和杨佩佩打招呼，自然忘不了夸一夸孩子。人们说：杨护士长，你这孩子长得真壮实，真讨人喜欢。

人们还说：护士长，你和田副参谋长要孩子可够晚的。

杨佩佩就说：可不，都四十岁了，人家四十岁都生了好几个了，我们这才生第一个。

问话的人就说：你们这是优生优育啊，看你家田村长得多结实。

田村的确长得很茁壮，他的个子比同年的孩子都要高出半头，一双眼睛骨碌碌乱转，样子聪明又淘气。

田辽沈对田村的喜欢已经无法用语言来表达了。他下班回来的时候，田村已经从幼儿园回来了。他进屋的第一件事就是把田村抱起来，举过头顶，在客厅里转上一圈，逗得田村哈哈大笑。田村从田辽沈怀里下来，就要到田辽沈的腰间去摸，那里有一把六四式短枪。刚开始田辽沈不给孩子玩枪，后来田村纠缠不依，田辽沈也就依了孩子。他先把子弹退出枪膛，再把空枪拿给孩子玩。

田村已经把枪玩得很熟了，他把枪冲着父亲，嘴里“砰砰”乱吼一气，田辽沈就一次次躺在沙发或者床上，逗得四岁的田村开心极了。

晚上一家人吃过饭，总要在院子里转一转，田村走在中间，一边拉着父亲，一边拽着母亲。散步的时候就会遇到同院里的其他人，他们也出来转一转，拖家带口的样子，地下跑着大的，怀里还抱着小的，寒暄一阵后，就各走各的了。田村就仰起头冲父母说：别人家都有哥哥姐姐，我咋就一个呢？

田辽沈和杨佩佩就一怔，杨佩佩停下脚步说：爸妈生你一个，是为了多爱你一些，你要是有哥哥姐姐，爸爸妈妈就不能爱你一个人了，你说对不对？

田村听了妈妈的回答，自然是很受用的样子。田辽沈一弯腰把田村驮到自己的肩上，田村一下子就高了许多，显得很兴奋，嘴里喊着：驾，驾——

田辽沈先是一阵快走，后来就跑了起来。田村坐在父亲的肩头，一副乐不可支的样子。

在晚霞的映照下，一家人其乐融融。

田辽沈有时到部队检查工作，回到原来工作的那个团，那个团有些老熟人还记得那个孩子，在没旁人的时候，就会悄悄问上一句：儿子还好吧？

田辽沈听了这话，心里就顿一顿，毕竟问话的人知道这孩子的来龙去脉。但很快他就平静下来，大大咧咧地说：我那儿子淘气死了，天天缠着我的枪玩儿，晚上睡觉还得搂着枪睡，早晨我上班了，还不想还给我。这臭小子。

老熟人就嘿嘿地笑道：看样子以后也是当兵的料。

田辽沈就拍一拍老下级的肩膀，算是肯定，一切都在不言中了。别人就不再说这个话题了，而是把话题转到了别处。在外面出差时间长了，田辽沈的心里就火烧火燎的，他是想儿子了。他回来的第一件事，就是看儿子，要是田村还没从幼儿园回来，他就径直去幼儿园。幼儿园的老师和园长都认识田辽沈，这边和他热情地打招呼，那边早就有人飞跑着到班上把田村接出来了。田村一看见父亲，就张开了小手飞跑着奔过来，和爸爸拥抱在一起。田辽沈就像夹一条小死狗似的，把田村从幼儿园里夹出来。田辽沈见到田村那一刻，心里竟有一种湿润的感觉，到了没人的地方，他把田村的脸贴到自己的脸上，一声声地叫着：儿子，想死爸了，想爸爸没有啊？

待得到田村肯定的回答后，他才从身上不紧不慢地拿出给田村带回来的礼物，有玩的吃的，田村自然又是一阵雀跃。

田村在幼儿园里经常闯祸，不是把幼儿园的玻璃打破了，就是把小朋友的鼻子打流血了，弄得田辽沈就跟个救火队员似的，拿出钱赔玻璃。园长不收，但他一定要赔，园长就说：首长，不就是块玻璃嘛，批评一下就行了。

田辽沈就一本正经地说：三大纪律八项注意要遵守，一定要赔。

说完，就把钱很豪气地往桌子上一拍，转身就大步流星地走出来了。原以为田辽沈回到家会痛打一顿淘气的田村，事实上，他见了田村却跟个没事人似的说：儿子，以后别再打玻璃了。

田村就说：爸，我再也不打玻璃了。

没过两天，田村就把小朋友的鼻子打流血了，还扬言要用父亲的枪把小朋友给毙了。

田辽沈回到家，杨佩佩就把事说了，田辽沈就挥挥手：哪有小孩儿不打架的，他是个男孩儿，又不是小姑娘。

杨佩佩就说：没有你这么教育孩子的，晚上你带孩子给人家赔礼道歉吧。

吃过晚饭，田辽沈果然牵着田村的手出来了，父子俩有说有笑地来到了被打小朋友的家。孩子的家长是个处长，见田辽沈亲自领着孩子来了，有些过意不去，又是倒茶又是递烟的。田辽沈不坐，站在那里一手抓着田村，一手抓着被打的孩子，看一眼两个孩子，就蹲下身冲那个孩子说：你也不比我儿子矮多少哇，你咋就打不过他？这可不行，男孩子就要勇敢，流点血算啥？以后就不要告诉老师了，谁把你鼻子打流血，你就把他的鼻子也打流血。得了，我走了。

他明明是来道歉的，却把被打的孩子批评了一顿，弄得人家家长哭也不是，笑也不是，只得客客气气地把他们父子送到门外。

走到外面，田村就抬起头问：爸，啥叫勇敢？

田辽沈琢磨了一下，道：勇敢就是不怕死。

那我以后要做勇敢的人。

好，是我的儿子。

为了教育孩子，杨佩佩没少和田辽沈吵架，她认为田辽沈这是娇惯孩子，田辽沈却说：这是教育孩子要勇敢，懂不懂？

孩子这样下去，就没法管教了。

田辽沈就火气冲天地说：这是我的儿子，你别管。

说完这话，自己都怔了一下。

杨佩佩转过身，回到房间哭泣去了。

田辽沈这一晚注定要跟儿子睡在小床上了，两人一躺上床，田村就缠着父亲讲战斗故事，田辽沈就讲两个伤员俘虏敌人一个班的故事。

成长的矛盾

随着田村一天天长大，他感情的天平也日渐向田辽沈一边倾斜。父子两人在一起的时光里，似乎有许多男人共同的话题，田村对父亲田辽沈的战斗故事几乎达到了痴迷的程度，一位伤员或一位英雄的命运，都牵动着田村所有的神经，随着故事的发展，田村扬起小脸不停地问：后来呢，再后来呢？

在“后来”又“后来”的追问声中，田村一天天地长大了。田村上小学了，小学是军机关的子弟学校。

上小学的田村，觉得自己已经是个大人了，他经常一个人离群索居地沉浸在只有他自己知道的问题中。

母亲杨佩佩看他这个样子就很着急，杨佩佩每天下班回来时，田村已经回来了，他正坐在窗前，望着窗外发怔。杨佩佩就走过去，温柔地冲他说：想什么呢，儿子？

田村不理母亲，双手托着小脸仍然一副发呆的样子。半晌，他突然问杨佩佩：妈，你参加过战斗吗？

杨佩佩被他问得一愣，然后摇摇头答：妈妈一直在医院工作，只负责抢救伤员。

田村就一脸失望的样子，还叹了一口气，像个大人似的。

只有父亲回来的时候，他才变得活跃起来。上了小学的田村不再一味地缠着田辽沈讲故事了，而是和父亲探讨一些问题了。

他问父亲：爸爸你说，解放军为什么总是打胜仗，国民党的部队为什么老是吃败仗呢？

田辽沈就笑着告诉他：因为解放军勇敢，不怕死。

田村又问：那为什么国民党的部队就怕死呀？

田辽沈一怔，他没想到儿子会问这样的问题，他看着儿子半晌道：国民党的部队没有理想，所以他们才怕死。

田村继续往下追问着：那解放军的理想是什么？

父亲答：解放全中国，建立新中国。

田村似乎听明白了，他有些崇敬地望着父亲。

父亲这时又问：儿子，你长大的理想是干什么呢？

田村不假思索地回答：当解放军，成为一个英雄。

田辽沈就哈哈大笑了，他拍着田村的头冲杨佩佩说：行，像我的儿子。

杨佩佩在一旁就叹口气：别胡说了，快吃饭吧，都凉了。

田村似乎有问不完的问题，他把这些问题都交给了父亲，因为父亲是打过仗的人，还身经百战，父亲是他心目中的偶像。两个人就躺在田村的小床上，从古至今历数中国的民族英雄，从岳飞、文天祥到黄继光，他们说得热烈又兴奋。有时说得太晚了，杨佩佩就自己先睡了，田辽沈蹑手蹑脚地走过去，看一眼睡着的杨佩佩，低着声音说：你妈睡着了。

爸，那你就睡我这儿吧。

田辽沈就在儿子的小床上躺下了，顺手关了台灯，田村抱着爸爸的肩膀，偎在父亲的肩头上沉沉地睡去了。

杨佩佩去学校开了一次家长会，会后，班主任把杨佩佩单独留下了，老师忧心忡忡地说：你家田村上课总是走神，不知他脑子里在想什么。

杨佩佩吃惊地问：他经常这样吗？

老师点点头道：我问他到底在想什么，他不说，他说他爸爸知道。

杨佩佩就冲班主任说：老师，我已经明白了。

晚上，田辽沈下班回来，被杨佩佩拉进卧室，两人关着门吵了一架。

杨佩佩正色道：田村在学校不好好上课，总是走神，你知道不知道？

田辽沈就一脸糊涂地道：他走神？走什么神？

杨佩佩生气地喊：还不是你那些鬼话，看把孩子给骗的。

田辽沈就很不服气：我什么鬼话？我给他讲的都是有用的，那是爱国主义教育，懂不懂啊？

孩子都让你弄得走火入魔了，现在是让他学习，长知识。

田辽沈皱起了眉头：你就知道知识，我一天学也没上，不也当了副参谋长，照样指挥着千军万马。

打仗能当饭吃呀？现在是和平年代，要学知识，没有知识怎么能建设国家？杨佩佩据理力争。

田辽沈对杨佩佩的论调不敢苟同，他有些不耐烦地挥挥手：你们这些小知识分子，就是能上纲上线。和平是暂时的，美苏两霸亡我之心不死，你知道不知道？以后还会有大仗、恶仗等着咱们去打，到时候咱们老了，上不了战场了，就得靠咱们的后代去冲锋陷阵，告诉孩子什么是英雄，什么是狗熊，这有什么不好？杨佩佩同志，你说说。

杨佩佩觉得这是秀才遇见兵，有理说不清。她跺着脚喊：田辽沈，你不要和我胡搅蛮缠，孩子这样下去就毁在你手里了。

田辽沈不解地摊着手：儿子好好的，他怎么就毁了呢？真是不可理喻。

杨佩佩不再理会田辽沈了，坐在那里抹开了眼泪。

田辽沈一脸无辜地走出来，看见田村正在看一本连环画，伸手把连环画拿走，一本正经地说：儿子，咱先不看这个。来，让爸爸考考你，你的文化学得咋样了？

说完拿出课本，放在自己面前颠三倒四地摆弄一气，指着课本上的字说：儿子，这个字念什么？

田村不看字，冲父亲说：爸，把你的枪给我玩一会儿吧，我都好久没摸枪了。

田辽沈跟儿子讨价还价道：告诉爸这个字怎么念，爸就给你枪。

田村看一眼字，不耐烦地回答：国家的国。我说对了，你快给我枪吧。

田辽沈就回到里屋，从墙上摘下枪，退出子弹，把枪给了田村。

田村熟练地拉开枪栓，看了看：一粒子弹都没有，是支空枪，真没意思。

爸，我不小了，都八岁了。你不是说八岁都可以参加儿童团了吗？

田辽沈就说：以后，以后爸一定给你子弹，带你去靶场打枪，那才过瘾。

这时电话响了，田辽沈去客厅接电话。田村放下枪，去了另一个房间。杨佩佩背着身子在灯下看《部队野战护理手册》，手里还不停地记着什么。田村轻手轻脚地绕过母亲，拉开抽屉，看到了父亲刚从枪里卸下的子弹。那些子弹明晃晃地摆在那里，田村看一眼母亲，杨佩佩很专注，似乎没有把精力放在他的身上。他伸出手，拿起一粒子弹抓在手里，悄悄地从母亲身边溜过去，杨佩佩回过头来：田村，你过来。

田村低下头，站在那儿不动。

杨佩佩叹了口气，说：你就听你爸的，天天不是打就是杀的，你现在是小学生，不是解放军懂不懂？你快写作业去，一会儿我检查。

行，一会儿我就把作业本给你送来。说完就溜回到自己的房间，关上了门。

客厅里，田辽沈的电话还在讲着，似乎是部队的请示工作的电话，田辽沈很恼火的样子，批评部队不安心搞训练去支左的问题。

田村因为激动，手有些发抖，他就那么抖着手，把那粒金黄色的子弹压进了枪膛。他似乎对自己的成果很满意，举起枪，这里瞄瞄，那里看看，嘴里还发出“砰砰”的声音，还在床上不停地翻动着身体，做出种种射击的样子。

最后，他看到了头上亮着的灯泡，他用枪瞄着灯泡，神情专注，忽然他的手指就扣动了扳机。

一声枪响后，亮着的灯泡碎了，屋子里顿时漆黑一团。杨佩佩在屋子里惊叫一声，就奔了过去。田辽沈也跑了过来，床上地下都是灯泡的碎片，田村怔怔地呆在那儿，马上他又兴奋地叫起来：我打中了，我打中了。

杨佩佩忍不住了，大叫一声扑过去，夺过田村手里的枪，挥手打了田村两下，然后冲田辽沈吼：以后你要是再把枪拿回家，我就给你扔出去。

说完，捂着脸“呜呜”地哭起来。

田村害怕了，他愣在那里，看看这个，望望那个。

穷人的孩子早当家

刘栋上二年级了，每天中午王桂香都要给三个孩子带些吃的。家里没有什么可带的，每人一个玉米饼子，哥哥刘树已经是十七岁的小伙子了，上高二；姐姐刘草十三岁，也上初中了。每天早晨，王桂香都要为三个孩子烙三个玉米饼子，刘树带的大一些，姐姐的不大也不小，刘栋的最小，三块饼子放在孩子的书包里，这就是三个孩子的午饭了。

刚开始的时候，刘栋每天中午下课后，都在班里吃午饭，从书包里掏出那个纸包，拿出玉米饼子狼吞虎咽地啃着吃，后来他发现，同学带的饭都是用饭盒装的，有饭还有菜，饭盒盖一掀起来香喷喷的。那香味让他闻了流口水，他就闻着饭盒里的香味啃玉米饼子。噎住了，他就用教室水桶里的水，咕噜咕噜地喝上几口，把嘴里又干又硬的玉米饼子冲下去。

他每天都是玉米饼子，因为家里没有更好的吃食，他只能吃这种饼子。后来同学们发现了，就冲刘栋说：刘栋你怎么老吃这个呀，就不能换换样儿？

刘栋不说话，低着头艰难地啃着饼子，时间长了，同学们就给刘栋起了个外号“刘饼子”。那是一天的中午，一下课大家就吃起饭来。刘栋又拿出纸包着的玉米饼子，正准备吃，有个同学就说：刘栋你每天都吃饼子，以后就叫你刘饼子得了。

刘栋听了，放下手里的饼子，走过去冲那个同学喊：你说啥，你再说一遍。

同学就更起劲儿地说：刘饼子，我叫你刘饼子咋的了。你爸刘二嘎是刘饼子，你哥你姐都是刘饼子。

刘栋就一头向那个同学撞去，不仅撞翻了那个同学，还撞翻了同学的饭盒，米饭和菜撒了一地，两个人就扭打在一起。不知是哪个同学叫来了老师，直到老师出现，两人才住手。

打架招来了老师对他们的处罚——别人上课的时候，他们被关到了班级的门外。门口这边站一个，那边站一个，两个人都梗着脖子，谁也不看谁。

刘栋回到家自然没敢告诉家里自己受罚的事，第二天上学，母亲照旧给他们带了玉米饼子。中午吃饭的时候，刘栋偷偷地从包里拿出饼子，放在衣服里，走出了教室。校园里有一片小树林，刘栋偷偷地躲到小树林。他走进小树林，才发现这里不止他一个人，哥哥在，姐姐也在。哥哥和姐姐正艰难地吃着玉米饼子。

哥哥抬头看了他一眼，问：你怎么也上这儿来吃饭？

他一边从衣服里往外掏饼子，一边说：我不爱在班里吃。

哥哥就说：那以后我们每天都在这里吃饭。

三个孩子都不说话了，吃饼子的样子就有些悲壮。在吃饼的过程中，三个孩子都心照不宣地一句话也不说。

刘树最先吃完，他拍了拍手：你们两个听着，要好好学习，将来才能有出息，有出息了就不用吃玉米饼子了。

哥哥讲这话时，就像一个哲学家，他讲完话就走了。刘栋望着十七岁哥哥的背影，一瞬间，他觉得哥哥很高大。

刘栋放学回家时，并不是直接回家，他要去田里挖野菜，这是母亲布置给他和姐姐的任务。家里养了两头猪，一头大一头小，猪们每天的吃食，就是他们挖回的野菜。上学时，他们就把挖野菜的筐带出来了，藏在一堆草丛里，放学后就直奔那片草丛，拿出筐，一溜烟似的钻到地里去寻找可挖的野菜。

每天早晨出来，母亲都会说：你们多挖点野菜，这两头猪就靠你们了，到时候咱们卖掉一头，过年的时候再杀一头，咱们家就有肉吃了。

他们已经很久没有吃到肉了，一想起肉，他们的肚子就“咕咕”地响了起来。于是，他们在吃肉信念的支撑下，每天都去挖野菜。他和姐姐挖满两筐野菜时，天色也不早了，当他们走到关着的两头猪的猪圈前时，猪已经等不及了，正迫切地挤在门前，等着他们的野菜。

刘树每天放学后也不闲着，他要到山里打柴，天快黑的时候，才能背回一大捆小山似的柴火。刘树回来的时候，一家人一天的劳作就算结束了。

王桂香做饭，三个孩子坐在院子里，借着天空的最后一抹亮色写作业。吃饭的时候，刘树边吃边翻看一本书，刘栋刚开始不知哥哥看的是什么，还是刘草告诉他，哥哥看的是《三国演义》。那是他第一次听到这本书的名字。

刘树不论看书或者学习都很刻苦，再过一年哥哥就该高中毕业了。哥哥说，他高中一毕业就去参军，当一名光荣的解放军，争取提干，当军官，那样他就可以挣工资了。哥哥现在正朝着这一方向努力着。

哥哥努力把自己的身体锻炼好，他怕身体不好，体检过不了关。哥哥锻炼的方法是，每天跑步上下学，回到家拿上捆柴的绳子和砍柴刀，又向后山跑去。哥哥从不走路，他只跑步，哥哥的脸上总是汗津津的。哥哥每天总是把书看到很晚才熄灯睡觉。

父亲的身体似乎一直不太好，现在又多了个干咳的毛病，他的嗓子里好像有东西堵着，有事没事的都要干咳两声。父亲的脸很黄，也很瘦，因为干咳，他的话也越来越少了，他的话都被干咳代替了。

吃晚饭的时候，是一家人最幸福的时光。因为只有晚上，桌子上才会多出一盘菜，早晨一年四季都是吃玉米饼子，喝粥，吃咸菜，晚上的菜里才能见点油星。一家人就很幸福的样子，母亲往往在这时就畅想起未来的生活，母亲说：咱们家呀，你们三个正在长身体，一年分的口粮总是不够吃，等你哥哥毕业了，他愿意当兵就让他去，这样家里就少一个争食的了。到那时，粮食就够吃了，咱们三天两头地吃顿高粱、小米饭。

母亲这么说，刘栋就一脸的神往。

母亲还说：等到秋天，把那头大个的猪卖了，给你们每个人扯上几尺布，给你们都做一件新衣服。要是过年呢，那头小猪也该大了，熬苦一年了，把它杀了，卖些肉，猪头、猪下水咱们留着，自己吃。

刘栋从那一刻起，就开始盼着秋天，盼着过年，秋天一到，年也就不远了。

母亲这么畅想时，父亲不说什么，他一边吃饭，一边干咳着。

关于父亲的病，母亲也关心过，让他去卫生所看过，卫生所的赤脚医生看不出什么来，开一些甘草片就回来了。父亲吃了，也不见什么好转，后来索性就不去看了。

母亲说：孩子他爸，你老咳老咳的也不是个事儿，到大医院去看看吧？

父亲就说：没啥，就是嗓子眼儿里像有啥东西，咳一咳就没事了。

母亲知道，父亲是舍不得花钱看病，母亲就和父亲商量：要不到秋天猪卖了，你去县里医院检查检查。

父亲勉强地说：再说吧。

父亲的事也就再说了。

夜深人静的时候，母亲在炕上翻了个身，醒了过来，她看一眼窗外白花花的月亮，又想起了“那个孩子”，她推推父亲：孩子他爸，也不知那孩子咋样了。

父亲从梦中清醒过来：别想了，睡吧。

很快，他们就又都睡去了。生活的操劳，让他们没有更多的时间和精力去想身边之外的事了。

哥哥刘树最大的梦想就是成为一名解放军，在那个别无选择的年代里，哥哥把所有的理想都寄托在参军上了。

前村后屯的年轻人参军后，偶尔回家休假探亲什么的，哥哥会走很远的路跟着人家，望着人家那一身绿军装，羡慕得要死。跟着人家走很多路，就是想让人家注意到他，跟他说上几句话，那样他就会不厌其烦地跟人打听部队上的事，哥哥对部队的一切都充满了敬畏。

刘树有一把火药枪，是用自行车链条做的，很精致，他用这把火药枪换了一件假冒的军上衣。哥哥爱不释手地把假军装穿在身上，人就显得精神了许多。哥哥冲刘栋说：你看哥哥像不像个解放军？

刘栋就从头到脚把哥哥看了看：要是有个帽子和裤子就好了。

哥哥望着远处发狠地说：总有一天会有的。

那一年的5月，也就是再有两个月哥哥就高中毕业了，高中一毕业，哥哥离当兵的日子就不遥远了。可就在那年的五月，父亲刘二嘎出事了。刘二嘎正在和人一起参加田里的劳动，突然就一头栽倒了，晕倒在田里。那时，刘二嘎的脸已经蜡黄，干咳依旧，他干瘦的身体似乎用一根火柴就能点着了。

刘二嘎这回真的晕倒了，先是让一辆马车拉着去了公社卫生院，医生听了听心肺什么的，说病得很严重，又说不出什么病，就让父亲去县卫生院，最后来到了县卫生院。很快就检查出了结果：父亲得的是肺结核，已经是晚期了。按医生的话说，父亲的肺已经没有一块好地方了，连抢救的价值都没有了。

父亲就被马车拉回来了，从此就躺在了炕上，脸依旧焦黄，一咳就吐血，只有那眼睛还活泛地动着。他就用目光依次地在三个孩子身上扫来扫去，先扫刘树，又看刘草，然后就定在了刘栋的身上。

他留恋这个世界，也留恋自己的亲人。

父亲就这么苦撑着。7月那一天，正好是刘树高中毕业典礼，刘树他们班从城里请来了个摄像师，给全班合了一张影。父亲自然没有看到那张合影，父亲走的时候是白天，三个孩子都在上学，只有王桂香在他的身边。

父亲的目光停在王桂香的脸上，久久不愿意离开，他似乎想抬起手来，可没有力气，王桂香就把耳朵凑过去，道：孩子他爸，有啥话你就说吧，我听着呢。

刘二嘎断断续续地说：我想那个孩子啊。

一句话让王桂香流泪了，这是刘二嘎临终前最后的一句话，说完就咽气了。王桂香一边流泪，一边望着已经走了的刘二嘎，她的心里难受、憋屈极了。

王桂香流着泪，为刘二嘎准备后事。她自从知道刘二嘎得了肺结核这种病，就没流下一滴眼泪，她不想让丈夫看到自己的眼泪，她要做一个刚强的女人。当她听了丈夫留下的最后一句话，她受不了了，眼泪哗地流了下来。

刘二嘎去了，天也就塌了一半。

送走刘二嘎后，王桂香就不再流泪了。她把三个孩子召集在一起，开了一次家庭会议。她先把三个孩子挨个看了一遍，然后哑着声音说：你们的爹走了，这个家以后就靠咱娘儿几个了。

最后，她把目光停在刘树的脸上：你是这个家的老大，你今年也十八了，成人了。我知道你想去当兵，妈不拦着你，你去好了。

刘树正在为自己的前途和命运担心，父亲去了，这个家的顶梁柱就塌了，他担心自己无法实现理想了。这些日子，他一方面沉浸在失去父亲的悲哀中，另一方面也悲伤自己夭折的理想。母亲的话，让他吃了颗定心丸儿，他塌下去的腰，又一点点地挺了起来。

很快就进入了10月份，10月份是部队征兵的日子。那些日子里，树上、墙上到处都贴满了“一人当兵　全家光荣”的标语，应征青年也蜂拥着去大队报名。

刘树也去了。大队革委会主任老胡，一眼就看到了人群中的刘树，他指着刘树说：你不能去。

刘树望着胡主任问：我为啥不能去？我家三代是贫农，政治上没问题。

胡主任就背着手，很严肃地说：你家政治上是没有问题，可你家有困难，你爹死了，家里没有劳力了，你走了，谁养活你家？

我走了，还有我妈呢。

胡主任说：你妈是妇女，那不算数，招兵只能招那些家里没有负担的，你这不合格，这名你不能报。

刘树那天没有报上名，回到家就哭。王桂香问明白了事情的原委，沉默了一会儿说：明天，我领你去。

第二天，王桂香带着刘树出现在大队胡主任面前。

她说：老胡，我家刘树想报名当兵。

胡主任说：不行，你家刘树不符合条件。

王桂香说：胡主任你放心，刘树要是能当兵，家里有天大的困难也不找公家。

胡主任道：说是那么说，刘树要是当兵走了，你们家就是军属，军属有困难，大队能不管吗？所以刘树不能去。

说到这儿，用手一指那些排队报名的青年说：这么多人报名，也不差你家刘树一个，就是报名了，他也不一定能去，咱们大队今年只招两个人。

王桂香就愣在那里，刘树也傻了。

王桂香忽然身子一弯，一下跪在胡主任面前，低声道：求你了，胡主任，我家刘树就是想当兵。

胡主任无奈地说：那你报吧，我说过报了也没用。

报上名的刘树似乎看到了一线希望，这点希望两天后就破灭了。第一项目测，是个接兵的军官，他从应征青年的队头看到队尾，走到刘树面前时，问了一句：你叫刘树吧？

刘树点点头，那个军官就把他从队伍里拉了出来。刘树眼前的天就黑了。

那些日子，刘树不知是怎么过来的，他每天下地劳动，一言不发，不知什么时候，穿在身上的那件假军装不见了，从那以后，他拒绝再穿草绿色的衣服。他回到家也是一言不发，翻着那本《三国演义》，不知他是真看进去了，还是做样子给人看。

又过了一阵，大队参军的那两个青年定下来了，他们胸戴大红花，被敲锣打鼓很隆重地送走了。

刘树趴在炕上，刚开始是压抑着哭，后来就号啕大哭起来。王桂香站在一旁，看着刘树，她也在那里抹着眼泪。

刘栋不知道这一切，他站在人群里，看着眼前的热闹。他被身穿军装、胸戴红花的那两个青年吸引了。

最后他小脸通红地跑回来，他一进门就喊：妈，长大了我也要当兵去。

很快，他就被眼前的景象惊怔了，哥哥和母亲都在哭。他立在那里，咬着嘴唇，望一眼母亲，再看一眼哥哥，半晌才道：妈，以后我不当兵了。

母亲突然就哭出了声：咱家没那个命啊。

后来的哥哥就学会了吹笛子，笛子吹得让人听了想哭。他每天干完活，就坐在自家门前，在黑暗里吹，一吹就是好久。

有天，刘栋轻手轻脚地站在了哥哥身边，嗫嚅道：哥你别吹了，你一吹我心里就难受。

刘树把刘栋拉到身前，望着远方说：哥这辈子当不成兵了，你大了，一定要去。这个家有哥，他们就没理由不让你去。

哥说这话时满眼的泪花，他冲哥哥认真地点了点头。

田村阳光灿烂的日子

上小学三年级的田村，已经是军部大院这群孩子的头儿了。他的言行，在这群差不多大的孩子中很有号召力。

自从上次，用一粒子弹把家里的灯泡击得粉碎，杨佩佩和田辽沈大吵了一架。杨佩佩怪田辽沈太娇惯孩子了，田辽沈觉得杨佩佩这是小题大做，孩子嘛，淘气、愣点没关系，男孩子淘气，长大了才是条好汉，娘们儿似的软了吧唧的，长大了也不会有啥大出息。

说是这么说，田辽沈从那以后再也不敢把枪往家带了，他也怕孩子玩枪惹出事来，那可不是闹着玩的。打碎几只灯泡倒没什么，他怕万一伤着人，后果就严重了。

没枪的日子对田村来说就很乏味，于是他就在外面折腾，玩的内容是抓特务。他把孩子分成两拨儿，多一些的是好人，少的那一拨儿是特务，特务跑，好人抓，一时间弄得军部大院鸡飞狗跳，很不安生。这种抓特务的游戏玩的时间长了，就乏味了，田村又变换了一个玩法，改玩战争的游戏。一半人扮日本鬼子，另一半人演八路军，有了阶级之分，也就有了仇恨。孩子们又很容易入戏，两拨人纠缠在一起就有了立场的问题，样子都是你死我活的。这种游戏大都是在晚上放学以后玩，天暗，本来就看不清，开始还能分出这拨那拨的，打在一起时就分不清彼此了，更多的时候，自己这一拨人就相互撕打起来，你撕我拽的就有人吃了亏，一吃亏就想起了抄家伙，木棍、砖块满世界飞。这样一来，就有人受伤了，这个把那个的头开了瓢，那个又把这个的手咬了。一场战斗下来总有挂彩的，你哭我喊，乱成了一锅粥。

那一阵子，经常有家长牵着孩子的手找上门来。杨佩佩就急火火地领着受伤的孩子去军部的门诊部，又是赔礼又是道歉的，好话都说尽了。

一遇到这种事，田村就知道自己闯祸了，把自己反锁在屋里不敢出来，任杨佩佩怎么叫门也不开，气得杨佩佩疯了似的在屋里转。田辽沈就在一旁静观事态的发展，他息事宁人地说：护士长同志，你消消气，等会儿我收拾他。

杨佩佩这回找到了出气筒，把火都撒到了田辽沈的身上。她冲他嚷：这孩子都是你教育的结果，怎么样，出事了，你倒像个没事人似的，这样下去，这孩子早晚得出大事，到时候你后悔都来不及。

田辽沈不可思议地说：一个孩子能出啥大事？

杨佩佩赌气地说：孩子孩子，你就老拿孩子说事。

田辽沈见杨佩佩气消了一些，就走到田村的小屋门口，敲敲门说：儿子，快开门，我是爸爸。

不一会儿，门就开了。田辽沈走进去，又回身把门带上。田村知道自己惹事了，低着头坐在床沿上，田辽沈扯了把椅子坐在他对面。

儿子，把头抬起来，没啥大不了的，爸爸小时候也像你这么淘，爸还偷过地主家的鸡呢。

田村抬起头问：爸，地主家的鸡香吗？

田辽沈就笑一笑，叹口气后，严肃地道：儿子，记住以后游戏可以，但不要伤人，伤人就不好了。

田村低下头说：爸，我记住了，他不是我伤的，都打乱套了，也不知是谁打的，可他们都找我。

田辽沈认真地问下去：那他们为什么要找你啊？

田村想了想，挠挠头回答：我是他们的头呗。

田辽沈拉过田村的手，爱抚地拍了拍：看来，我儿子很有组织才能，说不定以后能当个将军呢。

晚上，躺在床上的杨佩佩给了田辽沈一个后背，田辽沈就叹着气说：放心吧，孩子我都批评过了，以后不会再犯大错误了。

杨佩佩气哼哼道：你那叫批评啊，简直就是纵容。

田辽沈嬉皮笑脸地说：孩子嘛，还能咋的？

杨佩佩转过身，低声道：他要是我亲生的，我非揍他一顿不可。

田辽沈打着岔儿：啥亲生不亲生的，都一样。

这事过去没多久，田村还是闯了个大祸。

军部大院在备战备荒中挖了许多地道，地道几乎是家连家，户连户，地道口有的在床底下，有的在地下室里，整个军部的地道很复杂，纵横交错。

田村领着一群孩子，无意中发现了自己家的地道口，就钻了进去，竟是别有洞天，于是钻地道就成了这群孩子的一大乐趣。

平时的地道并没有照明设备，电闸拉了，地道里是黑的，但通风设备还都开着。这也难不住田村他们。有的在家里拿来手电筒，有的偷来柴油，点上了火把，他们在地道里钻来钻去，不时会有新的发现。他们有时从这家下去，又从那家门口出来。有一次，他们竟然摸到了军长的家里，军长家的地道口在床底下，那天的军长正在午休，鼾声响得惊天动地。田村爬到床头，掀起床单，一眼就看到了挂在军长家墙上的那把枪。枪是六二式的，比父亲那把五四式的要精致很多。自从父亲不再把枪拿回家，他的生活就少了什么似的，这会儿看到枪，馋得手心都是痒的。第一次他没敢轻举妄动，又悄悄地溜回去了，但军长家的地道口他是牢牢地记住了。有朝一日，他一定要偷走军长这把枪。

偷枪的那天是个晚上，他从自家的地道口钻进去，自家的地道口在客厅的沙发底下。当然做这一切时，都是等父母熟睡以后进行的。他钻进了地道，又凭着记忆，摸到了军长家的地道口。从军长家的床下爬出来时，军长早就睡着了，照例是鼾声如雷。借着月光，他看见了墙上那把枪仍挂在那里，他脱了鞋子，轻手轻脚地摸过去，很熟练地把枪握在手里，枪套他没拿，只是把那支小巧的六二式手枪攥在了手中，然后悄悄地退了出去。

那个夜晚，是田村最快乐的一晚。他独自在地道里，把枪拆开又装上，装上又拆开，折腾了好几遍。他发现枪里还有六发黄澄澄的子弹。他把子弹上膛，顺着手电光线这里瞄一下，那里瞄一下，突然，他发现了一只奔跑的老鼠，他喊了一声：打死你。

枪就响了。老鼠没打着，只一下就不见了。

不知过了多久，他把枪藏起来，又做了个记号，才悄悄溜回自己的房间，钻到床上，心里还想着明天再去玩枪的事。第二天一早，他就上学去了，发生在军部大院的事他就不知道了。

军长早晨起床后，才发现自己的枪丢了，这还了得，有人竟然胆敢在军长家偷枪。军长马上通知了保卫处，整个军部大院都戒严了。翻来找去的，也没有找到那支枪，一天的时间里，整个大院都是戒备森严。

晚上回家的时候，田村发现情况不对了。吃晚饭时，田辽沈板着脸，没有一点笑模样。

田村小心翼翼地问：爸，咋了？我刚才回来，看见门口站了双岗，还查我们的书包呢。

田辽沈沉着脸，没有回答。

杨佩佩说：你的枪是不是还放在办公室里？

田辽沈说：军长的枪丢了，我们的枪都交到军械库去了。

杨佩佩松了口气：那就好，你的枪要是丢了，还不把你副参谋长给撸了。

撸了职务还是小事，怕就怕枪到了坏人手里，闹出大事。

田村明白了，知道自己闯祸了，小心地问：要是偷枪的人给抓住，该定个啥罪？

田辽沈说：啥罪？那是反革命，要杀头的。

田村吃不下饭了，他说肚子疼，就回到了自己的屋里。他躺在床上，望着天花板发呆，耳边一遍遍响着父亲的话，他真的害怕了。他一直等到夜深人静，父母都睡着后，又钻进地道，他要把枪偷偷给军长送回去，他以为这样就会没事了。

如果不被军长发现，也就真的没事了，结果却是被军长给抓住了。军长把枪丢了，再找不到的话就要上报军区了，这可不是一件小事，他哪有心思睡觉，就翻来覆去地在床上折腾。

还枪心切的田村并没有发现异常，他刚从床底下爬出来，准备把枪插到墙上的空枪套里，军长就发现了他，军长大喊一声：抓坏人——就一个恶虎扑食，把他给扑倒了。

结果就可想而知了。

田辽沈气坏了，他做梦也没有想到，偷枪的人竟然是田村。他把田村绑在院子里的一棵树上，抡起皮带一阵猛抽，边抽边气呼呼地问：还敢不敢了？

田村早就吓得语无伦次了，他哭喊着：爸，不敢了，再也不敢了。

后来，还是军长来解了围，他挥挥手说：算了算了，孩子又不是敌人。反正枪找到了，也没出啥大事。

田辽沈这才住了手，这是他第一次打田村，也是最后一次。在田村的记忆里，他至死都不会忘记那一次的挨打。

那一次，田辽沈在军党委会上做了深刻的检讨。

刘栋参军

刘栋高中毕业那一年已经十八岁了，姐姐刘草二十二岁，哥哥刘树也二十六岁了。

刘树参军的梦破灭后，只能安心务农了，从那时起，哥哥就变得很忧伤，每天总在自家门前的土坡上吹笛子，压抑的笛声在黄昏时分弥漫着。

刘草回家务农也有几年了，农民的孩子没什么出路，高中毕业后只能是在家务农。姐姐高中毕业后，参加了县医院赤脚医生的培训，培训完了，并没有工作可干。大队的卫生室，赤脚医生的名额也已经满了。能干上赤脚医生的人，都是和大队革委会胡主任沾亲带故的。刘草攀不上这样的关系，只能回家务农。但姐姐对医生这一行是热爱的，她有事没事地都要去山上采些草药，放在自家院子里晾晒，然后就这个尝尝，那个闻闻。她在精心地守护着这些草药，仿佛守护着自己的理想。

刘栋毕业了，他没事可做，只能和哥哥、姐姐一样去田里劳动。那天，他找着一把锄头准备去劳动时，却被刘树一把拉住了：弟弟，你不能干这个，你要去当兵。

刘栋很没信心地说：万一我去不了呢？

刘树就铁着脸说：你一定要去。

哥哥说完这话，转过身默默地走了。父亲去世后，家里的大事小情都是哥哥说了算。

晚上，母亲王桂香回家时，刘栋把哥哥的话学说了一遍。此时，刘树又蹲在外面吹笛子，他吹的是《社员都是向阳花》，一首挺欢快的曲子，却被他吹得如泣如诉。

王桂香望着刘栋：听你哥的，他让你当兵，你就去当兵吧。

刘栋说：我真的能当上兵？

王桂香点点头：听你哥的。

一转眼，征兵的日子又到了，村子里的墙上、树上，又贴满了红红绿绿的标语。标语十几年不变，还是“一人当兵　全家光荣”之类的话。

那天，刘树从外面回来，手里提了两瓶酒，还有两盒糕点。他把那些东西放在屋里，冲王桂香说：妈，晚上你领着弟弟去找胡主任。

哥哥要当兵那会儿是胡主任管，现在仍是胡主任管着，此时的胡主任已经五十多岁了。

王桂香看了眼桌上的东西，又看一眼刘栋，就冲刘树点点头：老大，妈听你的。

那天晚上吃过饭，王桂香就领着刘栋去了胡主任家。胡主任家很气派，宽敞明亮，院子很大。胡主任的儿子胡小胡正在院子里骑自行车，他把自行车骑得跟玩杂技一样，一边骑，一边吹着口哨。胡小胡和刘草是同学，已经毕业好几年了，他一天农活也没干，整天就骑着自行车，叼着烟卷满世界闲转。在这个村子里，大人们不正眼看他，孩子也不理他，大家都说他是个“二流子”。

胡小胡见王桂香领着刘栋来了，从自行车上跳下来道：咋的刘栋，你也想去当兵？

王桂香就说：小胡哇，你爸在家吗？

胡小胡大咧咧地说：在呢，你进去吧。

王桂香提着东西进屋了，刘栋没进去，他留在院子里和胡小胡说话。

胡小胡说：刘栋，你想去当兵啊？

刘栋点点头。

胡小胡不屑地撇着嘴：当兵有啥意思，我要想去早就走了。当兵又提不了干，过两年还不得回来。前村的赵小四，当了五年兵回来了，现在连个对象都找不到。

刘栋轻轻地说：我想去试试。

胡小胡用一副过来人的样子说：听我的话，在村里等着招工吧，当个工人不比当兵差。

刘栋看一眼胡小胡，叹口气道：我不能和你比呀。

王桂香进屋的时候，胡主任正坐在桌前，"吧嗒"一口菜，"滋溜"一口酒地吃喝着。他醉眼蒙眬地看一眼王桂香，又看一眼她手里提着的东西，脸色好看了一些，然后拖着腔说：你来了——

王桂香把东西放在桌旁，望着胡主任说：主任，今年我家那小子想去当兵。

胡主任耷拉着眉眼：当兵好哇，今年想当兵的人可很多，他能不能走成，我可不好说。

王桂香脸上堆着笑，道：这不请主任来帮忙了嘛。

胡主任又喝了口酒说：请我帮忙的人很多，你说我帮谁不帮谁啊？

胡主任嘬着牙花子，王桂香就低下了头，看着自己的脚尖说：胡主任，孩子他爸走得早，这些年了，三个孩子都挺不容易的，你就帮孩子一次吧。

胡主任就说了：能帮上的，我一定帮。

院子里，胡小胡掏出烟来递给刘栋，刘栋摇摇头说：我不会。

胡小胡就自己点上了，他的样子很熟练。

胡小胡吐出了一连串的烟圈后，问刘栋：你姐干啥呢？

刘栋眼睛看着别处，嘴里回答：下地挣工分呗。

你姐可真傲，我们是同学，现在我和她说话，她都不理我。

我姐她就那样。

胡小胡凑近刘栋：听说你姐谈对象了？

刘栋摇摇头：她的事我不知道。

我可听说了，就是后村的大宝，拖拉机手，我们上一班的。

刘栋脸都红了，着急地说：我真的不知道她的事儿。

屋里，胡主任和王桂香说着话。

王桂香还在低声下气地求着胡主任：胡主任，我带着三个没爹的孩子，挺难的。你就帮刘栋这一次，这辈子他也不会忘了你。

听了王桂香的话，胡主任又“滋溜”喝了几口酒，说道：都难啊，你难，我也难。你看看这个家，小胡他妈死了好几年了，我家连个做饭的人都没有，我这是又当爹又当妈，回家连口热饭都吃不上啊。

王桂香认真地说：那就快给小胡娶个媳妇呗，有了儿媳妇，也就有人做饭了。

见王桂香这么说，胡主任又是一声长叹：他看上的，人家看不上他；人家看上他了，他又看不上人家。你说这让我咋整？

王桂香也只能陪着胡主任一起叹气。

刘栋和母亲回来时，刘树坐在院子里一边吹笛子，一边等他们回来。刘树见母亲似乎不高兴，就跟到屋里，小心地问：东西送去了？

母亲说：胡主任说，今年有好多孩子想去当兵，他不敢打保票，咱们家的刘栋能不能走成还是个问题。

刘树气哼哼地说：走成走不成，还不是他一句话的事。

刘栋在一旁很没有信心地说：妈，哥，要不我还是参加生产队的劳动吧。

不行，今年你一定要走。哥说啥也得把你送走，咱们家以后出人头地就全指望你了，你这时候不能打退堂鼓。刘树拍着刘栋的肩头，坚定地说。

刘栋很没底气地回了哥哥一句：我能不能走，又不是你说了算。

刘树咬着牙帮骨，斩钉截铁地说：剩下的事你就别管了，我自有办法。

刘树是在第二天中午的时候，走进胡主任家的。在来时的路上，他看见树上的一幅标语被风吹起来了。他上去把那幅“一人当兵　全家光荣”的标语用唾沫粘牢，又怔怔地看了好一会儿，才往前走去。

胡主任已经吃过饭了，正准备睡一会儿。他看见刘树走进来，就风言风语地说：哟，高中生来了，今天太阳打西边出来的吧。你咋有空来看我了呢？

刘树自从高中毕业后，人们就喊他高中生了。刘树平时很孤傲，没事就坐那儿看书，吹笛子，多一句话也不愿意说。二十六岁了还没结婚，给他介绍对象的人很多，可他就没点上个头，母亲王桂香也很着急，他却只有一句话：弟弟当兵走了，我再考虑自己的事。此时，刘树是怀着孤注一掷的心情来找胡主任的。

他站在胡主任面前：胡主任，我弟弟要去当兵。

胡主任咧咧嘴：这我知道，你妈来过了。

刘树又说：你要是今年把我弟弟送走，我今年的工分都给你。

胡主任笑了：高中生，说啥呢？我是啥，是大队主任，我咋能要你的工分。

刘树一脸认真地问：那你要啥？

胡主任慢条斯理地说：我啥也不要，他能不能去当兵，我不拦着，他能走，是他的运气。

刘树站在那里，怔怔地望着胡主任的脸，他一时不知该说什么，突然，他给胡主任跪下了，眼泪也流了出来，他哽着声音说：主任，只有你能帮我弟弟了，你就帮他一次吧。你的恩情，我这辈子也忘不了。

胡主任挥挥手说：那啥，你别这样，是你自己要跪的，我可没让你跪啊。你走吧，你弟弟的事我知道了，到时会考虑的，我要睡觉了。

刘树一动不动地跪在那里，跪得高山流水。

胡主任是一天傍晚的时候出现的，他背着手，样子很悠闲，似乎是散步时不经意间走到刘树家的。刘树正蹲在门前吹笛子，见到胡主任，他怔了一下，站起身来说：主任啊，到屋里坐吧。

胡主任前后左右地打量着刘树家的小院，一边往里走，一边说：不错嘛。

刘草正蹲在院子里翻晒那些草药，见胡主任进来，她头都没抬一下。胡主任走过来，蹲在刘草身边，抓起一把草药放到鼻子下，闻了闻道：你采的药不错，比大队卫生所那些赤脚医生采的强多了。那啥，有机会去卫生所工作吧。我敢说，你一准比那两个二竿子赤脚医生强。

王桂香见胡主任来了，忙迎出来：主任来了，快屋里坐。

胡主任冲刘草笑笑，拍拍手里的药渣，就往屋里走，刘树也跟着进了屋。刘栋正在屋里看书，见胡主任进来忙站起来，胡主任就用手拍拍刘栋：这孩子一晃就长成大小伙子了，一看就是块当兵的料。

王桂香又是倒茶又是递水地把胡主任安顿下来，胡主任这里看看，那里瞅瞅，喝了口水道：那啥，今天我来呢，就有啥说啥了。刘栋不是想当兵吗，我寻思了，也不是啥大事，但是得这么的，我那孩子胡小胡啊你们都知道，别人给他介绍对象，他没一个看上的，他就看上你家刘草了。如果那啥，刘栋当兵，还有草儿去大队当赤脚医生的事，就包给我了。

王桂香和刘树刚开始还把笑挂在脸上，听到后面的话，他们的脸上已经没有笑意了。

胡主任自己给自己找台阶下：要不你们寻思寻思，到时给我个话儿。你们那是为了孩子，我这也是为了孩子，这个家长啊，不好当。

说完就要走。

刘树上前一步，拉住了胡主任：主任，我们答应你。

胡主任摆摆手：不忙，你们商量商量，我走了。

胡主任走了。

一家人都怔在那里，母亲叹了一长气，忧戚道：能行吗，草儿能愿意吗？

刘树咬着腮帮骨道：她同意也得同意，不同意也得同意。

王桂香坐在那里抹着眼泪，刘栋过来拉了拉哥的衣袖：哥，这兵我不当了，姐是不会愿意的，她最看不起胡小胡了，再说她正和后村的大宝好着呢。

刘树拉开刘栋的手，发狠地说：这里没你的事儿，你就等着去当兵吧。

刘树说完向外走去，他把刘草喊到房间里，又关上了门。

进了屋的刘草奇怪地问：哥你这是干吗呀，神神秘秘的。

这时的刘树一脸的凝重，他盯着妹妹说：刘草，你是不是我妹妹？

听刘树这么说，刘草吃惊地瞪大了眼睛：哥，你怎么了，你说这个干什么？

刘树点点头：咱爸去世早，咱们长这么大，也没为这个家贡献些什么……

不等刘树说完，刘草就打断哥哥的话说：哥你说吧，要贡献什么，是不是刘栋当兵的事儿？

刘树不直接回答，而是问刘草：你是不是和后村的大宝好上了？

刘草脸红红地点点头。

刘树继续说：为了咱这个家，你能不能和大宝断了，嫁给别人？

刘草吃惊地问道：让我嫁给谁啊？

胡小胡。

刘草“呸”了一口说：他，那个二流子。

看到妹妹的表情，刘树低了声音道：我知道你肯定不同意，但是为了刘栋，为了这个家，你得同意。刘栋当兵不是为他一个人，是为了这个家，咱们家得出息个人了。

刘草听到这里，眼泪就流出来了，面对哥哥，面对这个家，她的心都要碎了。

另一个屋里的刘栋也在哀求着母亲，他冲母亲说：妈，你就跟哥说，我的事不用他管。

母亲叹口气，说：自从你爸不在了，这个家就你哥哥说了算，他说啥就是啥，你听你哥的吧。

刘栋急得脸都红了，他气愤地说：这不是交换吗？我宁可不当兵，也不能让我姐去做这个交换，这成啥了。

母亲劝道：你哥这是盼着咱家能出息个人，你哥都二十六了，一直不结婚，连亲也不定，就是为了等着你毕业这一天呢。

听到母亲这么说，刘栋已是泪流满面了。

刘树还在做刘草的思想工作：这么多年，我早就下了决心，为了你和弟弟能有个出息，就是让我死我都干。胡主任说了，只要你答应这门亲事，他不仅能让刘栋当兵，还把你弄到大队卫生所去当医生。

刘草趴在身旁的柜子上痛哭失声，刘树背着手，在屋里一趟一趟地转悠。终于，他停下脚步，又说道：妈给胡主任送过礼，我也给他下过跪，人家不领这个情，有啥办法？今天他主动提出来让你给他当儿媳，这明摆着就是和咱做交换。

刘树说到这儿，停了停，看了眼刘草又说道：爸死了这么多年了，我这当哥的没给家里做什么，更没为你做什么，以后你要哥做什么，我还是那句话，就是让我死我也同意。

这时的刘草已经不哭了，她红着眼睛问：哥，就没别的办法了？

刘树摇摇头。

刘草哽着声音道：哥，我同意。

刘树听了这话，郁积已久的眼泪终于噼里啪啦落了下来。他抱着刘草说：好妹妹，哥这辈子也忘不了你。就是你让哥死，我也决不皱下眉头。

这是刘树发自内心的话，果然，在不久的将来，哥哥为自己的话付出了代价。

刘栋顺利地报上了名。他去检查身体那天，刘草和胡小胡举行了订婚仪式。由胡主任召集双方的亲朋好友，在胡主任家里吃喝了一顿。

那天哥哥刘树喝多了，他端着酒碗逢人就敬，别人敬他他也喝。回到家里他就大吐不止。母亲和妹妹照顾着他，他在大吐的间隙里，冲妹妹说：草儿，让你受委屈了，哥下辈子当牛做马也要报答你。

刘草一边流着泪，一边说：哥，我愿意，我高兴。

母亲王桂香躲在一旁也抹着眼泪。

刘栋的体检很顺利，接下来就是部队接兵的首长对体检合格的青年家里进行走访、政审。接兵的领导来刘栋家走访时，胡主任亲自陪着，热情得很，他一边冲接兵的领导介绍情况，一边拍着胸脯说：刘栋这孩子没问题，我是看着他长大的，咱们大队要是有一个名额那也是刘栋的，我就看着这小伙子有出息。

一切都进行完了，就等着录取通知书了。胡主任已经和刘树商量好，刘栋拿到部队入伍通知书去部队那天，就是刘草和胡小胡举行婚礼之日。

刘栋穿上军装离开村子那天，天上飘着小雪，他是坐着大队派出的拖拉机去公社报到的。拖拉机开走时，村子里响起了鞭炮和锣鼓、唢呐声。刘栋知道，姐姐这会儿正和胡小胡举行婚礼。

刘栋走的那天早晨，哥哥看着他的一身新军装，这里捏捏，那里看看，含着眼泪说：弟弟，这回你行了，你终于当上兵了。接着又正色道：记着，这不是你一个人当兵，你还代表着哥哥。哥没有别的要求，就是希望你有出息，否则就别回来见我。

此时的刘栋坐在拖拉机上，迎着飘落的雪花，想起哥哥的话，他的眼泪又一次流了出来。

田　村

高中毕业的田村已经是军部大院里的人物了。他的标准装扮是喇叭裤，绿军装，蛤蟆镜，头发留得很长，走起路来一甩一甩的，看人也是仰着脸看，桀骜不驯的样子。更多的时候，他手里提着两个喇叭的录音机，和他的那帮同学一起钻到公园的树林里跳“迪斯科”，那种撞屁股、扭腰的舞。

田村现在敢和父亲田辽沈副军长叫板了，田辽沈现在是副军长，四十八岁的副军长，不算年轻，也不算太老，他可以指挥千军万马，却无法驯服自己的儿子。

平时田副军长很忙，部队的政治学习少了，正规的训练却多了起来。田副军长是主抓部队训练和管理的副军长，一个军三个师，师下面又有三个团，任务很艰巨，他要不停地下部队布置训练任务，验收训练成果，忙得一天到晚见不到人影。

杨佩佩现在是军机关门诊部的主任，人们都杨主任、主任地叫着。她现在操心的不是机关的门诊部，而是眼前晃来晃去的田村。现在她和田村说话，完全是一副商量的口气，她面对的毕竟是唇上长出茸毛的半大小伙子了。

田辽沈不在家的时候，杨佩佩只能和田村面对面，田村一副日理万机的样子，饭桌上狼吞虎咽地吃着饭，吃完一抹嘴就开溜。这天，他又想开溜时，母亲叫住了他，母亲说：田村，你能不能在家多待一会儿，陪妈妈说说话。这个家又不是渣滓洞，你就那么不愿意待？

田村把军上衣甩在肩上，手里晃着蛤蟆镜，腿一抖一抖地说：妈，你有啥话就快说，其实你不说我也知道，还不就是老三篇，有啥可说的。

母亲就叹口气：就是老三篇我也得说，你都高中毕业两个多月了，对自己的未来有什么打算啊？

田村一甩头发，满不在乎地说：随便。

母亲看着田村的脸，认真地说：昨天我帮你在街道登记了，街道的刘主任说了，下批安置待业青年就业首先考虑你……

田村打断杨佩佩下面的话，无所谓地说了句：我知道了，怎么着都行。

杨佩佩不高兴了，冲他嚷：什么叫怎么着都行，你到底是同意还是不同意呀？

田村没理母亲的话，冲杨佩佩说了句“我走了”，就甩着头发出了门。

杨佩佩站在门口，望着儿子远去的背影，只能长长地叹了一口气。孩子是个什么，到现在为止她也没品咂出个滋味来。田村小的时候，她担心王桂香找上门来，把孩子突然抱走，就是来到省城后，这种担心仍无时不在，晚上做梦都会梦见王桂香寻上门来。醒来后，她仍沉浸在梦里的情境中，抽噎着哭上一阵子，直到把田辽沈惊醒：大半夜的，你折腾啥啊？

她呜咽着：我梦见田村让人家给抱走了。

田辽沈就不耐烦地说了句“你真是瞎操心”，转过身就又睡去了。

杨佩佩却再也睡不着了，她睁着眼睛望着黑夜独自陷在悲伤中。就这么一天天挨着，田村长大了，长到眼前这样的大小伙子了，可就是现在，她冷不丁想到王桂香一家时，心里还是紧张得不行。她不敢再往下想了，也想不出那是怎样的结局。她不能想象没有田村的日子。

毕竟孩子不是亲生的，她总有一种危机感，这种危机感无时不在，就像一把利剑悬在她的头上，让她的心里多了一种硬硬的感觉。

田辽沈从部队检查工作回来，一进家门，杨佩佩就把一股无名火撒在他身上。她冲田辽沈喊道：这个家你还管不管了？

田辽沈一脸奇怪地说：咋的了，是火上房了还是地震了？

杨佩佩恨恨地说：火没上房也没地震，田村都毕业两个多月了，天天这么游手好闲地混日子，你就不管不问。

田辽沈舒了口气：这事好办，让他去参军。

杨佩佩看了表情轻松的田辽沈一眼，皱着眉头道：你说得倒简单，让他参军去，他自己能愿意吗？

这时的田辽沈也拧起了眉头：他倒愿意上大学，就他那样能考上吗？他也不是没考过，差了六七十分，他就不是上大学的料。

那你说他是哪块料，就是当兵的料？

晚上，一家三口终于聚到了一起。田村是怕父亲的，得知父亲回来后，他先是把喇叭裤脱了，换上了一条军裤，蛤蟆镜也藏了起来。母亲见了，指着他的鼻子说：你还有个怕呀？

田村就冲杨佩佩赔着笑脸，道：妈，你可别跟我爸说我的事儿啊，求您了。

田村进来的时候，田辽沈正在看一张部队训练的报表，他拿着笔在那儿又写又画的。见田村进来了，就把报表推到了一边。他上下左右地打量着田村，终于看到了他的头发，就皱起眉头：你说你头发留那么长干什么，是当饭吃还是美啊？

田村就低下头，嗫嚅道：别人都这样，又不是我一个。

听了田村的狡辩，田辽沈猛一拍桌子：别人是别人，别人我管不着，我就管你，你是我儿子。明天你就去给我把头发理了！

田村低着头，不吭气。

杨佩佩把饭菜端上来，一家人很沉闷地吃着饭。田辽沈吃了几口饭，就又训上了田村：我十八岁那年，就参加了辽沈战役，先是在担架队抢救伤员，后来阵地拼得没人了，我就当了机枪手……

田村小声地嘟囔着：爸，你都说过无数次了。

田辽沈气哼哼地说：说过无数次怎么了，你今年都十八岁了，对自己今后有啥打算啊？

我妈让我工作，你让我去当兵，你们俩看着办吧。

田辽沈瞪了田村一眼，敲着手里的碗道：我是问你自己哪。

田村自己是没有什么打算的，小时候长在部队大院，他对部队已经没有任何神秘感了。他的梦想和那个年代的孩子一样，梦想着成为一个英雄，叱咤风云的那一种。等他长大了，才明白现在是和平年代，部队一直备战备荒，但一直没有打起来，内心鼓胀的豪情早就泄了劲儿，他也只能无可奈何。就业也好，参军也罢，他真的是无所谓。就是就业了，天天也是夹着饭盒上班，和那些大人们混在一起，没意思！当兵呢，整天嗷嗷喊着训练，又没有仗可打，整天面对着假想敌，也没劲儿。现在他真的说不清自己要干什么，摆在面前的路也只有这两条。

他现在无所事事，但又不能永远无所事事，他明白这一点。对自己的未来，他只能怀着无所谓的心态，听之任之。他只能冲父亲说：我听你们的，让我干什么都行。

父亲就说了：那你就准备准备，去当兵吧。

关于让田村当兵的问题，田辽沈和杨佩佩曾有过如下的对话——

我看当兵也没什么好的，不如让他就业算了。

田辽沈不同意杨佩佩的观点：就业就业，就知道就业。以后他有就业的机会，当兵可只有这一次，让他到部队锻炼上几年，这对他有好处。没有规矩，不成方圆，先让他有了方圆，才能学会做人。

对于田辽沈的想法，杨佩佩只能默默地接受了。

田村当兵自然是一路绿灯，拿着户口本到军部大院家委会报上名，然后就是体检，一切都顺理成章。

一天，一辆军用卡车把军部大院的这些体检合格的孩子拉走了，送到了这个军最偏远的十三师。军部下辖三个师，十三师最偏远，在边防线上，那里的条件也最为艰苦。这是田辽沈安排的，他要让这些部队干部的子弟在那里百炼成钢。

田村被卡车拉走的那天，跟个没事人似的，和那些一同当兵的孩子们有说有笑的，他们你捣我一拳，我踢你一脚，嘻嘻哈哈的。

车一走，杨佩佩受不了了，她先是红了眼圈，最后捂着脸跑回了家。

在这个家里生活了十八年的田村走了，这个家一下子就变得空荡起来。

田村走后，杨佩佩很长时间都恍恍惚惚的，田村在家时并不觉得，孩子这一走，她的心里没着没落的。下班回来，田辽沈还没有到家，她不知怎么就进了田村的房间。桌子上还摆着那两个喇叭的录音机，椅背上搭着喇叭裤，蛤蟆镜静静地躺在桌角边，上面落满了灰尘。杨佩佩看着眼前的一切，似乎又回到了田村小的时候，她抱着田村给他喂奶，屋子里响着欢乐的笑声。回想间，泪水点点滴滴地涌出眼眶，杨佩佩呆呆地沉浸在对往事的回忆中。

田辽沈回来了，天已经黑了，屋里并没有开灯，他看着坐在暗影里的杨佩佩：干啥呢？咋的了？咋都这时候了还不做饭？

杨佩佩清醒过来了，忙来到厨房忙活起来。

吃饭的时候，杨佩佩没吃上两口就又发呆了，田辽沈就说：我说你这些日子到底是咋的了，把魂丢了？

也不知田村在部队怎么样？

田辽沈粗声大气地说：你就放心吧，十三师又不是去他一个人，别人都生活得好好的，他还能咋的？

杨佩佩看着碗里的饭，幽幽地说：这田村在家吧，也不觉得多他一个、少他一个，可他这一走啊，咱这个家怎么就没点生气了呢。

田辽沈的眉毛又拧到了一起，他看着失魂落魄的妻子，摇摇头道：你呀你，让我怎么说你好。他在家时你操心，这不在家了你还操心，你真是操不完的心哪。

杨佩佩叹了口气：他都在咱家生活十八年了，这十八年里，他一天也没离开过这个家，一下子说走就走了，你说我这心里是什么滋味啊？

杨佩佩说到这里，眼睛就又湿了。

田辽沈也有些动了感情，他放下碗，看着空荡荡的屋子，长长地吁了一口气道：孩子总有一天会长大的，长大了就不需要咱们护着了，他要远走高飞，自己搭窝去了。

那些天，杨佩佩每天晚上都会做梦。梦见她领着田村去公园，孩子就在眼前跑，跑着跑着就没了，她一边追一边喊，喊着喊着就醒了，然后一骨碌坐起来，情绪仍在梦里延续着。

田辽沈就睡眼蒙眬地安慰道：又做梦了吧？

杨佩佩哽着声音说：我梦见田村丢了，他丢了，我怎么也找不到他了。

杨佩佩越说越伤心，就又呜呜咽咽地哭了起来。

田辽沈也坐了起来，披上衣服劝道：梦都是反的，我刚当兵那阵，我妈也经常做梦，梦见我不是受伤就是死了，结果我不是活得好好的吗？别七想八想了，睡吧。

杨佩佩就在丈夫的劝慰中又躺下了，却再也睡不着，她突然说了一句：我想去看孩子。

田辽沈吃惊地说：啥？他才走几天啊，新兵连还没结束呢，你就去看他？

谁让我是他妈呢。杨佩佩任性地说。

田辽沈的口气变得强硬起来：不行，这事绝对不行。如果我不当这个副军长，不考虑影响，我不管你，你现在就可以去看他，可这让部队咋想？让那些和田村一样的新兵咋想？那些孩子大多数都是农村兵，他们的父母都是农民，他们就不想孩子了？他们又怎么有条件来看孩子？

杨佩佩不说话了，田辽沈缓和了一下口气，说：过一阵子，我会去十三师检查工作，到时候顺便看孩子一眼就是了。

杨佩佩只能躲在被子里抽噎了。

这天，正在上班的杨佩佩接到了田村的来信。杨佩佩激动得手发抖，撕了半天才把信封给撕开。田村的信是这么写的：

爸妈，你们好：

我来部队已经半个多月了，到了十三师我才知道什么是真正的部队，它和机关大院不一样。这里是真正的部队，我和战友们吃在一起，住在一起，我现在才感受到什么是大家庭。苦点累点，没什么，那些工农子弟能吃的苦，我也能吃……

杨佩佩一边读儿子的信，一边流眼泪。她收起信时，想给田辽沈打个电话，已经告诉总机接田辽沈了，最后还是把电话放下了。她再去看那封信，信皮上写着“杨佩佩亲收”几个字，她仿佛看到了孩子那张青春年少的脸在冲她微笑，她抚摸着薄薄的信封，仿佛摸到了孩子的脸。

那天，杨佩佩心里很高兴，有事没事地就在嘴里哼着歌儿，做饭的时候也是如此。

田辽沈回来后，她把信放在他的面前：儿子来信了。

孩子咋样？

杨佩佩得意地昂着头，说：你自己看呗。

田辽沈一目十行地把信看了，并没有显得很激动，他平静地把信放回到信封里。

杨佩佩盯着他的脸，道：你就一点也不激动？

田辽沈道：这有啥可激动的，不就是一封报平安的信嘛。

杨佩佩急了：我现在才知道，儿子是和妈心连心。他这第一封信可是寄给我的，这说明什么？说明在他的心目中，还是我这个当妈的重要。

田辽沈不想和她争辩，挥挥手道：和你亲，行了吧？

那几天，杨佩佩的情绪发生了很大的变化。晚上田辽沈都睡着了，她还在灯下给儿子写回信，一连开了几个头，都觉得不满意，她把信纸揉成一团，扔在地上。最后咬着牙，忍着泪，终于把信写下去：

亲爱的儿子：

来信妈收到了。你离开家的那一刻，妈妈才突然发现，妈妈是那么的爱你。

你是妈妈生命中的一部分，妈妈不能没有你……

杨佩佩的信写到这里时，已经抹过几次眼泪了，她控制不住自己。一提起亲爱的儿子就要流泪，于是她一边流泪，一边写着：

儿子，妈妈想你，白天想夜里还想，就是晚上做梦都在想。人们都说，孩子是妈的心头肉，儿难受，妈心里也跟着难受。你爸也想你，他嘴上不说，但我看得出来。妈和爸盼望着你，别给咱家抹黑，你爸是副军长，他希望自己的孩子有出息，给爸妈争脸……

田辽沈也在想念远在十三师的儿子。办公室的墙上挂着全军兵力布防图，闲下来的时候，常走到那张挂图前，望着十三师的位置发呆。他几次踱到办公桌的电话旁，抓起电话，又放下。这次，他终于忍不住了，冲总机说：接十三师。

电话接通了，他的心猛地一抖，以前他经常和十三师通电话，指示这个、布置那个的，他从来没有过这种感觉。他一时有些发呆，直到十三师的总机说：首长，您的电话接通了，请问您要哪里？

田辽沈清醒过来，他用力地把电话压了下去，仿佛只有这样，才能控制住自己的情绪。

田村不是自己亲生的儿子，这一点毋庸置疑，但当杨佩佩把孩子抱回家的一刻，他就把他当成了家里的一员。时间是感情的黏合剂，整整十八年，田村每一天的成长，他都看在眼里，如同看着一棵小树，在发芽拔节，这棵小树就长在他的心里，最后终于长大了，冲破他的庇护，经风雨，见世面去了。

田辽沈高兴儿子的进步，在他的感情世界里，田村是他的希望和未来。

田村和刘栋

十八年后，田村和刘栋终于见面了，他们见面的地点是十三师的新兵连。

新兵连是临时编制，考虑到新兵刚入伍，大都以地区来划分新兵班，刘栋那个公社，今年招了八个新兵，这八个人就被编制在了一起。新兵班的人数为每个班十一个人，在八个人的基础上，又抽调了几名其他地区的新兵补充进来，田村就是在这种情况下，被补充到刘栋这个班的。刘栋所在的班为新兵连一排三班。

田村走进三班时，有一种鹤立鸡群的感觉，那身新军装穿在他的身上是那么妥帖和自然，仿佛他已经是个老兵了，很容易就把那身军装给驾驭了。反过来，这些农民子弟，仿佛是军装把他们给驾驭了，穿在身上怎么看都有些别扭。也就是说，这些农民子弟在没有成为一名真正的士兵前，还没有和那身军装完全融合在一起。这也就是人们常说的兵味。

田村站在刘栋面前，差不多要比刘栋高出半个头来，田村白净圆润，刘栋干瘪黑瘦，两个人站在一起，没人会想到他们是双胞胎兄弟。如果细看，两个人的眉眼轮廓还是有几分相像的，但中国有那么多人口，能找到几个相像的人来，也是件非常容易的事情。

三班列队的时候，田村是队头，刘栋是队尾，两个人遥相呼应。在田村还没到三班时，刘栋他们就知道，田村要来了，而且是军部里的子弟，父亲当着军首长，高干子弟。田村还没出场时，他在这些农民子弟心里的位置极其复杂，谁也说不清到底是个什么滋味。当田村出现在他们面前时，他们只能在心里惊叹了。刘栋打量着田村：这家伙果然比我们高一头，看来这家伙不用努力，就已经站到起跑线的最前面了。

高干子弟在农民子弟看来，是让人既羡又恨的那一种，凭什么他是高干，凭什么他要比我们强。而事实的结果是，他们只能承认这种强势，他们在高干子弟面前无能为力，甘拜下风，高干子弟的进步和荣誉那是正常的，不比别人进步和获得更多的荣誉，反而是不正常了。这就是工农子弟们的思维定式。

新兵连没有正式的副班长编制，班长自然由老兵担任，来新兵连当班长的老兵都是在全师里筛选出来的，训练和政治都很优秀。为了配合新兵班的工作，由众新兵推选一名新兵担任副班长，配合班长的工作。在三班的班务会上，关班长就组织大家推荐副班长，许多新兵还不习惯这种民主的气氛，自己想当，又怕别人不推荐；推荐别人，又不是心甘情愿，就低下头，红着脸，心跳如鼓地在那里静候着。

关班长就启发大家说：没关系，如果这个副班长不合格，到时候我们再换，都是为了咱们班的工作嘛。

就在这时，田村站起来，平静地道：报告班长，我觉得我适合当这个副班长。

关班长看一眼大家，说：田村同志自荐当副班长，我不搞一言堂，包括我在内，同意田村同志当副班长的请举手。

关班长率先把手举了起来，众人见班长举手了，也稀稀拉拉地把手举了起来。唯一没有举手的就是刘栋。刘栋无疑成了三班的异类，田村很认真地看了一眼刘栋，表情轻松地笑了一下，然后坐了下来。

关班长打开班务会的小本，然后冲刘栋说：刘栋同志，请你说说反对田村当副班长的理由。

刘栋的脸先是红了红，但很快就平静下来，他站起来说：我没有反对田村同志的意思，大家都是新兵，工作能力和水平大家都不了解，我不了解他，所以我就没有举手。

田村又望了一眼刘栋，这一眼是很认真的，刘栋也在看他，两个人的目光碰在了一起，很快就又躲开了。

关班长合上本子说：好，刘栋说得也有道理，但以少数服从多数的原则，从今以后田村就是咱们的副班长了。

关班长带头鼓掌，众人也跟着鼓掌，却不怎么热烈，但这种民主的形式是有了。

不知是不是那次选副班长的缘故，田村和刘栋两个人，总有一种别扭的感觉，他们自然也很少说话，似乎都在有意回避着对方。

田村在队列训练中，领悟能力是最快的，班长的一个新课目下来，只做了几遍，他就能做得很好了。从小在部队大院里长大，对这一切早就不新鲜了，因此，田村对这些课目有一种天生的无师自通。

一个课目在关班长示范几遍后，就把田村从队列里叫出来，让他给新兵们做示范，然后让他领着大伙训练，自己就去别的班参观训练。

田村站在班长的位置上向全班发号施令，在走正步时，田村纠正了一次刘栋的动作，他没有提刘栋的名字，而是说：队尾的那位同志，请把腿抬高一点儿。

刘栋当然听到了，他也知道田村说的是他，但他并没有改变自己的意思，该怎么走还怎么走。

田村叫停，他走到刘栋面前：刘栋同志，你的腿抬得比别人低，我说你，你没听见吗？

刘栋看了一眼田村，不软不硬地问：副班长同志，请问你上过中学没有？

田村一时不明白刘栋的用意，怔怔地望着他道：你问这个干什么？

刘栋表情认真地说：如果你上过中学，就会明白什么叫支点。每个人的个子不一样高，支点自然也就不一样，我不可能和你的腿抬得一般高，这可是违反生理结构的。

田村被噎住了，但他很快就说：部队强调的是步调一致，你为什么就那么特殊？

刘栋分析道：咱们的队列是由高到低，这是一种秩序，如果正步抬腿也由高到低，也是一种自然秩序，有了这种秩序就是整齐，就是美，我希望副班长尊重这种自然秩序。

田村认真地反复看了看眼前的刘栋，不再说话。他铁青着脸回到了自己的位置上，从那以后，他在心里把刘栋当成了真正的对手。他承认刘栋说得有道理，但在平时的训练中为什么就没人懂这道理呢？

一次晚饭后，在操场上田村和刘栋碰到了一起，田村说：刘栋，我想和你聊聊。

两个人并排走在了一起。

你是大柳树县的？

刘栋回答：对，大柳树县，刘家公社，靠山大队王家屯。

说完，刘栋想了想，又补充了一句：农村兵。

田村不好意思地说：我不是那个意思，我想和你交个朋友。

刘栋吃惊地立住了脚，他没想到田村会说这种话，他奇怪地望着田村：你和我交朋友？

对，我觉得你和其他的兵不太一样。

一样，我们都是农村兵。

田村涨红着脸解释道：我不是说的农村兵。

刘栋做出恍然大悟的样子：知道了，就因为选副班长时，我没举你的手；训练时让你下不来台？

田村不说话了，点点头又摇了摇头。

刘栋点点头说：如果是那样的话，我应该是你的对头，或者说是敌人，你为什么要交我这个朋友呢？

我也说不清，在我的感觉里，我总觉得咱俩离得很近，应该很亲才对，但有时却感到很远，反正我也说不清这种感觉。

刘栋也缓和了语气：田村，你和我们农村兵不一样，你的起点比我们高，你当副班长是合适的，在这一点上，你比我们强。

刘栋说完转身就走了，留下田村望着刘栋的背影在那里发呆。

刘草结婚

姐姐刘草结婚了，婚礼是刘栋当兵一个月后举行的。当然这一切也都是胡主任一手策划的，在刘栋拿到入伍通知书去部队的那天，他安排儿子胡小胡和刘草办了订婚仪式，一个月后婚礼如期举行。

刘草结婚那天早晨，哥哥刘树来到妹妹的房间。刘草正在往身上穿新衣服，衣服是大红的，在这单调的冬天里显得喜气洋洋。但刘草的脸上却没有一点喜色，她神情冰冷，动作呆滞。

刘树站了一会儿，咳了一声说：草儿，为了咱这个家，真是委屈你了。

刘草不看刘树，望着窗外：哥，你别说这些了，你为了这个家也牺牲了很多。过了年你就二十七了，连个对象都没有，在咱们农村，你这个年龄找对象怕是难了。

刘树笑一笑：看你说的，哪有那么严重，哥不聋不哑的，还怕找不到对象？你放心吧，等你结完婚，哥一定给你找个好嫂子。

刘草听了这话悲从中来，她的眼圈红了。她在答应这门亲事后，家里的确发生了很大变化，刘栋当兵了，自己也到大队卫生所工作了，可这一切并不能让她高兴，她不喜欢胡小胡，看着他一点感觉也没有。但婚姻到底是什么，幸福又是什么，二十二岁的刘草还是糊涂的。

按照规矩，刘草被接走时是要哭一场的。当胡小胡出现在刘草家门前时，刘草主动从屋里走出来，被胡小胡抱到拖拉机上。母亲和刘树站在门口，望着坐在拖拉机上的刘草，此时的刘草竟一声也没哭出来。

胡小胡喜滋滋地冲王桂香和刘树喊：妈，哥，我们走了。

拖拉机吼叫着开动了，就在那一刻，刘草撕心裂肺地喊了一声：妈，哥，从今以后，我就是别人家的人了——

王桂香一下子捂住了脸，放声大哭起来。也就是在那一刻她又想到了“那个孩子”，那个孩子是她主动送出去的。农村的规矩，嫁出去的女儿，泼出去的水，嫁了人的姑娘就是人家的人了，以后她就是胡家的媳妇，而不是刘家的姑娘了。

王桂香在刘草离开家门的那一刻，真实而又痛快地哭了一场，她不仅在哭嫁出去的姑娘，她还哭“那个孩子”，哭自己的命，哭这个家怎么就那么多灾多难啊。刚刚过上几天好日子，丈夫刘二嘎就离她而去，自己这辈子只能是个吃苦受累的命了。

母亲还在那儿哭，刘树走过来抱住了母亲，刘树的眼圈也是红的。妹妹走了，妹妹在这个家生活了二十二年，他是看着妹妹一天天长大的。为了弟弟，妹妹嫁给了她并不喜欢的胡小胡，刘树的心里既难过又复杂。

刘树把母亲扶进屋，轻声说：妈，别哭了，一会儿咱们还得参加妹妹的婚礼呢。

母亲这才断断续续地止住了哭声，她望着一时空荡起来的家，踉跄着推开刘草的房间，看着屋里熟悉的一切，王桂香含着泪说：他们都走了，家里就剩下咱娘儿俩了。

刘树安慰着母亲：妈，我不会离开你，我哪儿也不去，就和你在一起。

王桂香听了儿子的话，长久地看着刘树，就坐在炕沿上，长吁短叹道：你爸死了，你就是这个家的主心骨。现在弟弟妹妹都走了，有件事情我要告诉你。

刘树吃惊地望着母亲，他预感到母亲有件大事要托付给自己，一时间，他弯下去的腰又挺直了。

王桂香看着刘树的眼睛，缓慢地说道：你爸走了，你是这个家的长子，有些事你应该知道。

刘树挺起胸脯说：妈，你说吧。

你另外还有个弟弟，你没有见过，这个家的人谁也没见过，只有我见过。

刘树吃惊地望着母亲。

王桂香又说：还记得我在部队医院生刘栋的事吗？

刘树点点头，那年他已经八岁了，八岁的孩子能记住所有发生在家里的大事了。他还记得自己放学回来，见不到妈妈，他带着妹妹在村子里找，最后还是放羊的大爷爷告诉他，妈让部队的车给拉走了。

见刘树点头，王桂香停顿了一下，顺手理了理耳边垂下的散发，说：那次妈生的是双胞胎，最小的弟弟比刘栋晚出生了十几分钟。

真的？刘树哆嗦着声音道。

那个弟弟被妈送人了，就是送妈去医院的那家军人。男的叫田辽沈，是个团长，女的叫杨佩佩，是给我接生的那家医院的护士长。

此时的刘树已经不吃惊了，但他一时没有反应过来，呆呆地望着母亲。

王桂香继续说：当时是我做主把弟弟送出去的，连你爸也没告诉，当时咱家太难了。我没有奶水，要是两个孩子都抱回来，也许一个也活不下。

刘树终于问道：妈，后来我那个弟弟还有消息吗？

王桂香叹了口气，摇摇头望向窗外，目光悠远而长久，半晌又道：他今年也十八了，该长成一个大小伙子了。

刘树刨根问底道：那个团长家现在在哪儿啊？

王桂香茫然地摇着头：不知道。听说早就调走了。说着，擦了一把脸上的泪道：那个团长和护士长，妈都见过，是好人。你弟弟送给这样的人家，肯定不会受苦。不过妈把弟弟送人了，你会怪妈心狠吗？

刘树望着母亲直视自己的眼睛，摇摇头道：妈，你别说了，我知道，你也是为了这个家。

听了儿子的回答，王桂香心里踏实了许多，她叮嘱刘树：也许有一天，你那个弟弟知道自己的身世，会找上门来；也许咱们再也见不到他，可不管咋的，他都是你弟弟。

妈，我知道了。

王桂香又道：他不找咱们，咱们不能去找他。做人要讲信用，他现在有爸有妈，人家有人家的日子。

刘树点点头。

在刘草结婚的日子里，被勾起亲情的王桂香，终于把藏在心里十八年的秘密告诉了刘树。直到这时，她才如释重负地长吁了一口气。

刘草和胡小胡的婚礼办得很通俗，没有什么出彩的地方。双方的亲戚朋友，在胡主任家里吃喝一通，就散了。散的时候，天已经黑了。

最高兴的还是胡小胡，这之前他做梦也没有想到，自己真的会和刘草结婚。在学校的时候，刘草是校花，傲气得很，连正眼都不看他一眼，更别提说话了。那时，胡小胡最大的梦想就是让刘草能看自己一眼，说上一句话。现在的他不仅可以和刘草说话了，还把刘草娶回了家。今天的婚礼上数他最高兴了，跟这个喝那个喝的，就喝多了。

他走进新房时，刘草正在炕上坐着，她的表情看不出高兴也看不出不高兴。

胡小胡摇晃着走过去，咧着嘴，大着舌头说：刘草，我现在是你丈夫了，你高兴不高兴啊？

刘草不理他，眼睛望着别处。

胡小胡仍大着舌头：你怎么不看我，在学校时你不看我，现在你还不看我，啥意思啊？

他过去要扳刘草的脸，被推开了。

胡小胡就说：刘草，你别来这套，清高啥呀？你再清高不还是当了我老婆，告诉你，过几天我就要去城里上班了，我爸帮我搞到了招工指标。我说你看我一眼，看我一眼……

刘草仍不看他，似乎是在想着很遥远的事情。

胡小胡喷着嘴里的酒气，瞪着眼嚷道：你有啥了不起，你要是不嫁给我，你弟能去当兵，你能去卫生所吗？

他一边絮絮叨叨地说着，一边脱去外衣，然后关了灯，凶巴巴地扑向刘草。黑暗中，他狠着声音说：脱衣服，告诉你，从今往后你是我老婆，你不光要看我，还得和我睡觉呢。

接下来的声音就很含混了，先是一阵撕打声，然后就平息了下来。刘草在心底里哀叹了一声，也就是那一刻，她从一个姑娘变成了胡小胡的女人，而那个男人却是她心里最瞧不上的男人。

刘　栋

姐姐结婚的具体情况是哥哥刘树写信告诉刘栋的。刘栋接到哥的信后，躲在操场后的林子里痛哭了一场。

他知道，姐姐和胡小胡结婚完全是为了自己。凭姐姐的心气儿，她是不会看上胡小胡的。在学校时，胡小胡是班里学习最差的一个，他喜欢追女孩子，可没有一个女生能看上他。姐姐刘草学习最好，长得也最漂亮，因为心高气傲，别人都说她是“冷美人”。

姐姐心不甘情不愿地嫁给了胡小胡，刘栋感到心疼。当初报名参军时，他不想牺牲姐姐来成全自己，在这件事情上，哥不让他插手，他也只能听之任之。从姐姐答应这门亲事起，他的心里就很难受。此时知道姐姐结婚的消息，他的心都碎了。

一时间，他感到肩上仿佛被人压了一块无形的重物。一家人都希望他有出息，他在部队的一言一行，不仅代表他自己，更是代表着全家。

整个十三师二百多名新兵，每次列队站在操场上，都是黑压压的一片，这对刘栋来说是一种无形的压力。二百多名新兵，没有一个不想进步的，他想在这二百多人中脱颖而出，又谈何容易呢？

刘栋明白自己所处的位置，在这二百多人中，论身体，他是属于差的；论头脑，他觉自己也不如田村那些城市兵。如果不能脱颖而出，进步也就无从谈起。领导往往只对两头冒尖的兵记忆深刻，比如最好的或最差的，现在的刘栋充其量也就是个中游，这类人在任何一个集体中都不会受到特别的关照。

刘栋在这个新的集体中已经意识到自己所处的位置了，看来只能是智取了。分析了别人的长处，也就看清了自己的短处，寻来找去的，他想自己还是个高中毕业生，学习成绩也不错，尤其是作文，常被老师当范文在班上念。作文的优势完全是受了哥哥的影响，哥爱读书，不仅读《三国演义》《水浒传》，还读《红楼梦》，他没事的时候也看哥哥的书，慢慢地就喜欢上看书，后来哥哥没看过的书他也读了。等上高中时，爱读书的他也就喜欢上了写作文。

新兵连每个班都有一份军区报纸，刘栋是读报最认真的，别人读报都是一目十行，或者是只看眼标题，他却是把每个字都要读到。报纸上登载的都是军区各部队上的许多新鲜事，由此他就联想到了自己的新兵连。新兵连发生的许多事并不比报纸上登的那些差，为什么不写一写呢？他的第一篇文章的标题是《新兵班长教我们进步》。事迹是真实的，每到周末，关班长总是要把他们三班带到操场上，大家围坐一圈，让每个人发言，找自己一周来有哪些进步。这么找来找去的，许多人都发现了自己的进步，自卑的新兵也都挺起了胸。刘栋就把这件事写成了一篇文章，文章写得有理有据，还有感悟，然后就按报纸上的地址，给军区报社寄去了。

十几天后，军区报纸突然就把刘栋的文章发表了，署名是某某部队新兵连战士刘栋。一下子，新兵连就轰动了，差不多所有人都知道了刘栋的名字，还有许多新兵在背后指着他说：他就是刘栋，三班的。

在新兵连点名的时候，连长拿着发表刘栋文章的报纸，狠狠地把三班表扬了一通，当然最后也把刘栋表扬了。关班长和刘栋一样高兴，那天，班长把刘栋约到操场上，两人一边散步一边聊天，走着聊了很长时间。关班长的中心主题是，鼓励刘栋不断地写下去，他强调了部队宣传工作的重要性，让刘栋再接再厉，说不定以后还能当个新闻干事什么的。新闻干事当然是干部了，就像记者一样，到部队去采访，把采访到的事情写成文章，然后拿到报纸上去发表。新闻干事不论走到哪里，都会受到干部战士的欢迎。

刘栋第一次从关班长口中得知新闻干事这个词，从那一刻起，当新闻干事就成了他努力的目标和方向。

刘栋果然再接再厉，把新兵连训练中的一些小故事又写成文章，寄给了军区报纸，接着就又有两篇文章发表了。如果刘栋只发表一篇文章的话，也许过一阵也就过去了，刘栋又发了两篇，这就不是一种偶然了。在当时，别说一个新兵在短时间内能在军区报纸上发表三篇文章，就是专职的新闻干事，在一个季度中能在军区报纸上连发三篇，也可以说是一个不错的成绩。

一天下午，一辆吉普车飞速地开到了新兵连的院里。车上下来两个军官，他们径直进了连部。不一会儿，连长亲自到训练场上，把刘栋叫到了连部。刘栋到了连部，才知道来人是师机关宣传科长和新闻干事。宣传科长姓魏，年近四十的样子，副团职干部，这是刘栋到部队后面对面见过的级别最高的领导。刘栋脸涨得通红地给魏科长和新闻干事敬过礼后，就不知接下来该怎么做了。

魏科长就抓住刘栋的手道：你叫刘栋？

是！

魏科长说：不错，你写的稿子我都看了，点子抓得很准。

魏科长又和他说了几句话，连长就让刘栋回去训练了。那一下午，刘栋都恍恍惚惚的，一遍遍地回忆着和魏科长见面的情形。

魏科长走前和新兵连的李连长交代：这个新兵是搞新闻的苗子，以后宣传科要重点培养，希望新兵分配时把刘栋留在师机关，便于以后的培养。

宣传科长交代的事情，新兵连长自然会认真地对待，况且在连长的眼里，刘栋也真是个人才。

不久，新兵连就结束了。

刘栋被分到了师机关的警通连，和他一起分到警通连的还有田村。

警通连是师机关的直属连队，负责机关的通信和警卫工作。就在师机关的眼皮底下，每天都能看到师首长的专车在营门前出入。也就从那时开始，刘栋的命运发生了改变。

田　村

分到警通连工作的田村，有了一种强烈的孤独感。他在内心里不承认经过三个月新兵连的训练，像刘栋这样的兵就是合格的军人了，不仅刘栋不合格，许多人在他的眼里都不够格，包括那些老兵和干部。田村在这些人的身上看到了太多的农民特征，比如吸那种自卷的纸烟，上衣口袋变成了烟荷包，左口袋里装揉碎的烟叶子，右口袋装裁好的卷烟纸，裤子口袋则装火柴。一有空就蹲在墙根或者树下，三三两两地卷烟，还有这些人经常随地吐痰，不分场合地点，很响地把痰吐到地上后，又用脚蹭来蹭去的。那身军装穿在身上，怎么看也不像个军人，倒像是穿着军装的农民。总之，这一切在田村的眼里，都不是标准军人的特征。

刘栋的身上也有种种劣迹，比如刘栋每次写信还用那种小学生练字的方格本，贴邮票时不用胶水，总用舌头去舔邮票上的胶，然后冲着信封又拍又打的。每个月发下的那七块津贴，五块钱也要缝到枕头里。刘栋的枕头在每个月发津贴后，都被小心地拆开，然后再费劲巴力地缝上。剩下的那两块钱，他也不会揣在一个兜里，而是左兜里揣一块，右兜里再揣一块，买东西时总是东掏西掏的，样子非常像农民。刘栋的这些行为让田村感到很羞耻。

于是，田村就很孤独，他第一次感到以前所了解的军部大院和基层连队有着多么大的差距。田村一想起这些，心里就疙疙瘩瘩的，很不舒畅。

刘栋写的通讯稿子登在了军区报纸上，文章田村也看了，没看出有什么出彩的地方，他觉得刘栋这是投机，或者说是哗众取宠。在他的眼里，他和刘栋完全是两种人。

在新兵连他是临时的副班长，分到警通连后他和刘栋一样，只是一名普通的战士了。在新兵连时的那种优越感，也一点点地消失了。田村强烈地感觉到与这些人为伍，让他从心里感到自己被埋没了。

田村分到警通连不久，杨佩佩来了一次十三师。十三师是全军最偏远的一个师，条件也最差，杨佩佩坐火车又坐汽车辗转了几次，才到达十三师。她被安排住在师部的招待所里。

田村还没出现在母亲面前时，她已经跑到门口张望儿子几次了。当儿子的身影出现在她的视线里，她的眼泪流了下来，和田村才分开几个月，但感觉仿佛分开了一个世纪。田村还在新兵连那会儿，她就想来看他，田辽沈不让，她才忍着没来；现在新兵连结束了，她就迫不及待地来了。

她把儿子拥在怀里，伏在他的肩上喃喃着：儿子，你让妈想死了。然后又前后左右地端详着儿子，一会说他瘦了，一会儿又说黑了，仿佛儿子在这几个月的部队生活中受尽了苦难和磨砺。

田村没有像母亲那么激动，他坐在招待所的椅子上，望着母亲说：妈，我爸还好吗？

你爸也想你，他嘴上不说，但我看得出来。你爸当初就不该让你来十三师，这个地方离军部这么远，又这么偏，来看你一趟都不容易。

田村就趁机说：妈，你回去跟我爸说说，让他帮我换一个单位吧，我不习惯这里。

听了田村的话，杨佩佩有些着急：怎么了儿子，是这里的伙食不好，还是领导对你有成见？

田村摇摇头，一脸不屑地说：那倒不是。我觉得这里的军人根本就不像军人，简直是一群农民。我不想和农民在一起。

杨佩佩听了田村的话怔了怔，似乎松了口气：慢慢来，你要真的不适应，我和爸爸再想办法。

杨佩佩那次在十三师住了两天，在这两天时间里，田村陪着母亲在师机关转了转。他们来到警通连时，连长、指导员都前呼后拥地陪着，他们知道田村的母亲是军部门诊部的主任，田村的父亲是田副军长。田村的母亲能来警通连视察工作，那是警通连的荣耀。先是看了连部，又看了田村的宿舍，他们来到宿舍时，刘栋正在宿舍里打扫卫生。

刘栋起立，向杨佩佩和连长、指导员报告：报告首长，警通连一排五班战士刘栋正在整理内务。

连长就挥挥手：忙吧，忙吧，这是田村的母亲，来宿舍看看。

刘栋认真地看一眼杨佩佩，这是位中年女军人，白白净净，气度不凡，在这之前，刘栋只知道田村的父母都是军部的大干部，但到底是干什么的，他并不清楚。这次有幸见到了田村的母亲，还是怔了一下，他又说了一声：首长好。

杨佩佩也仔细地看了眼刘栋，又下意识地看了眼田村，她似乎想冲刘栋说点什么，田村说：妈，你也累了，回招待所休息吧。

在招待所的房间里，杨佩佩似乎有了心事，小心地看着田村。

田村就说：妈，你老看我干吗？

杨佩佩盯着他说：你那个战友的家是哪里的？

好像是大柳树县的。

杨佩佩又问：那他姓什么呀？

妈你问这个干什么？田村略显不快地说：他可是典型的农民，一个月就七块钱津贴，人家还要把五块缝到枕头里。

杨佩佩没再说什么，她见到刘栋的瞬间，心里竟咯噔了一下。虽说刘栋长得又黑又瘦，但她望刘栋的眉眼时有一种很熟悉的东西，这种熟悉的东西似乎在田村的身上看到过。待问清刘栋是大柳树县人时，她的心里又动了一下，但很快就被自己否定了。世上哪有这么巧的事呢，她还想再问问刘栋是哪个公社、哪个大队的人。

田村就说：那我没记住，你要是对他感兴趣，你就去问我们连长、指导员去吧。

杨佩佩自然也不好再往下深问了。

两天后，杨佩佩要走了，她走时是师里派了吉普车，一直把她送到了火车站。

田辽沈是在杨佩佩走后一个多月的时候，来到了十三师。他来的不是一个人，而是一个检查组，有副参谋长，还有一些处长、参谋什么的，田辽沈是以副军长的名义来检查、落实十三师的训练工作的。

他并没有急于见田村，而是在工作检查完后，让人通知田村来招待所见他。

田村出现在田辽沈面前时，田辽沈没有像杨佩佩那么激动，他坐在沙发上动也没动，直愣愣地望着走进来的田村。和田村分别几个月了，这是他第一次看见穿上军装、有了几个月兵龄的儿子，儿子似乎长大了，这让他感到陌生又亲切。

田村显得有些激动，他哽着声音叫了声：爸——

父亲挥挥手说：坐吧。

他的目光仍没有离开田村，就那么慈祥、充满爱意地看着眼前的儿子。

爸，你都来三天了，怎么才想起见我啊？

田辽沈略微皱了一下眉后，很快地说：爸这次来不是专门看你的，爸是来检查工作，工作完了，顺便看看你。爸爸下午就走。

田村的表情就有些失望，他把头低了下去。

田辽沈说：听你妈回去说，你不想在十三师干了，想调走？说说你的想法。

田村似乎又看到了希望，他抬起头，眼睛盯着父亲说：爸，这里哪是部队呀，简直是一些农民，他们太不像军人了。

田辽沈站了起来，声音陡然高了，他制止田村道：胡说，这是十三师，是咱们的王牌师，从抗日战争到朝鲜战争，十三师从没给部队抹过黑，这是一支功勋师，我不允许你这么说十三师！

田村有些委屈，他小声地说：爸，我说的都是实情。

田辽沈有些激动了：什么实情？那我告诉你，中国的军队就是以农民为主的军队，这样的军队才最能吃苦耐劳，敢于牺牲，战无不胜。你爸以前也是农民，是头顶高粱花子当的兵。你现在瞧不起农民了，农民军人有啥不好，爸把你放在这里，就是让你在这里接受艰苦的锻炼，让你知道什么是中国的部队和军人。

田村怔怔地望着动怒的父亲，他不明白父亲为什么要发这么大的火气。

最后，父亲挥挥手说：你回连里值勤去吧。

父亲一行走的时候，正轮到田村在师部大门口站岗。父亲的车队在他眼前驶出去，他像一个普通哨兵一样，向首长的车队敬礼，父亲坐在车上还了礼。

父亲的车队驶过去了，田村的眼泪仍在眼里含着。

刘栋的阶梯

刘栋参加了师宣传科组织的新闻报道培训班，参加培训的大部分都是战士，由魏科长和新闻干事给他们上课，从新闻的六要素讲起，这时，刘栋才意识到搞新闻报道还有那么大的学问。刘栋是新闻培训班学习最刻苦的一个，因为这个培训班是在师机关搞的，参加培训的这些战士，也大都是机关直属队的士兵，他们只是不参加连队的正常训练和工作了，但吃住还在原来的连队。

连队有固定的作息时间，熄灯号吹响的时候，刘栋就拿着《新闻学》跑到水房里。水房里的灯是不熄的，他手里提着马扎儿和脸盆，脸盆倒扣在腿上，可以当桌子用。这一招他是跟一个老兵学的，经过试用效果还不错。别人都休息了，只有他坐在水房里看书、写文章。不知哪个水龙头没有拧紧，水一滴滴地流着，像嘀嗒作响的闹钟。

在新闻培训班里，他认识了师医院的卫生员石兰。石兰是培训班里唯一的女兵，年龄似乎也比他们都小一些，长得清清爽爽的，笑起来露出两颗小虎牙。

新闻培训班进行到第三天，那天是魏科长给他们上课。他们已经会在宣传科会议室里等着了，魏科长还没有来。石兰是最晚到的，她扫了大家一眼，就径直坐在刘栋身旁的空位上。刘栋见到石兰过来，就觉得浑身上下紧张得要命。他不自觉地嗅着石兰身上散发出的好闻的味道，竟有了恍若隔世的感觉。

石兰忽然小声地冲他说：你就是刘栋？

他的脸腾地红了，他没想到石兰会知道自己的名字，就含混着点点头。

石兰兴奋地说：我知道你，在新兵连我看过你写的报道。

刘栋后来才知道，石兰和他是同年兵，那批女兵也有一个新兵排，只不过不和他们一起训练，是在师机关，一共二十几个女兵，分成了两个班。她们这些女兵，在师里有两种用途，一个是话务班，另外就是去师医院，石兰就是在师医院当卫生员。后来刘栋还知道，石兰的家也是军区大院的，据说父亲是个军职干部。知道这些后，他就有些不解，全军区有那么多条件优越的单位，石兰为什么偏来这个全军区最偏远、最艰苦的十三师呢？

慢慢地刘栋才知道，石兰不写新闻报道，她写散文和诗歌，他后来还读过石兰的诗，是发在军区报纸副刊上的，那首诗是这么写的：

> 山里的桃花开了
> 忙在花蕊中的蜜蜂
> 回家时，请你捎个信
> 告诉山外的他
> 山里的桃花开了
> ……

刘栋一连把这首小诗看了几遍，有一种淡淡的东西在心里弥漫着，这小诗和石兰一样散发着一种淡雅之气，看得见却又摸不着，在你的眼前飘来飘去。以后，他再看见石兰时，心里就有了一种别样的感觉。

新闻培训班结束后，他们这拨培训班出来的战士，在科长和新闻干事的带领下，分成三组到师下属的三个团进行采访，算是实习。

在那次采访中，刘栋有一篇稿子居然上了《解放军报》的第二版。他写的是一位扎根边防十三年的老排长，这位排长自从入伍就在边防连，一直到提干，他一口气在边防连干了十三年。在这十三年里，因为交通不便，他只回过两次家。第一次是母亲去世，第二次是结婚，如今儿子都四岁了，他还没有看过一眼。儿子每年过生日时，妻子会给孩子照张相后寄给他，他思念孩子时就只能看看儿子的照片。排长的事迹非常感人，刘栋写这篇新闻稿时，自己都被感动得流泪了。

这篇文章一经《解放军报》登载，这位老排长和刘栋在十三师一下子都著名起来。进出十三师机关的干部战士，纷纷打听谁是刘栋。知道的人就用手去指刘栋，这时的刘栋不是在训练，就是站在哨位上。

宣传科的魏科长在警通连领导面前不止一次地说过：刘栋这小伙子是个搞新闻的好苗子，你们可要给他的成才开绿灯啊。

连长、指导员就冲魏科长点头。

以后，连里果然对刘栋另眼相看起来。熄灯后，连队值班室的门不再上锁了，这是专门留给刘栋的，他可以夹着书本堂而皇之地在里面写作或看书，再也不用躲到水房里去了。

有时连长或指导员查岗回来，也蹑手蹑脚地来看看他。

指导员说：刘栋，你是咱们连的才子，有什么困难就说啊。

刘栋真诚地说：谢谢领导的关心，我觉得这样就挺好了。

领导就语重心长地说：师领导都知道你，你以后的前途一定错不了。

刘栋笑一笑，他努力期盼的就是这种结果。这时，他又想起了母亲、哥哥和姐姐，他们为他付出了太多，他现在不仅关心自己，也开始关心起哥哥来。哥哥都二十七了，为了他和这个家到现在都没结婚，一想起这些，心里就难受得想用头去撞墙。哥哥每次回信总是说：我的事不急，只要你进步，我们一家人都高兴。

石兰有时来机关办事，经常会到警通连看看刘栋。师医院离师部还有一段距离，他们见面的机会并不多。有时石兰给刘栋带来一本自己看的书，有时也会向刘栋借书看。石兰每次带给刘栋的书，都用报纸把书皮包了，右下角的位置上清秀地写着石兰的名字。

刘栋读着石兰借给他的书，浑身上下就漾起一种前所未有的幸福感。那本书里仍残留着石兰身上淡雅的味道。石兰借给他的大都是文学类的书，那里常有些对爱情的描写，刘栋读到这样的段落时，心里会怦怦乱跳，眼前就浮现出石兰甜甜的笑脸，挥之不去。于是，他就陷入了无比美好的想象中。

石兰又来了，她站在宿舍外喊：刘栋，你出来一下。

每次石兰来都是这么喊刘栋，她的声音清脆又悦耳。

刘栋急忙从宿舍里跑出来，手里拿着石兰借给他的书。这时田村也晃悠了出来，隔几步之外，看着石兰和刘栋。

石兰拿回自己的书，又递给刘栋一本新书：我还要去门诊部办事，我走了，再见——

说完，转过身轻盈地走了。

田村横在刘栋面前：那是谁呀？

她叫石兰，师医院的。

田村就伸长脖子，冲石兰的背影张望。

刘栋想回宿舍，田村一把拉过他说：你小子行呀，都能讨女兵喜欢了。

刘栋脸涨得通红地说：哪儿呀，我们在新闻学习班上认识的，她是来取书的。

说完，刘栋就朝宿舍走去。田村望一眼刘栋，又望一眼已经走得很远的石兰，满脸的内容。

田村　石兰　刘栋

田村一直感到自己是英雄无用武之地，在他的理念里，军人就是为战争而生的，没有仗可打的军人，又何谈军人呢？他在日记本的扉页上写下了这样一句座右铭：不在沉默中爆发，就在沉默中死去。

田村觉得这句话正体现了他此时的心境。部队依旧是和平环境中的部队，每日训练，因为没有明确的目标，训练也就变得只有过程而失去结果。在这样相对沉寂的日子里，田村有种无聊的感觉。也就是在这时，他看到清秀、淡雅得如同晨雾的石兰，瞬间，仿佛心中的闸门一下子被打开了，一种生机勃勃的感觉从心里呼之欲出。

那天，他只看了石兰一眼，她就留在了他的心里，让他有种欲罢不能的感觉。田村不明白，清秀姣好的石兰怎么会和其貌不扬的刘栋往来，两人还送书还书的，想起这些，心里就酸溜溜的不是个滋味。平淡乏味的生活里，石兰如一缕风、一片阳光进入了田村的心里，让他豁然开朗，原来生活中还有这么美好的念想和期盼。

中午，田村晃晃悠悠地来到了师医院，他楼上楼下地寻找，终于在输液室里见到了正在给病人输液的石兰。他站在输液室门旁，一直看着她，直到她忙完直起腰看到了他。石兰对田村没有任何印象，以为他也是要输液的病人，就冲他道：拿来。

田村愣了一下：什么？

单子呀，你没医生开的单子怎么输液？

我不输液。

石兰不解地看他一眼，口罩上方露出的眼睛漆黑又美丽，此时正有声有色地打量着他，田村的心里怦然一动。

他冲她勾了勾手：我是来找你的。

她奇怪地问：有事吗？

当然有事了。

她看了眼正在输液的病人，款款地走了出来。田村说了句“这里说话不方便”，就头也不回地向楼下走去，最后停在医院门口的一棵树旁。他们的身前身后挂满了医院的白床单和被罩，在风中轻曼地飞舞。

她这时已经摘下了口罩，平静地说：对不起，我不认识你。

田村咧嘴一笑：听我介绍完你就认识了。我叫田村，是师机关警通连的。

说完，他又强调了一句：和刘栋是一个班的，也是同年兵。

石兰依旧矜持地看着他，说：你找我有什么事吗？

田村把身体倚在树上，摆出一副长谈的架势：听说你爱读书，还爱写诗？

石兰纤细的秀眉向上挑了一下，警觉地看着田村：你来就是为了这事？

这事还不行吗？

我还忙着呢，对不起。

石兰甩下这句话就走了，白大褂裹着的袅娜身姿，让她有了一种飘飘欲仙的感觉。望着她的身影消失在医院的门诊楼里，他吹了声响亮的口哨，又抽了抽鼻子，一晃一晃地向回走去。

田村觉得石兰很有个性，这很好，如果没有一点个性，那就不好玩儿了。此时的石兰，就像摆在他面前的一个难啃的高地，越是难攻下的高地，越能激发他的斗志。否则，说拿下就拿下了，又有什么意思，毫无悬念和刺激。田村冲师医院打了个响指，吹着口哨，精神抖擞地离开了师医院。

晚上连队开过晚饭，刘栋从食堂走出来，就被站在门口等他的田村叫住了，他冲刘栋勾着手说：来，咱俩聊聊。

他在刘栋和全连的这些兵中，有种天然的优越感。他和全连的战士中任何人说话，都是那么大大咧咧的，全不把人放在眼里的样子。

刘栋疑惑地跟在田村的后面，来到操场上。此时的操场空荡荡的，田村坐在篮球架下，刘栋站在那里，望着他。

田村翻着眼睛说：你和那个石兰是什么意思？条例上规定，战士在驻地是不允许谈恋爱的。

刘栋有些紧张地解释道：我和她什么也没有，我跟你说过，我们是在新闻培训班上认识的，我们也就是互相借书看看，就这么简单。

田村见刘栋认真了，就想把假戏真唱下去，他正色道：你还不知道吧，连里好多人对你都有反映了，他们说你在师医院认识了一个女兵，两人眉来眼去的，借还书为名，实际上你们是在谈恋爱。

刘栋听田村这么说，更是脸红脖子粗地辩解起来：胡说，我……我们根本什么也没有，这你都看到了。

我看到管屁用，别人可都是这么认为的。

刘栋一副大祸临头、不知如何是好的神色。

田村大度地挥挥手：这样吧，你们以后就别再见面了，你要是借书还书的时候，就把书给我，我给她送去。

这时的刘栋对田村是一脸的感激，他嗫嚅着：谢谢你了，那你就不怕别人说吗？

田村做出一副挺身而出的样子，正义凛然地说：我不怕！我身正不怕影子斜，你看我这张脸，这是正义的化身，别人不会说什么的。

刘栋认真地看看田村的脸，没看出田村的脸比自己有多正义。刘栋就问：那你为什么要这么做呢？

田村站起来，拍拍刘栋的肩：谁让我在新兵连当过你的副班长呢。我看你是要求上进的，你文章写得那么好，为这点小事影响了你的进步，值吗？

答案在刘栋的心里当然是否定的，石兰的出现曾让他兴奋过，他也联想过许多关于美好的词汇。他每次打开石兰借给他的书，嗅着书页中散发出的淡雅之气，心里就会生出一种前所未有的幸福感，仿佛石兰就站在他的面前，用那双会说话的眼睛看着他。他明白这是一种什么样的感觉，但却看不到一种未来和结果，也就只能莫名地兴奋和躁动着。谁知这种幸福感还没有持续多久，就被田村当头一闷棍击得失去方向。但也正是田村的提醒，让他意识到了问题的严重性，他要进步，不仅要好好表现，还要在部队有出息，这时他似乎又看到了母亲和哥、姐注视自己的目光。一家人为了他做出那么大的牺牲，他不努力能对得起家里的亲人吗？

田村的几句话犹如醍醐灌顶，让他猛醒，清醒的刘栋一把拉住田村的手：田村，太谢谢你了。

田村无所谓地说：赶明儿啊，你有什么事只管说，你看完了石兰的书，我会帮你还，你不和石兰见面了，也就没有人再怀疑你谈恋爱了。

刘栋连连点头。

那天晚上，刘栋在连队值班室看书时总不能集中精力，眼前一会儿是石兰的影子，一会儿又是母亲和哥、姐的影子，这些影子在他眼前晃来晃去，搅扰得刘栋一晚上也没把书看进去。

第二天一早，刘栋找到田村，把石兰的书交给他说：你帮我把书还给石兰吧。

田村接过书，放到自己的军挎包里，拍着胸脯说：放心吧，保证完成任务。

田村又一次出现在师医院时显得理直气壮，他轻车熟路地找到了石兰。石兰正在拖楼道里的地，楼道已经被她打扫得干净整洁。石兰看见田村，奇怪地问道：你怎么又来了？

我来给你还书。

你还我书？

田村从挎包里拿出书，道：这是你借给刘栋的书，他看完了。

那他怎么不来？

这我就不知道了，你问他去吧。我来医院办事，他就让我帮他把书还了。

石兰接过书，看了一眼田村，此时石兰的额头上有细小的汗珠冒出，亮晶晶的，人就显得越发可爱了。

田村没话找话地说：你爱看书是不是？我那儿也有好多书，到时候我借给你看。

石兰不说话，又用拖布拖起了楼道。

田村在那儿站了一会儿，看看也没多大收获就走了，走了两步后，又停下来道：过两天，我还来。

石兰似乎没听到他的话，他怏怏地走了。

石兰是在几天后，在师部门前的哨位上见到刘栋的。她站在哨位下，仰脸望着刘栋：你自己为什么不来还书？

刘栋目不斜视地说：我没有空。

没有空，我可以来取呀。

刘栋不说话，纹丝不动地注视着前方。

石兰继续仰着脸儿问道：那咱们以后还交换着看书吗？

刘栋面无表情地说：咱们来往多了不好，以后有事还是写信吧。

咱们就这几步路，写什么信呢，累不累呀。石兰嘴里嘀咕着，忽然间她似乎明白了什么，转身就走了。刘栋望着石兰离去的背影，努力地闭上了眼睛，等他再睁开眼睛时，石兰已经消失了。他的眼睛里就有了潮湿的东西。

田村请战

1979年初，田村的英雄梦燃起了一线曙光。南线部队引发了一场南疆自卫反击战，部队一下子就紧张了起来，由原来的正常训练，变成了一级战事准备，各个团的作战部队都是枕着背包入睡，有的部队被拉到了事先准备好的防空工事，那些工事大都是一个又一个的山洞。

十三师地处北部边疆，离南疆战事还遥远得很，但当时所处的国际和国内的环境中，北部边陲并不比南疆轻松。师机关警通连的干部战士也是全副武装，师指挥所转移到了地下，就剩下空空荡荡的院落，门岗也变成了双警卫。卫兵荷枪实弹，头戴钢盔，仿佛敌人随时会来到眼前。住在部队周围的老百姓，看部队的眼神都发生了变化，以前是那种漫不经心式的。在他们眼里，和平时期的军队不就是喊喊跑跑的，没什么大不了的；此时部队营院的喊杀声已经没有了，有的只是肃穆，这种安静中的肃穆给人一种杀气。人们经过部队营院时，脚步都放轻了，眼神里充满了神圣。这就是和平和战争给人们带来的变化。

田村在那一段日子里，养成了读报和听收音机的习惯。他读的是《解放军报》和军区的报纸，收听的是中央新闻台。报纸上和收音机里报道的都是前线部队的战争状况。那时，田村有些后悔，后悔自己为什么没有到南方军区当兵。如果去南方当兵，这场南疆战事他一定会参加。

南疆战事来得快，去得也快，只十几天的工夫，大部队就凯旋了，只留下小股部队坚守在猫耳洞和敌人打消耗战、持久战。这时，就开始有后方的部队调到前线去轮战。

田村以为南疆战事会持续一阵子，没想到，这是一场雷阵雨，说过去也就过去了。雨过去了，地皮还没有湿透，很不解渴。那会儿他还盼着南边打起来了，北面也会开战，如果北面真的打起来了，肯定不会是小打小闹，一定会是大打出手。在这场严峻的战争面前，一定会有他显身手的时候。从小到现在，他一直羡慕父亲那一代军人，在枪林弹雨中成长，每天都在轰轰烈烈中度过，那才是军人的生活，而和平时期的军人简直是太没意思了。南疆大规模战事结束后，一个又一个英雄诞生了，报纸上、电台里，每天都是英雄们的事迹。好在南方并没有完全平息下来，我们的部队仍在绵绵的春雨中坚守着阵地。此时的田村异常渴慕南方的英雄。

大规模的作战，十三师是没有机会参加的，首批去南方的轮战部队，仍然没有十三师。搬到阵地去的指挥所和作战部队，又陆续地撤出了，营院差不多又恢复到了往日的景象。走在院外的老百姓，伸着脖子往部队院里张望，最后就大着胆子冲院里的军人说：首长，这仗不打了吧？

田村真的有些急了，十三师不去，他自己也要上去，于是他写了请战书，请战书的内容是视死如归的，语气悲壮，情感是真挚的。他把请战书递给了连长和指导员，指导员看了请战书，说：好，不错，你能有这种积极的态度，很好！

说完，指导员就把他的请战书放到办公桌上的纸袋里。

他从连部回来后，一直等了三天，也没有任何动静。第四天的时候，他又写了一份措辞更为急切的请战书，递给了连长和指导员。

这回，连长和指导员对他似乎有了耐心，指导员还给他倒了一杯水：小田，别急。你的心情我们理解，其实我们的心情和你是一样的，但我们是军人，一切行动要听指挥。参战部队有参战部队的任务，我们在这里坚守着，这也是我们的任务啊。

田村又一次垂头丧气地走出了连办公室。他越想越不是个滋味，南疆的战事越来越平淡了，再这么等下去，怕是黄花菜都凉了。思前想后，他要写血书，要把这封血书直接送到师长那里去，他不管十三师参不参战，反正他要参战。按当时他的理解是，作为军人想打仗还不是一件好事？当下，田村咬破中指，血流出的瞬间是很疼的，但田村眉头皱都没皱一下。写完血书后，他来到师部大楼，这是他第一次走进师部办公楼，他很容易地就找到了柳师长的办公室。柳师长五十来岁的样子，还戴着老花镜，在田村眼里柳师长一点也不像师长，倒像个教书的老师。田村在师长门口，气壮山河地喊了一声：报告——

师长抬起头，吃惊地看着站在门口的田村。田村这时热血冲头，他已经顾不了许多了，径直走进去，把血书递到师长面前，就一言不发地等在那里。

柳师长一目十行地把血书看完了，抬起头道：你是田村？

田村挺直腰板说：我是警通连一排三班战士田村。

柳师长扶了扶眼镜道：噢，我知道了，你不是田副军长家的孩子吗？我和你爸可是老战友，来来，快坐。

田村不想和师长聊家常，仍挺挺地立在那儿，严肃地说：师长，我要上前线。

柳师长就笑了，一边笑一边说：行，这一点像你爸，你爸当年一听说打仗，脑门都乐开花了。

田村没有笑，等待着师长的答复。

柳师长摘下老花镜，放在桌子上：好，有参战的热情就好。你看你写的还是血书，挺坚决的嘛，你的要求我们师党委会考虑的，你先回去吧。

从师长的口气里，田村似乎看到了希望。他觉得自己该做一些参战的准备了，回到宿舍，看着自己的行李，还有床下的脸盆，又觉得没什么可准备的。想了想，他决定给父母留下一封信。

田村从师长办公室出来后，柳师长就一个电话把宣传科的魏科长叫了过来，师长把田村的血书递给魏科长道：我看这件事该宣传一下，都写血书了，一个高级领导的孩子，不容易，气可鼓，不可泄哟。

魏科长接过血书说：师长，我知道了，我这就安排人去宣传。

宣传科安排了一个干事，还有刘栋来采访田村，地点就在连部的办公室。干事和刘栋都拿着笔记本，样子严肃而认真。干事冲刘栋说：田村是你的战友，你们又是一个班的，这篇文章主要由你来写，我把关。

刘栋就问田村：田村，你为啥想到写血书请战？

田村一副不配合采访的样子，他靠在椅子上说：我想去参战，不想和你们在这儿磨牙。什么血书不血书的，那是我参战的决心。

干事换了一个角度问：那你谈谈参战的动机。

田村瞪了眼干事说：刘干事，难道你不是一名军人？军人参战还能有什么动机？军人不打仗，不报效祖国，那还有什么意思啊？

刘干事被田村的话给噎住了，想发作又不好说什么，就低下头，在笔记本上乱写了几笔。

刘栋赶紧说：刘干事，我和田村是一个班的，我了解他，等我把文章写完了，再请你过目吧。

刘干事就把笔帽合上，站起来说：那你们聊吧。

走到门口，又回过头来瞪了眼田村，嘴里叨咕着：还真没见过这样的兵。

刘栋也插上笔帽道：田村，不用采访了，我知道这篇文章该怎么写。

田村瞧着刘栋道：你们这些人整天满脑子就是编故事，故事编得再好，能把敌人编跑啊？军人要的是流血牺牲，我跟你们这些人没话说。我不想当请战的典型，我就想参战，你懂不懂？

说完，站起来拍拍屁股走了。

刘栋望着田村的背影，百思不得其解。

田村请战的热情被兜头浇了一盆冷水，但他去意已定，他认为这是一次千载难逢的机会，要么是英雄，要么是狗熊。田村要成为英雄，他把血书送给师长后，曾幻想着师长会批准他的请战，隆重地送他去战场，没想到的是，师长也不支持他，还要树立他为请战的典型，这样的典型他不想当，他要参战。优秀的军人，只有在战火中才能得到永生。

田村不想犹豫了，南疆战事已接近尾声，他要赶上这次军人的盛宴，他决定偷偷去南疆参战。他是在午夜时分离开的，他是午夜岗，那会儿师机关的双人岗又变成了单人岗。这是他离开十三师的最好机会。枪就握在他的手里，那支半自动步枪里，压着五粒黄澄澄的子弹。他腰系武装带，头戴钢盔，完全是一副战时的装扮。接岗不久，在夜深人静的时候，他离开了十三师，跑步向火车站而去，他要在那里登上开往南方的列车。

田村的消失，是接他岗的刘栋最早发现的。当刘栋走到岗哨时，发现哨位上空无一人，还以为田村去厕所了，他就站在那里等，仍没见到田村的影子。他去了厕所也没找着，又站在哨位上喊了几声，还是没有看到田村。联想到白天田村的反应，觉得事情不妙，就在哨位上打通了连长的电话。

很快，连长、指导员都来了，他们找了一圈也没有找到田村，事态就显得很严重了。连长马上下达了紧急集合的命令，在紧急集合的过程中，田村同宿舍的战士发现了田村留给父母的信，信的内容暴露了田村的去向。

于是，连长把田村失踪的情况报告了师值班室后，驱车驶向火车站。他们的判断是正确的，田村一定要坐火车走。向售票员询问，售票员讲确实有位战士要买去南方的票，但夜里没有车，那个战士就走了。连长决定沿着铁路去追，在太阳初升的时候，终于看到了田村。

田村掮着枪走在两根铁路中间的枕木上，枪刺在阳光下一闪一闪的，他大步流星，目标坚定，正挥汗如雨地向南方的圣地进发。

军车很容易地就超过了田村，当连长、指导员从车上走下来时，田村看到了，他的身子一软，眼一黑，就坐在了枕木上。他冲着走向他的连长、指导员报怨道：我想参战怎么就这么难啊。

田村被押解回师里后，关了禁闭。在关到禁闭室前，连长和指导员找田村谈了一次话。

指导员说：你参战的热情是好的，但你私自离开岗位就等于是逃兵。你要彻底认清你的错误。

田村低着头道：我想参战有什么错？我不怕死，我要当英雄。

连长就背着手，在田村面前踱来踱去，他的样子很气愤，说话的语气就很激烈。他用手指着田村的脑袋说：你到现在还没认清你的错误，这要在战时，你这是临阵脱逃，要上军事法庭的，你懂不懂？

田村梗着脖子喊道：我不是逃兵，我要上战场，去杀敌、立功。

指导员说道：我们已经肯定了你报效国家的热情，可你也不能这么无组织、无纪律呀。部队有总体部署，大家要都像你这样，这还是部队吗？

田村不说话了，脖子仍是那么梗着。

指导员和连长商量了一下，鉴于田村目前的态度，只能让他到禁闭室里去冷静一下。

田村的事轰动了整个十三师，在田村失踪的那一段时间里，师值班室又把这一消息报告了军值班室，军值班室再将消息报告了田副军长。

田副军长震怒了，他对值班员喊：给我派车，我要去十三师。

越野吉普车风驰电掣地向十三师赶去。田辽沈向十三师怒气冲冲地进发时，杨佩佩还不知道田村出了这么大的事，她照例心情美好地哼着歌儿，到军机关门诊部上班。

刘栋给田村送来了午饭，田村别着脑袋一副爱搭不理的样子，不看刘栋，也不看碗里的饭菜。刘栋小声劝道：连长让我给你送饭，你就吃点儿吧。

田村气哼哼地说：我不吃，气都气饱了。

刘栋一脸诚恳地劝道：你要承认自己的错误，不承认错误就走不出禁闭室。

我没错，我要求参战还有错？你不要来给我做工作。你走——

刘栋立在那儿，一时不知是进还是退。

这时，田村又朝刘栋吼起来：还没轮到你来教训我，你快走——

听田村又一次轰他走，刘栋只好离开了。

田辽沈出现在禁闭室，让田村大吃一惊，他慌乱地从床上起来，表情复杂地站在父亲面前。

田辽沈大喝一声：田村，你是一个逃兵。

田村一下子就强硬起来，他不承认自己是逃兵，他只是想参战，怎么就成了逃兵？他大声地喊着：我不是逃兵，我要在战场上做烈士。

田辽沈面对田村这种死猪不怕开水烫的架势忍无可忍，终于挥起了手，就在手要落下去的一刻，跟在他身后的指导员大喊了一声：首长——

这一声把田辽沈喊清醒了，他举起的手没有落下来。眼前的田村不是他的儿子，而是他的一名士兵，在这种场合，他是不能打他的士兵的。田辽沈已经气得说不出话了，他用手指着田村的鼻子说：听说你还闹绝食，你这是做给谁看呢？你不承认错误，还绝食。好，你要绝食你就绝下去，有了后果，不用你们十三师的领导承担，一切后果由我来负。

说完，头也不回地走了。

父亲的气势把田村给震住了，他怔怔地望着父亲远去的背影。

指导员在一边小声劝道：你的事情军里都知道了，看把首长给气的。

田村那封信是连长、指导员转交给田辽沈的，这是田村留给父母的。说是一封信，还不如说是遗书——

爸爸妈妈：

当你们看到这封信的时候，我已经离开十三师了。我不是十三师的逃兵，我要参战，军人只有在战场上才能体现出他的价值。爸爸，你不是经常跟我说：好男人要死在战场上吗？我从当兵那一天起，就想做一个好男人、好军人，我等待着战争，报效祖国，现在终于有这样的机会了。如果我在战斗中牺牲了，爸爸妈妈，你们别为我难过，你们的儿子是为祖国而战，你们应该为我感到光荣。再见了，爸爸妈妈……

田辽沈读着田村留给自己的信时，再也控制不住自己的感情，他眼里噙着泪，手在颤抖。他慢慢把信叠好，揣在自己怀里。离开十三师时，他冲柳师长说：田村是你们十三师的战士，请按部队条例对他做出处理，不要考虑他是我的儿子。

说完，连夜坐车返回了军里。

杨佩佩是在第二天读到田村的信的，在这之前，她已经知道事情的来龙去脉了。她读完这封信时也是唏嘘不已，喃喃道：咱们的儿子长大了。

田辽沈也咬着牙帮骨说：田村这一点还真像我年轻那会儿。嘿，这家伙真是我的儿子。

杨佩佩哽着声音说：他本来就是你的儿子。

田辽沈背着手，望着窗外：让田村去当兵没有错，他是块好钢，还需要锤炼。

那次的田村受到了行政严重警告的处分，他为自己的英雄梦付出了代价。

拉练——歇马屯

那时的部队每年都有“拉练”的任务，所谓的拉练，就是把部队拉到营区外进行训练，营区训练如同纸上谈兵，只有拉到野外才是和实战相结合。中国的军队毕竟是从游击战中成长起来的，这么多年了，部队拉出去训练，仍然采用过去的游击战术——找到几个村庄作为宿营地，然后结合当地的地形地貌进行作战训练。这种训练有两种好处，一是提高部队实际作战的能力，二是密切了军民关系，让老百姓真正感受到了子弟兵与人民的鱼水之情。

部队拉练出发前，师机关作战部门先去察看地形，地形必须有利于作战训练，然后再由后勤部门出面，围绕这些地形周围的村庄，到老百姓家里去号房子，也就是借老百姓的房子做士兵的宿舍。

大部队出发时房子已经号好了。部队出发时全副武装，战士身上背着行李、水壶和枪械，炊事班的炊具也是担着挑着，随部队急匆匆地往前赶。那阵势，仿佛战争真的爆发了，部队正急着往阵地上奔赴。

警通连是随师机关出发的，位置在整个队伍的中间。田村走在队列里，虽然这只是一次拉练演习，但他还是从中找到了一种悲壮感，似乎部队不是拉练，而是在奔赴前线。走在队列里，心底里就涌起一股高昂的旋律，这旋律就是《解放军进行曲》，豪迈而激越。

沿途有许多老乡出来看热闹，大人孩子一律是兴高采烈的样子，他们不时地被队伍里战士们肩扛手提的武器吸引了，有人说：看，那是轻机枪，还有炮哪……看到浩浩荡荡的队伍，老乡们除了新奇之外，还有一种踏实感，眼前的子弟兵威武壮观，老百姓就有理由过上踏实和安稳的日子了。

部队开拔到指定地点，师机关被安排到了一个叫歇马屯的地方。首要开展的工作就是由领导负责分宿舍。农村没别的，就是房子多，家里再怎么紧张，腾出一间房子还是没问题的。部队前面站了许多乡亲，他们是来领人的，名单在这之前就列好了，连长按名单叫起来。

当连长叫到苏小小家时，人群里走出一个穿红衣服的姑娘，她梳着一条独辫，人显得干净利索。她大大方方地说：我家可以住六个人。

于是，连长就在队列里喊出六个人，这六个人都是三班的，其中就有田村和刘栋。

苏小小冲六名战士笑笑：你们六个就是我们家的人了，我叫苏小小，大小的小，以后找不到家了，记住我的名字就行。

也正是姑娘的露齿一笑令田村眼前一亮，一种很舒服的感觉在心里流过，她和师医院的石兰一样，都是让人眼前一亮的女孩，但两人又有着不同。石兰有些孤傲，眼前的苏小小却是天然而美好。有了这种感觉，田村就有了说话的欲望，他往前走了几步，追上苏小小说：姑娘——

苏小小回过头，冲他一笑：以后叫我苏小小，你姑娘姑娘地叫，谁知你喊谁呢。

田村就不好意思地笑笑，又问了一句：你们这儿怎么叫歇马屯呢？

苏小小和田村并排走在一起，说：铁木真听说过吗？

铁木真？当然知道了。

当年的铁木真率领队伍在这里打仗，我们这儿曾拴过铁木真的战马，以后我们屯子就叫这个名儿了。

田村就感叹：哎呀，那你们屯子都快成历史文物了。

众人说说笑笑地来到了苏小小家。院子里坐着一位大娘，大娘笑脸相迎，她冲进来的苏小小说：啊，当兵的来了？

妈，来了六个呢。

大娘就站起来，仍是那么笑着，苏小小冲士兵们说：这是我妈，她眼睛看不见。

田村望着大娘，心里就一沉。他们往门里进时，看见了房檐下挂着一个烈属的牌子，田村心里又是一震，他扯扯刘栋的衣服道：看——

刘栋顺着他手指的方向看了一眼，说：看到了。

他们在苏小小家住了几天后，才了解到苏小小的父亲是烈士，以前在部队当排长，珍宝岛自卫反击战时上了战场，那会儿苏小小八岁，结果父亲就在那次战役中牺牲了。母亲不敢相信眼前的事实，整天领着苏小小站在村口往外望，一边看一边流泪，谁也劝不回。母亲总觉得有一天，她丈夫还会和以前一样，穿着军装出现在村头。两年后，也就是苏小小十岁那年，母亲的眼睛就瞎了。

苏小小家是三间红砖青瓦的房子，是公社出钱盖的，小院很整洁，院墙边上种着些花花草草。

苏小小初中毕业就不再读书了，她回乡务农、挣工分。可能是刚离开学校不久，她的样子一点也不像是农村姑娘，见人就笑，天生让人爱怜的样子。

三间房，东面住着苏小小和她的母亲，中间的一间是灶房，西边的一间火炕上住着六个战士。他们进屋把背包放下后，担水的担水，扫院子的扫院子。部队拉练前曾做过动员，现在战士们做的一切也都是任务，他们要给老乡留下一个好印象。尽管水缸里的水是满的，院子也是干净的，但他们还是努力地干着。

真正忙碌的倒是苏小小，她一会儿在灶间里烧水，一会儿端着盛满水的盆子放到院里，招呼大家洗脸。

大娘就静静地坐在那里，笑眯眯地听着战士们忙活时的动静。等一切安静下来，她就走过来，颤抖着手，拉住战士们说：孩子们，过来让大娘看看。

说完，大娘的手就挨着个儿地在战士的脸上摸了一遍，一边摸着一边说：不错，都长得细皮嫩肉的。

苏小小就逗大娘说：妈，你看他们咋样啊？

那还用说，当兵的个个都是好样儿的。大娘说完，又冲苏小小道：这些当兵的都是你的哥哥，以后你要照顾好他们，在咱家可别让他们受委屈了。

大娘说到这儿，似乎动了感情，她又伸出手抹开了眼泪。

苏小小就说：妈，你又来了，不是说好了吗，你怎么又伤心了。

大娘听了这话，又抹了一把脸说：孩子们，你们以后住在这里，有啥事可别客气，咱们是一家人了。说着，还用手指门上的牌子：看见了吧，我们是军烈属，他爸也是部队上的人，打珍宝岛那年牺牲了。

刘栋看着眼前的一切，又想到了自己的家，这里的一切是多么的熟悉和亲切呀。看到这儿，忽然有种想哭的感觉。他搀着苏小小的母亲说：大娘，您别客气，以后就把我们当成自己的孩子吧。

那敢情好。大娘高兴地点着头。

田村似乎对门楣上挂着的牌子很感兴趣，他站在那里左看右看，心里就有了一种不平静的东西一涌一涌的。

哥，看啥呢，坐下歇会儿吧。苏小小说着，递了个凳子过来。

田村没动，立在那儿，端端正正地向那块牌子敬了个礼，然后回过头道：每块烈士牌后面都有一个英雄的故事。

这时候，集合号吹响了，号响的方向是屯子里的打谷场。号声就是命令，战士们整齐地向号声的方向跑去。

歇马屯的拉练生活算是真正开始了。

天刚放亮，嘹亮的起床号就划破了歇马屯宁静的黎明。部队的歌声和口号声交替着响起，从此，歇马屯热闹了起来。

田村和刘栋等人回到苏小小家时，苏小小已经在他们的脸盆和牙缸里倒了水。此时她正在灶膛里忙着，灶火红红地映在她的脸上，额上就沁出了细密的汗珠。

战士们看着脸盆里的水很是感动，他们或蹲或站地洗脸、刷牙后，就有人拿起扫把，又把很干净的小院扫了一遍。这时候，开饭的号声响了，战士们又排好队跑步去吃饭。

接下来是野外训练。歇马屯三面环山，训练自然是在山上进行。战士全副武装地在山上摸爬滚打，直到歇马屯家家都亮起灯的时候，部队才结束了训练。一路上，战士们用响亮的歌声向歇马屯的老乡报告着：我们回来了。

踏进苏小小家，看着一溜儿排开的脸盆和铺好的被褥，刘栋的心里就一漾一漾的。这种中规中矩的农村生活让他感到亲切和温暖，恍若回到了家里。

苏小小静静地坐在院子里，看着战士们洗漱，她的表情是微笑的。她一边笑着，一边冲战士们说：累了一天了，洗完就早点儿休息吧。

战士们似乎并不累，洗漱完了，就三三两两地围在苏小小周围，说一些散淡的话。望着眼前这么一位美丽、娴静的姑娘，有谁愿意离开呢？

田村说：以后你就不要这样了。领导要是看见你这么照顾我们，我们会挨批评的。

不会，军民是一家，帮你们做点事是应该的。说话的时候，苏小小的表情既天真又调皮。

刘栋也跟着说：真的，我们都习惯了，可你一给我们打水、铺被子，反倒让我们不习惯了。

苏小小没有马上说话，一双会说话的眼睛盯着脚下的地面，半天才幽幽地说：小的时候，我爸每次从部队上回来，都是我给他打洗脸水。白天他就带我去山上玩儿，小伙伴都羡慕我有个当兵的爸。后来爸爸牺牲了，就再没当兵的进我家了，这么多年来你们是第一次。

说的时候，声音有些哽咽。大家望着她的样子，心里就很不是滋味。

啊，兵哥哥都累了一天了，让他们早点儿休息吧。里屋的大娘冲他们招呼着。

知道了。苏小小冲漆黑的里屋应着。

战士们也跟大娘打着招呼：大娘，您先歇着吧，我们不累。

无风的暗夜里，星星真切地亮着，一颗星星从遥远的天边划过。苏小小拿起身下的小凳子说：你们也休息吧，明天早起还要出操呢。

躺在苏小小铺好的被子里，几个人一时无法入睡，被子上似乎仍残留着指间的气味，那是一股淡淡的野花的馨香。这气味长久地笼罩在兵们的心头，缠缠绕绕的不肯散去。

刘栋躺在炕上，又有了一种回家的感觉。身下的炕是温热的，从头到脚都让他感到前所未有的舒畅，这让他再次想起了母亲和哥、姐。想到姐姐，他的心就猛然一顿，姐姐和胡小胡结婚，完全是为了他，为了让他当兵，姐姐嫁给了并不喜欢的胡小胡。而自己入伍已经一年多了，再有一年多，服役就到期了，他就该离开部队。在以后的一年多的时间里，他还能“出息”吗？如果自己不能“出息”，又有何脸面去见亲人哪？

夜很静，远处偶尔有一两声狗吠，间或还能听到部队查哨的口令声。

刘栋的思绪一时间飘得很远。这里真温暖啊，如果自己能一直生活在这里，也是一种不错的选择，想到这儿，他就想到了可爱的、大方的苏小小。他不知道自己怎么会生出这种念头，这时他感到脸一下子热了，身体也热了起来，他不敢再想下去，翻了个身后强迫自己快些睡去。

同屋的田村这时也没睡着，满脑瓜子里想的都是苏小小。对他来说是崭新的，这种崭新让他感到新奇而美好。以前，他认识的都是城里的女孩子，而苏小小跟那些女孩迥然不同，像绽放在山间的野花，热烈而清新。在他看到她第一眼时，就被她毫无雕饰的美丽打动了。他愿意听到她的声音，也愿意看到她的面容，她的微笑像冬日的暖阳，让他怦然心动。

苏小小这会儿就睡在东屋里，尽管他不可能听到任何响动，但他还是绷紧了身上的每一根神经，这让他兴奋又新奇。初恋般的感觉，就这样深深浅浅地折磨着他。

今夜的苏小小也没能像往常那样平静地睡去，自这些兵哥哥迈进她的家门，一颗平静的心就被搅乱了。也许父亲是军人的缘故，她对军人充满了亲近感，觉得他们就是自己的亲人。而那个叫田村的更是显得与众不同，他的举手投足都让她感到新鲜。少女的情怀，就这样被怦然撞开了。

她睁大眼睛望着黑漆漆的窗外，想着心事。她知道，部队拉练总有结束的那一天，一想起这些，心里就生出惆怅和不安，一种莫名的伤感，让她的心里跟着一紧一紧的。在床上辗转反侧的，终于惊醒了熟睡的母亲。

母亲在黑暗中说了一句：丫头，别胡思乱想了，早点睡吧，明天还要下地干活哪。

母亲的话让她感到脸红，她低声说：妈，我没乱想，人家都睡着了，是你把我给吵醒了。

女儿的心事又如何能瞒得了母亲，她是过来人，懂得女儿的心事。她开始为女儿担心，她知道部队总是要走的，部队走后留下个害相思的女儿，最后苦的还是女儿自己。她也是从女儿的年纪过来的，当年她和苏小小她爸搞对象的时候，自己也是这么辗转反侧，后来她爸来了，又走了，走了又来了，她就在期盼和守望中熬着日子。最后她爸还是永远地走了，她这一生一世也就只剩下了守望。

半晌，母亲叹口气道：丫头，千万别乱想，是你的就是你的，不是你的，求也没用。

妈，我知道了。你也快睡吧。

母亲的话还是让苏小小心头一震，她知道母亲是在提醒自己，不过她还是在心里对自己嘲笑了一番：你别美了，是你自己在想着人家，人家怎么会看上你哪。

可当第二天望见田村时，她的心还是不由自主地怦怦乱跳。偷眼去看田村时，发现他也正在望着自己，两双眼睛就试探着碰撞着，再分开，这种眼波的交流让她止不住地心颤。看不见田村的时候就总想着见到他，可见到的时候又不敢去看他，于是每次偷偷去看他时，却发现田村也正用炽热的目光望她，一时间她似乎感觉自己是在恋爱了。

在这期间，田村见到过两次石兰，这次拉练师医院也派出了一部分人参加演练。师医院没有住在歇马屯，而是住在了邻村。第一次见到石兰，是在一次急行军的途中，师医院的人原本走在警通连的前面，因为师医院行军带着不少医院里的家当，像担架、急救箱，还有一些简单的医疗器械，师医院的队伍行进得就慢一些。警通连赶上时，医院的人正坐在路边休整，几个女卫生员坐在一起，正嘻嘻哈哈地说笑着。在师医院里，田村和石兰已经见过几次了，两人对对方都有一些印象，这次行军中，田村一眼就认出了女兵中的石兰。一见到师医院的人，警通连的战士早就唱起了歌，被女兵围观这还是第一次，于是警通连就把《三大纪律　八项注意》唱得惊天动地。师医院那些女兵就捂着嘴，冲警通连的官兵们笑。田村就是这时候看见石兰的，他冲她笑了一下，石兰也回应着浅笑。

第二次见石兰是师医院做战地救护学习时，上级要求警通连做配合，地点在一个山坡上，轮到田村当伤员时，正赶上石兰和另外两个女兵上来为田村“包扎”。田村躺在那里一动不动，任石兰和她的战友对他的“伤口”做处理。等包扎到他的头部时，田村觉得绷带扎得有些紧了，就说：石兰，你也太狠了，能不能下手轻点儿啊？

石兰就做了个“嘘”的手势，小声地说：你现在是伤员，不能说话。

田村板着脸，认真地说：我是不能说话，那你也不能太狠了。你们这么折腾，还不把伤员给折腾死。

石兰就偷偷地笑。

忙活完了，几个女兵又七手八脚地把田村抬上担架，说是抬，还不如说是生拉硬拽，她们的力气实在是太小了。伤员拖上担架后，她们还要在规定的时间里把伤员抬到安全地带。也许是太着急了，也许是田村太重了，在过一个沟时，女兵连同担架上的田村一起摔倒了。田村没有防备，人被摔得龇牙咧嘴，脸也重重地蹭在沙地上。这下，田村真的受伤了。

演习结束后，石兰给田村蹭破的脸上了药，田村疼得嘴里直吸溜，石兰歉意地说：真对不起了，田村。

另一个女兵噘着嘴，冲石兰嘟囔道：干吗跟他对不起？谁让他太重了嘛。

田村痛苦地咧着嘴：什么，你还怪我太沉了？

在最后的评比中，石兰和那两个女兵受到了批评，她们在队列里低着头，难过极了。脸上贴了纱布的田村，冲身边的刘栋解气地说：她们就该挨批。

刘栋看了一眼田村的样子，想笑，最后还是忍住了。

田村回到歇马屯的时候，脸上的皮外伤已经没什么事了，但还是被眼尖的苏小小看到了。她先是惊讶地张大了嘴 ，然后惊呼一声：哥，你受伤了？

田村无所谓地笑了笑，说：没事儿，就是擦破一点儿皮。

洗脸的时候，他就顺手把那块纱布揭掉，狠狠地扔在地上。手碰到脸上的伤处，还有些疼，他皱了皱眉头，被一旁的苏小小看在眼里。

田村回到屋里不久，苏小小就过来了，手里拿了个小瓶：哥，我再帮你上点儿药。这是野猪油，涂上它，保你明天就不疼了。

田村大咧咧地挥着手道：没事儿。

苏小小不依，一定要帮田村涂野猪油，田村只好依了她。她的动作很轻，一边往他的脸上擦着油，一边问：哥，还疼吗？

不疼，一点都不疼。田村侧着脸回答。这会儿的他离苏小小很近，透过她扬起的袖口，他看见了藏在袖管里的半截圆润的胳膊，心里顿时狂跳起来。苏小小丝丝缕缕的呼吸吹得他的头发一飘一飘的，一股清凉和舒适通过他的半边脸，慢慢传遍了他的全身。恍惚间，有种晕眩的感觉。

这时候，苏小小笑吟吟地说：好了，明天再擦上一次，你就没事儿了。

田村看了一眼，真诚地说：谢谢。

苏小小的脸红了，扭身走了出去。苏小小一走，就有人过来和田村开玩笑道：咋样，感觉好多了吧？

田村也红了脸，不好意思地说：其实不擦也不碍事儿。

众人就起哄：行了田村，别得了便宜还卖乖。

一边的刘栋没说话，见苏小小那么关心田村，他的心里莫名的有几分失落。他说不清自己为什么会有这样的感觉，只是希望如果自己受伤了，她也能这样对待自己。

经过石兰和苏小小这两件事，刘栋隐隐地感觉到田村是自己的克星。开始，他和石兰来往得好好的，自己也的确没有想到别的，只觉得心情愉悦。读石兰借给他的书时，就像看到她正在注视着自己，心里就生出幸福的感觉，这让他很惬意，也很满足。就在他与石兰友好交往的时候，田村半路杀了出来，给他讲部队条例和人言可畏，从此失去了和石兰的正常交往。后来，他似乎清醒了一些，田村不让自己和石兰来往，他却主动充当“邮递员”的角色，难道他就不怕违反部队的条例，不怕人说三道四吗？当刘栋意识到田村布下的圈套后，他也再没去找过石兰。一次，他送一篇新闻稿去宣传科，碰到石兰也来送稿子，他们双双离开宣传科时，石兰在他的后面说：喂，你怎么都不敢到我那儿还书了？

他眼睛看着前方：没有啊，田村说他去医院办事，我就让他帮忙把书还你。

石兰不再说什么，他们走到楼下后道声“再见”，就分别回到师医院和警通连。

以后，石兰再也没有主动找过刘栋。闲下来的时候，偶尔想起石兰时，刘栋心里隐隐的会有些疼。

部队出来拉练后，他又遇到了苏小小，她的模样让他暗生喜欢。石兰和苏小小都是他喜欢的那种女孩，但他知道凭自己现在的条件，他没能力表白自己的想法，不论是石兰还是苏小小，目前唯一能做的就是努力奋斗下去，争取在部队有出息，这既是家人对他的期望，也是自己的人生追求。

他常在暗地里和田村做着对比，发现田村从不压抑自己的想法，喜欢一个人就去主动表达，这是他所做不到的。田村私自离队，尽管受到了严重警告处分，但他跟个没事人似的，该干吗还干吗，一点也没把那个处分当回事；换作是自己，就等于自毁前程。这么比来比去的，他就有了强烈的自卑感，毕竟田村的父亲是副军长，自己只是农民出身。话又说回来，田村即使在部队混不出名堂，复员回去照样能找到理想的工作，他呢？如果提不了干，就只能回到村里当他的农民，这就是人和人的差距。

刘栋这样想下去，就感到了一种压力和悲哀。于是，心里滋生出的那一点点美好的苗头，就被他及时地遏止了，他在心里一遍遍地说着：石兰、苏小小，你们好是好啊，可我刘栋不配，不配呀。刘栋想到这儿就闭上了眼睛，他在心里嘶喊道：刘栋，你一定要努力呀——

田村和苏小小

田村和苏小小的关系变得不同寻常起来，而两人关系的实质性进步，与后面发生的事情不无联系。

天下没有不散的筵席，十三师半个月的野外拉练终于结束了。部队在一个清晨接到了结束拉练的命令，号声中他们全副武装，和来到歇马屯时一样，乡亲们又一次走出家门。与初到时的情形不同的是，经过半个多月的相处，军民的鱼水情得到了升华，乡亲们看着子弟兵就要走了，情感上一时难舍难分，有些妇女孩子还抹起了眼泪。

她们一声声地呼唤着：孩子们，啥时再来呀？

警通连的几个战士离开苏小小家时，一直没有说话。田村很想再看一眼苏小小，但他不敢抬头，怕抬起头时控制不住自己的眼泪。苏小小站在他们跟前，紧紧这个兵的包，拽拽那个兵的衣摆，走到田村身旁时，望着他的脸道：还疼吗？

田村摇摇头，小声地说：歇马屯，我记住你了。

六个兵走的时候，苏小小的母亲冲他们招着手道：孩子，有空回来看看哪。

大娘，我们一定回来——

战士们的声音缓缓地在上空盘旋着，浸着露水的回声，透着湿乎乎的潮气。

苏小小跟随着战士们，仿佛就是这支队伍中的一员。他们来到警通连的集合地，这里已围满了送行的人们。

连长走到队伍前讲话：刚接到司令部的通知，为了配合歇马屯大队的民兵训练，司令部令我们抽调十人帮助民兵训练，什么时候回去等候通知，下面我宣布留下人员的名单。

连长从兜里拿出一张纸，田村和刘栋都盯着连长手中的名单，这是个突然的决定，他们听到这个消息的时候，心里为之一震，他们同时想到了苏小小。两人的目光望向苏小小的时候，苏小小正躲在人群里，紧张地观察着眼前的变化。她是那种既惊又喜的神色，当她的目光和田村的目光相遇时，她的眼神已经变成了渴盼，仿佛在问着：你能留下吗？

连长声音洪亮地宣布着名单：经过支部研究决定，下列人员将继续留在歇马屯大队———一排长刘德旺。

一排长刘德旺就在队列里声音很响地回答：到。

接下来又念到一班战士苗雨露，队列里又有人答：到。

连长点到最后时，田村觉得自己已经没有希望了，开始时他还望着苏小小，等到最后，他似乎看到苏小小的眼圈红了，忙把头扭了回去。

连长点到田村的时候，他一时没有回过神来，站在一旁的战士用胳膊肘捅了他一下，他才慌忙答“到”，然后就用眼睛去找苏小小，发现她的表情也是又惊又喜。

失望的刘栋闭了一下眼睛后，很快又睁开了。这时，连长又宣布道：被点到名字的同志，出列——

一排长带着十名战士，整齐地列队在连长面前。连长布置道：你们的任务由司令部崔参谋负责。

这时，连长的身后走出来崔参谋，他向队伍下达了口令。其他的人在歌声和口号声中走远了。老乡们追着队伍，不停地喊着：孩子啊，想干妈了就来了个信儿，别把干妈忘了啊。

战士们不能在队列里说话，他们只能用泪眼向老乡告别。

崔参谋带着警通连留下的兵来到打谷场，他们的任务是负责训练歇马屯的民兵。这是大队民兵连在部队撤走前提出的唯一要求，很快就得到了司令部的批准，于是培训民兵的任务就交给了警通连。

大部队走了，这十个兵就成了乡亲们的焦点，他们都争抢着让这些子弟兵住到自己的家里。这个喊：崔参谋，让孩子住我家吧。那个也不甘示弱地喊：我家房子大，还是去我家吧。

苏小小也站在人群中，她多希望这些战士能住到自己家啊。眼前的样子，让崔参谋左右为难，他就在人群里找，终于看到了歇马屯的邢队长，就求救似的说：邢队长，屯子里的情况你熟悉，还是你来定吧。

邢队长走出人群，用目光往人堆里张望着，老乡们又争先恐后地喊了起来。

这时候，谁也没有想到，苏小小从人群中径直走到邢队长面前，道：队长，我家的情况你了解，住我家吧，我家宽敞。

说完，她就走向了队伍，伸手拿过田村的背包，头也不回地走了。

邢队长喊道：哎，苏小小，别抢呀。

看着苏小小义无反顾的样子，他也只能同意了。

排长就又点了两个战士，安排到苏小小家。这时候，人群已经乱成了一锅粥，大家纷纷跑上前，去夺战士们的背包。

苏小小走在前面，她走得理直气壮，头也不回，田村终于又被她抢回来了。手里提着田村的背包，她为自己的行为有些感动。等走到自己家的门口时，她回了一下头，看见田村带着另外两名战士走在自己的后面，她笑了，冲大家一歪头，道：回家吧。

苏小小一边招呼大家进门，一边冲院里喊着：娘，你出来看看，谁又回来了。

大娘摸索着走出屋，欣喜地说：当兵的没走？

田村赶紧扶住大娘，叫了声：大娘，我是田村。我们在这里还要住上几天，帮助民兵训练。

大娘听了，嘴里一迭声地道：好哇，我闺女也是民兵，前些时候打靶还打中过十环呢。

苏小小娇嗔地扯了母亲一把：妈，你就别丢我丑了，人家可都是真正的军人，我们民兵算什么呀。

说完，就去帮战士们解背包，战士不让，田村只好放开自己的手，让苏小小去解自己的背包。苏小小一边费劲儿地解着，一边笑嘻嘻地说：哥，早知你不走，就不让你打这个背包了，看这事儿费的。

田村老实地说：我还以为留不下呢，哪知连长最后才点到我。

旁边的战士道：要不是我捅你一下，你还不答到呢。

里间的苏小小整理好战士们的被子，下了炕，深呼了口气道：好了，从现在开始，我就归你们管了。

说完，还学着军人的样子，冲他们仨儿敬了个礼道：报告，歇马屯民兵连女兵排战士苏小小向你们报到。

田村他们看到苏小小认真的样子，都笑了。这时田村和苏小小也开始了他们的初恋。

那以后，苏小小每天都随着三个兵一起，跑步到村中的打谷场集合。集合起来的民兵分男女两列，由警通连的战士各带一组负责训练。

田村带着苏小小一共五个女民兵，苏小小是女兵组的组长，这是田村任命的。苏小小训练很积极，她虽然年龄最小，但领会动作要领很快，有时候田村就让她辅导其他人，自己站在一旁做指导。休息的时候，苏小小仍缠着田村问这问那，她的问题大都是部队上的事，有时也会问问田村家里的情况。她问到田村父母是做什么的时候，田村就随口说是当兵的。

苏小小听了，就拊掌大笑：他们那么大岁数了还当兵呀，是不是军长、师长啊？

田村就跟着一起笑。

苏小小开始更加关心起田村，见他的衣服蹭脏了，就掏出手绢帮他掸掸，发现衣服弄皱了，就过去给抻抻。她做这些事儿的时候，田村的心里暖暖的，他能感觉出苏小小是喜欢自己的。

同组的几个女民兵，也看出了其中的苗头，她们嘻嘻哈哈地说：等田教官走了，你就跟他去部队得了。

民兵们一律管十个兵喊教官，以显示尊重。苏小小听了大家打趣儿的话，脸上立刻飞起了红云，就佯装羞恼地追打。

田村站在一旁，看着她们笑闹一团的样子，心里生出了甜丝丝的幸福，恍惚间，竟有了世外桃源的感觉。

晚饭后，天还没有黑透，十个兵就各自从老乡家里走出来，穿过村街，来到村后的那座小山上走走。山上树木葱茏，各种叫不上名的野花开满山坡，人走在山上，嗅着清雅的花香，惬意极了。

这天，田村独自往山上走时，苏小小突然出现在他的身后，喊了一声：哥——

田村停住了脚，苏小小迎着他追上来，天边的晚霞映在她的脸上，像怒放的桃花般灿烂、炫目。她气喘吁吁地说：田哥，我想跟你一起走走。

两人并肩向山坡上走。在一块平缓的坡地上，他们坐了下来，野草的清香和着花香，沁人心脾，陶醉的田村闭着眼睛，深深地吸了几口。看着田村迷醉的神情，苏小小红着脸，轻轻地问：哥，你喜欢不喜欢这里？

田村睁开眼睛，真诚地看着说：喜欢，这里太好了。

那你以后就留在这里吧。苏小小说完就低下了头，手里不停地摆弄着一株淡黄色的小花。

田村望着苏小小，忽然就有了一种冲动，他伸出手，一下子抓住了苏小小的手，两只手很快就交握在一起，两颗心更是擂鼓般地激荡。此时，苏小小的脸已是鲜艳欲滴，田村也是幸福无比，这是他第一次真实地触碰到女孩子的手，苏小小的纯朴和善良打动了他，让他初恋的激情奔涌。

天暗了，又黑了。田村的身体这时候动了一下，苏小小抬起头，看到了他亮亮的眼睛，听到了他渐渐急促的呼吸声。苏小小再也抑制不住自己了，她猛地扑到他的怀里：哥，我喜欢你。

他也抱紧了她，但很快又把她推开了。她有些吃惊，哽着声音说：哥，你不喜欢我？

他别过头去，不敢看她的眼睛：不是的。我们部队有纪律，战士不能在当地谈恋爱。

说完，他就慌慌张张地站了起来。

她有些不解地追问道：这是谁规定的？

田村就回答：是上级、领导。

真的？那你以后复员了呢？

田村认真地说：复员当然可以了。

他的回答无形中鼓励了苏小小，她在黑暗中大胆地望着他说：那我就等你，等你复员。

说完，她就跑开了，直到融进夜色中。

第二天，战士们和民兵在打谷场又开始了一天的训练。一排长按小组检查着训练情况，走到田村他们小组时，苏小小突然站出来，向排长敬礼：报告排长。

一排长还礼后，问道：你有什么事？

苏小小把一排长拉到离众人远一些的地方，小声地问：排长，我想问你个事儿？

说吧，干吗这么偷偷摸摸的？

田村和几个女民兵不知苏小小要干吗，都莫明其妙地望着她。

苏小小一脸认真地说：排长，你们部队真有战士不准在当地谈恋爱的规定？

一排长顿时警觉起来：有啊，怎么了？

你们部队的规定可真好。苏小小打着哈哈道。

一排长的表情变得郑重起来，他盯着苏小小说：苏小小同志，你发现什么了，你告诉我。我们的战士要是有这样的苗头，我会报告上级处分他。

苏小小就一脸严肃地说：没有没有。

那你问这个干吗？

那天我听你们战士背条例背到这一条了，所以我就随便问问。

一排长松了口气，点点头道：那就好。

这时，苏小小又一脸神秘地说：等我发现谁有苗头了，就告诉你。

说完，转身跑回到队列里。

一排长冲着她的背影道：谢谢你对我们工作的支持。

果然，以后的苏小小就收敛了许多，见了田村也和别人一样，田教官长、田教官短地叫了。

一次训练休息时，苏小小悄悄地在田村的裤袋里塞了些东西。田村伸手摸了摸，发现是两只熟透的山杏，他偷眼看过去，发现她也在盯着自己。

那些日子里，苏小小和田村成了这支队伍里最幸福的人。有事没事就情不自禁地唱起歌来，她唱《万山红遍》，还唱《绣金匾》，唱得最多的就是那首好听的《沂蒙颂》了。

田村在那段日子里也想唱歌儿，他没想到在歇马屯竟迎来了自己的初恋。这种遮遮掩掩的恋情，让他感到既兴奋又紧张。幸福的日子里他学会了失眠，他常常躺在炕上，兴奋地聆听着隔壁的吟唱。里间的苏小小总是在灯下边做着针线活，边轻唱着那首好听的《沂蒙颂》。

因为苏小小的存在，歇马屯的一切在田村的心里都变得美好起来，天是那么的蓝，云是那么的淡，这里的山水也是那么的美，他甚至想将来复员了，就在这里和苏小小结婚，过日子。

民兵们的训练按部就班地进行着，队列训练结束后，就是枪械训练和实弹射击、投弹，然后训练就该结束了。离别的日子越来越近了，田村和苏小小的目光中就多了些忧伤和惆怅。

警通连的战士和歇马屯的民兵们迎来了最后一项训练科目——实弹射击和投弹。这些实弹都是当地武装部提供的，射击和投弹也是分组进行。

田村这个组在投弹开始前，他已在队列前反复讲了投弹的要领和注意事项。苏小小第一个投弹，当第一枚手榴弹拿在手里时，田村又一次做了示范揭盖拉弦的动作要领，并一再对苏小小说：别紧张，只要用力把手榴弹扔出去就行。其他在场的人，都趴在十几米开外的掩体里。

当时苏小小并不是很紧张，她还问田村：投完弹，你们明天是不是就要走了？

就这两天，我们的任务已经完成了。

苏小小又问：那你什么时候还来呢？

田村的心里就有了一缕分别前的惆怅，他肯定地告诉：我复员了，就来找你。

这时苏小小已经把手榴弹抓在手里有些时候了，她按照训练的样子，做投弹前的准备——揭盖，把引爆环挂在小手指上，然后甩臂，用力投弹。可就在她撒手的一瞬间，苏小小“呀”了一声道：我的头发……

田村并没有留意到苏小小的头发，他一直盯着手榴弹飞出去的轨迹，结果他没有看到手榴弹出去。当他收回目光时，看见那枚手榴弹不知怎么挂在了苏小小的辫梢上，手榴弹已被拉断了弦，正“滋滋”地冒着青烟。田村大叫一声“不好——”，冲了上去。

他双手抓住辫子上即将爆炸的手榴弹，可怎么也解不开，苏小小已经吓傻了，她连声喊着：田村，快……

田村一用力，手榴弹终于和苏小小的辫子分开了，落在了田村的脚下，田村没有时间去捡手榴弹，只能奋力把它踢远，同时抱起苏小小，扑到了地上。

投手榴弹的时候，是站在一个天然的凹地里，当时考虑可以利用这个凹地作掩体，但此时正是由于它的阻碍，踢出去的手榴弹并没有飞出多远，就爆炸了。

田村随着手榴弹的爆炸，大叫了一声。当一排长和众人奔过来时，田村仍压在苏小小的身上，他的身上已是鲜血淋漓。大部队撤走后没有留下卫生员，更没有担架，他们只能把他背在身上，往山下跑去。

苏小小呆立在那儿，大脑里一片空白，直到人们背着田村向山下冲去，她才清醒过来，撕心裂肺地喊了一声：田村——

听说解放军受伤了，歇马屯一下子炸了锅，老乡用一辆马车拉着田村去了最近的公社卫生所。被救的苏小小疯了似的追到马车旁，爬上了马车。一排长涨红着脸喊道：苏小小，你就不要去了。

苏小小不管不顾地把田村的头抱在怀里，她失去理智地冲着一排长哭喊：他是我的救命恩人，我为啥不去？

没有时间去争执了，战士们在车下跑，赶车的老乡驾着马车，一伙人急三火四地向公社卫生所奔去。

抱着田村的苏小小，一遍遍地哭喊着：田村，你醒醒……

田村睁了一下眼睛，勉强地笑一下，断断续续地说：放心……我死不了。

苏小小一边流着泪，一边责怪着自己：都是我不好，我真笨。

马车颠簸得田村在苏小小的怀里吸了口气，她就冲赶车的于三叔道：叔你慢点儿，田村他疼。

赶车的于三叔就说：丫头，你把他抱好了，车不能慢哪，救命要紧。

马车跑得快，路就颠得厉害，苏小小索性躺下，把田村抱在了自己的身上。车下的一排长不停地喊着：田村，你要坚持住，到了公社我就给部队打电话，让他们派救护车来。

公社卫生所条件有限，只是简单地给田村做了处置。在这一过程中，苏小小不离田村左右，她抓着他的手说：田村，你一定要坚持住，一排长已经给部队打电话了。

一排长带人在路口等候部队派出的救护车，终于，车子鸣着笛风驰电掣地驶来。田村被抬上救护车的时候，苏小小也要上车，被一排长拦住了。这时的苏小小已经失去了理智，她哭喊着哀求道：排长，你就让我去吧，他是我的救命恩人哪。

一排长正色道：苏小小同志，我们有医生有护士，你就不要去了。

她像没有听懂排长的话，挣扎着跑上了救护车。田村微微睁开眼睛，想抬起手，因为疼痛又垂了下去，他喑哑着声音说：你就别去了，等我好了，我来看你。

一排长硬是把苏小小从车上拉了下来，车子随之风一样地开走了。

苏小小追着汽车向前跑去，直到救护车消失了，依然是泪水滂沱。

一排长和战士们围上来，一起安慰着她：田村不会有事的，你放心吧。

一排长担心苏小小过分自责，就认真道：苏小小同志，你不要难过和自责，救你是田村的责任，遇到这种情况，我们每一个人都会这样做的。

苏小小仰天哀声道：田村，我对不起你——

这件事情发生后的第二天，一排长就接到了撤回队伍的命令，这次部队派了一辆卡车来接他们。歇马屯送行的乡亲们来了很多，他们一边流着眼泪，一边和子弟兵挥手道别。

苏小小没有来，她趴在自家的炕上嘤嘤地哭着。母亲看着女儿伤心的样子，也抹起了眼泪，她叹了口气：小小啊，你记住了，田村是你的恩人，他就是瘫在床上了，你也得侍候他一辈子，咱不能做那种忘恩负义的人。

苏小小曾无数次想象过和田村分别的情形，唯独没想到会是这样的结果。田村是为了她而受伤，这让她心里感受到了幸福，但更多的是一种刺痛。她不敢面对一排长他们的离去，她怕自己承受不住那样的场面，他们当中本该有田村的。她想过田村离开时，她会躲在人群中冲他挥手后，然后找一个没人的地方悄悄地流泪，但那是甜蜜的离别，可现在田村生死不明，她只能暗暗地为他难过和伤心。

该死的手榴弹怎么就没有扔出去呢？一想到辫子，她像找到了发泄对象，一骨碌爬起来，找出剪子，狠着心剪掉了留了十几年的长辫。

医　院

苏小小是在田村手术后的第三天来到医院的。严格地说，田村的伤并不致命，几块弹片击中了他的背部和腿，手术加上路途上的失血，使田村目前急需输血。师医院并不大，平时只存有少量血浆，而田村的血型又是HR型，碰巧师医院和几家地方医院的血库也血源紧张，只能靠现场采血了。

警通连得到这个消息时正是夜半时分，连长吹响了紧急集合的哨子。警通连一百多号人跑步来到医院，验血后，只有刘栋的血型合适。手术正在进行着，由于失血过多，田村已经出现昏迷症状。

刘栋先后抽了两次血，第一次是四百毫升，第二次是二百毫升。田村在输入刘栋的六百毫升血后，终于醒了过来。

田村的受伤，还是惊动了田辽沈和杨佩佩。手术后的第二天上午，两人就出现在田村的病床前。田村的身上缠着纱布，正躺在那里输液，大量血液的补充，使他的脸上慢慢地有了些血色。

看见走进来的父亲和母亲，他咧开嘴笑了一下。

杨佩佩疾步上前，一把抓住田村的手，眼泪就流了下来。她看看这儿，摸摸那儿，不停地问着：儿子，疼吗？

看见杨佩佩紧张的样子，田辽沈就轻描淡写道：你也是医生，又不是没见过伤员，别大惊小怪的。

杨佩佩这才控制住自己的情绪，躲在一旁擦拭着眼睛。

田村看着母亲，轻声安慰着：妈，我没事儿，就一点小伤。

听了田村的话，田辽沈冲儿子笑笑，道：儿子，行！这一点你像我。我负伤的时候也从来没叫过疼，军人嘛，就该有个军人的样子，军人的职业就是流血牺牲。

田辽沈这么说，一半是说给田村听，一半是说给杨佩佩听的。在儿子面前哭哭啼啼的，样子总是有些不雅，更重要的是不符合身份。

杨佩佩果然停止了哭泣，她坐在儿子的床前，拉着田村的手，怜爱地望着。

田辽沈背着手，在病房里踱了两步，才问道：儿子，听说你救的还是个女民兵？

田村点点头道：手榴弹没有扔出去，挂在她的辫子上了。这件事我有责任，事前没有提醒她。

田辽沈弯下腰，凝视着儿子的脸：好儿子，你现在像一个真正的战士了，等伤好后要主动向上级承担责任。功是功，过是过。

一旁的杨佩佩听不下去了，冲田辽沈说：孩子伤还没好，你就别说那些责任不责任的话了，就不能说点好听的。

田辽沈道：别忘了，咱们的儿子现在是个战士了。

杨佩佩打断田辽沈的话：田村，听说给你输血的是一个叫刘栋的战友？

田村点点头，告诉母亲：在新兵连的时候，我们就在一个班。

田辽沈想起了什么似的问：是不是列队的时候站在队尾的那个？

田村兴奋地看着父亲：对，爸你怎么了解得那么清楚？

田辽沈满腹心事地点着头道：是你们领导介绍的。

杨佩佩又接着说：听医生说，要不是他给你输了那么多血，你可就危险了。你们连一百多人，却只有他给你输了血，看来你们真是有缘哪。将来你可不能忘了人家，是人家救了你的命。

田村听话地点点头。

田辽沈那次没有在医院里多停留，见田村的伤势已经稳定，下午就离开了。军机关的很多事还等着他去处理。杨佩佩不放心儿子，留了下来。

杨佩佩是在第二天出现在警通连的，她要看看儿子的救命恩人刘栋。在连长、指导员的陪同下，他们来到了刘栋的宿舍。她来前又专门买了一些营养品，他们进来的时候，刘栋正躺在床上休息，因为献血连队给了刘栋三天全休的假。

见连长他们进来，刘栋就坐了起来，杨佩佩快步上前，扶住他：快躺下，阿姨来看看你。

连长介绍：这是田村的母亲，军机关门诊部的杨副主任。

刘栋站起来，向杨佩佩敬礼道：首长好。

杨佩佩用手轻按着刘栋的肩膀：孩子，快坐下来。

刘栋坐在床沿上，杨佩佩也坐在了他的身旁，充满感激地说：是你救了田村，多亏了你啊，阿姨真是太谢谢你了。

刘栋不好意思地低下头，憨憨地说：这是我应该做的。换作别人，如果血型合适的话，也会这样做。

连长也在一旁插话：也怪了，全连一百多号人，怎么就只有他俩是HR型血呢。

杨佩佩笑了，她看着身边的刘栋，慈爱地说：这就是你们的缘分，以后你们可要相互帮助，共同进步啊。

见刘栋认真地点点头，她又关切地问：刘栋，你是哪里人呀？

我家是大柳树县刘家公社的。

杨佩佩喃喃地念叨着：大柳树县？刘家公社？

是，首长。刘栋肯定地做了回答。

这时的杨佩佩仿佛有了心事，说什么都有些心不在焉。她在连长和指导员的陪同下走到院子里时，忽然停下了脚步：你们能帮我查查刘栋的档案吗？

指导员不解地望着她。

她忙解释：我想了解一下刘栋的家庭情况，他毕竟救了田村，以后总要找机会感谢他的家人。

指导员胸有成竹地说：不用查档案，刘栋的情况就在我的脑子里装着呢。他家住址是大柳树县刘家公社靠山大队王家屯。父亲叫刘二嘎，已经病故多年，母亲叫王桂香，还有一个哥哥和姐姐。

指导员说完这些时，杨佩佩险些晕了过去，指导员和连长赶紧扶了她一把，道：首长，你这是怎么了？

直到这时，杨佩佩才似乎惊怔过来，忙笑笑道：这两天可能没休息好，有点头晕。

连长、指导员就一起把她送到了招待所。只剩下杨佩佩一个人时，她手抚着胸口，倚靠在床上，嘴里喃喃着：太巧了，真是太巧了。

她慢慢站起来，在屋里不停地走着，她怎么也没有想到儿子竟和他的亲哥哥在一个师里当兵，又在一个连队，她开始怀疑自己是在做梦，她不敢相信眼前的事会是真的。这么多年了，王桂香一家的情况一直在她心里装着。大柳树刘家公社靠山大队王家屯，这个地址她太熟悉了，她不止一次地往这个地址寄过东西。仿佛上天将这一切早都安排好了，二十年前，老天让这哥儿俩分开，二十年后又让他们碰在了一起。如果这次不是田村受伤，也就不会把这个谜底揭开；如果不是来看刘栋，她也不会知道这些……

杨佩佩茫然地呆愣在那儿，一时竟不知身在何处。一低头，她看到了床头柜上的电话，她已经无法独自承受这突如其来的巧合，她拿起电话，接通了田辽沈的座机。

田辽沈在电话里奇怪地问：你不是想住两天吗，怎么这么快就要回来了？

我有重要的事，必须回去对你说。

田辽沈在电话里打着哈哈：孩子不就是受了点儿伤嘛，用得着你这么一惊一乍的。

杨佩佩不想在电话里说太多，放下电话后，就望着窗外发怔。

母亲离开的消息，是指导员告诉田村的。指导员说首长工作脱不开身，就提前走了。杨佩佩也是这么对指导员交代的，她本想看一眼田村再走，可她又怕见到他，就用了这种不辞而别的方式。

杨佩佩进了家，就急三火四地给田辽沈电话。田辽沈一只脚刚踏进门，就喊起来：出啥事了，搞得这么紧张？

杨佩佩直视着田辽沈，似乎想从他的目光中找到慰藉，此时的她已是六神无主，仿佛儿子的秘密已是人尽皆知。她迟迟不开口的样子，倒是让田辽沈沉不住气了，他冲着她瞪眼叫道：到底是咋了，是不是田村的伤又有啥变化了？

她慢慢地摇摇头，眼泪哗地流了下来，她带着哭腔道：田村那个双胞胎哥哥找到了。

田辽沈不认识似的望着杨佩佩，许久，才问道：你是咋知道的？

她低泣着：你知道给田村献血的刘栋是谁吗？他就是田村的亲哥哥。说完，就又擦起了眼泪。

田辽沈一时也不知说什么好，呼吸也变得急促起来。他在吃惊的同时就有了宿命的感觉。这就是命运，也是缘分。

杨佩佩抹着眼泪，又气又恨地说：都怪你，当初要是不让田村去十三师，他怎么会和刘栋在一起呢？

田辽沈也长吁了一口气：我看哪，这也不是啥坏事，田村的身世咱也没想隐瞒一辈子，迟早也会告诉他的。咱们只是他的养父母，这一点从一开始就不能怀疑。

杨佩佩仰起脸，无助地看着田辽沈说：那现在也太早了，万一田村知道自己的身世，以后……

杨佩佩毕竟是女人，二十年了，她早就把田村当成了自己的孩子，当成这个家的一部分，她不敢想象有朝一日，失去田村后，她的生活会怎样。

田辽沈终于坐到椅子上，手敲着桌子提醒道：你放心，首先田村不是那样的孩子，就真是那样的孩子，咱们也要面对现实。

杨佩佩听了田辽沈的话，又一次涕泪横流，她呜咽着：不，田村是我的孩子，我不能没有他。老田，趁田村还不知道自己的身世，你把他调离十三师吧。

田辽沈腾地站了起来，快速地在房间里踱起步，他真的要好好想一想了，终于，他停下步子，下定决心地说：不行，咱们不能做对田村不利的事，如果他有一天真的知道自己的身世了，提起当年咱们绞尽脑汁地隐瞒他，他又会怎么想？他会瞧不起我们的，就让他留在十三师，如果他自己知道了，就让他知道好了。他已经是大人了，他有权利选择自己未来的生活。

田辽沈说完就离开了家，回办公室上班去了。话是这么说了，可他的心里也是难以平静。田村的音容笑貌此时顽强又清晰地出现在他的眼前，从感情上来说，他非常喜欢田村，无论从心理还是现实中，他早就把田村当成了自己的亲生儿子，甚至越来越觉得田村像自己了。田村小时候淘气，闯了不少祸，他表面上很生气，内心却很高兴，仿佛看到了儿时的自己，更看到了自己生命的延续。

田辽沈在经过激烈的思想斗争后，认为田村已经长大了，父子迟早有一天会像真正的男人一样坐在一起，面对事情的真相，做出男人的选择。他不想把事情搞得偷偷摸摸，那不是男人，更不是军人应该做的事情。决心已下，田辽沈的心里一阵轻松，在情感上，他会一如既往地把田村当成自己的儿子，这足够了。至于以后，那是田村自己的事情，让孩子自己去选择吧。

正当田辽沈和杨佩佩为田村的真实身份愁肠百结时，田村在病房里迎来了苏小小。

苏小小一路生风地出现在他的病床前，他吃惊地瞪大了眼睛。苏小小那条又黑又长的大辫子不见了，只剩下一头齐耳短发。她一见到田村，就蹲在床边，抓住了他的手：哥，让你受苦了。

苏小小一哭，田村的心里也是一阵阴晴雨雪。他们分别才短短的三天时间，却像一个世纪般漫长了。他在这之前几百次地想象过和她分别的场面，却没想到会在那样的情景下和她分手。他因疼痛而一次次地陷入昏迷，每当他醒来的时候，耳畔都回响着一遍遍热切的呼唤：哥，你醒醒呀——

她抱着他的时候，他真切地感受到了她的体温和真情，那时他就在心里发誓：我这辈子忘不了你，我以后一定来找你。

此时面对着苏小小，他百感交集，眼泪也跟着涌了出来。他颤抖着声音说：你怎么来了？

苏小小咬着嘴唇道：哥，你为了救我都伤成这样了，我能不来看看你吗？

苏小小的出现，让田村的情绪有了很大的改变。在医院里有医生、护士的照顾，偶尔连长、指导员也会过来看看，当然还有他的战友们，但他们代替不了苏小小。

苏小小一来，医院里就传开了，田村救的那个女民兵来了，还是个很漂亮的女民兵呢。

认识不认识田村的人，都借故到他的病房来看一眼苏小小，他们看了，就抿嘴笑一笑，并不当面说什么，只是在背后议论着英雄救美的话题。医生就开玩笑说：我要是碰上这样漂亮的女民兵，也会当一次英雄，就是伤得再重一点儿，也值了。

连长和指导员得到苏小小来看田村的消息，也一起来到了田村的病房。连长和指导员来时，苏小小正在喂田村吃苹果，她正在把切成小块的苹果喂到田村的嘴里。看见他们亲昵的举止，连长、指导员怔了一下，就热烈地和苏小小握手，嘴里寒暄着：你就是那个苏小小吧。

苏小小似乎早有心理准备，她伶牙俐齿地说：我是苏小小，来看看我的救命恩人。要是没有田村，说不定躺在这里的就是我了。

连长、指导员对苏小小来看田村说了感谢的话，还拿出一张军区报纸给苏小小看，上面有一版报道了田村救女民兵的英雄事迹，还登了照片，这篇报道正是刘栋采写的。

看到报上的内容，苏小小激动地冲田村喊道：哥，你都上报纸了。

田村淡淡地笑笑，等连长、指导员走后，他才仔细读那篇报道。刘栋是他的战友，自然对他很了解，文章里写了田村入伍以来的点滴细节，这让他感觉很真实，也亲切。当他看到刘栋描写的全连一百多号战士争抢着献血的情节时，他的眼睛湿润了。

田村放下手里的报纸，心里自问着：你真的就是英雄了吗？

他以前对英雄的理解可不是这样的，只有在战场上出生入死，甚至战死疆场，才是英雄；而自己所做的一切又算得了什么呢？被人这样赞为英雄，他自己都感到有些不好意思。

田村还不知道，随着这篇报道的发表，十三师学习田村英雄事迹的热潮已经开始了。田村勇救民兵的行为，成了十三师宣传教育的典型。

那几天，苏小小在离师医院不远的一家地下室的招待所里住下了。她每天一大早就来到田村的病房，手里端着一瓦罐滚热的鸡汤。鸡是苏小小买来，花钱请招待所的人炖好后，再热腾腾地送来。

田村在苏小小的照料下，倚在床头慢慢地喝着香浓的鸡汤。他的伤恢复得很快，已经可以轻微地活动身体了，经过几日的休养和滋补，脸色也红润起来。精神很好的田村就常常和苏小小有说有笑的。

有时候，苏小小看到田村说得有些累了，就会唱歌给他听。田村闭着眼睛，听着苏小小清亮、甜美的歌声，如风如雾地，丝丝缕缕般飘进了他的心里，仿佛又回到了歇马屯的农家小院。

这段时间里，师里的各级领导都纷纷来到医院看望田村。那天上午，柳师长在警通连连长、指导员的陪同下也来到了病房。在这之前，指导员已经向师长汇报了田村的伤情和苏小小的情况。

柳师长见到苏小小时，并没有显得很吃惊，他甚至和蔼地打量了苏小小后，笑着说：谁说军民感情不如战争年代了，看看这位苏小小同志，对我们比战争年代还亲。

苏小小红了脸，一时不知说什么好。

有人给介绍道：这是我们的柳师长。

苏小小喃喃着：田村是我的救命恩人。

柳师长点点头，然后握着田村的手道：怎么样，我说过和平年代也可以成为英雄，只要你有一颗英雄的心。

田村不好意思地说：师长，我这算什么英雄啊？出了这样的事，我有责任，怪我经验不够。

柳师长哈哈大笑道：现在不谈责任，你的任务就是把身体早日养好。

柳师长又说了一些别的，就走了。走到医院外面，他皱着眉头冲指导员说：那个苏小小在这里照顾田村，影响怕不太好吧。

指导员望着师长说：刚开始我也这么觉得，她说是田村救了她，要尽一点心意，我也就没好意思让她走。

柳师长拍拍手道：你跟她谈谈。田村是军人，住在部队医院里，有医生、护士们照顾着，让她放心地回去吧。感谢的心意咱收下，军人做出牺牲也是应该的。

指导员回到病房后，就把苏小小叫了出去。田村见指导员喊苏小小到病房外，心里就什么都明白了。一个年轻姑娘，又不是他的亲人，天天在他的床边转来转去的，总显得不太好。这几天，他已经从医生、护士的神情中看出一些苗头，他们不说什么，但看他的眼神却是很有内容的。他一见到大家那种复杂的眼神就感到心虚气短。

苏小小很固执，指导员向她讲明情况后，她的眼睛里就蓄满了泪水，不过很快就坚定地告诉指导员：是田村救了我，他现在还没有出院呢，我是不会离开的。

指导员听了她的答复，为难地抓了抓头，就从军民鱼水情讲起，又讲到了部队的纪律，说现在这样对田村的影响不好。话都这样说了，苏小小就没有了脾气，她不想给田村添麻烦，更不想因为自己让田村受到别的伤害，她只能不情愿地答应了指导员。

再回到田村床边时，苏小小很久没有说话。田村见状先开口道：你回去吧。我很好，这你也看到了。你妈在家里也没人照顾，我也不忍心……

没等田村说完，苏小小就低下了头，两行眼泪顺着脸颊落到白床单上，她小声呜咽着：哥，我真的不想走，我舍不得你。

田村警觉地向门外看了看，阻止着苏小小的啜泣：别人都怀疑咱们了，等我探亲休假的时候就去看你，你就安心回去吧。

苏小小恋恋不舍地站起来，从内心来讲她舍不得走，她还有许多话没有说，许多的情感没有表达。她站在那里，泪眼蒙眬地望着他：哥，让我最后再给你削一个苹果吧。

田村看着她的泪脸，心里也是酸楚的，他点点头。

苏小小拿了只苹果仔细地削好，又切成很小的块儿，做完这一切的时候，她抬起了头，情绪也似乎平稳了许多，她笑着说：哥，我看着你吃。你吃上一口我就走。

田村听话地把一块苹果放到了嘴里，却始终没有品出它的滋味。

哥，那我就走了。苏小小扭过头去，看也没看他道。

他含混地应了一声。

转过身，苏小小头也不回地走了出去。走廊里传来了带着哭音的歌声，是那支熟悉的《沂蒙颂》。听着远去的歌声，田村的心都碎了，他用被子蒙住头，在心底里喊道：小小，我一定要娶你。

田村能下床行走的时候，军区政治部根据他的表现，批准他荣立二等功。在和平年代，二等功就意味着最高的荣誉了。连长、指导员，包括战友们都纷纷向他祝贺。

他在祝贺的人群中看到了刘栋，他走到刘栋面前，一把抱住了他，在他的耳边说道：谢谢你刘栋。

刘栋拍拍田村的后背，大咧咧地说：没什么，不就是输了点儿血嘛。

他放开刘栋的时候，眼睛里已经有了泪光。他没有想到自己会立功，而且是这么大的荣誉。从事情发生到现在，他一直认为自己是有责任的，身为民兵的教官，出了这样的事故，是他的工作没有做好。而刘栋为了救自己，还献出了六百毫升的血。

自从刘栋为他献了血后，不知是有意还是无意，一直在回避着他。这是刘栋第一次出现在他的病房。此刻，他觉得有千言万语要对刘栋说，可最后只用一个拥抱就完成了自己内心要表达的东西。

刘栋站在人群里，心里很平静，不过当初却是有些嫉妒田村，毕竟田村在不经意间完成了一次飞跃，而这个飞跃是他可望不可即的。从入伍到认识田村，在田村面前他一直都很自卑，田村的父亲是高干，而这次的救人，更验证了命运一直都在眷顾着田村。在这样的事实面前，他只能心服口服。晚上睡不着的时候，他曾无数次地问过自己，如果自己是田村，面对即将爆炸的手榴弹，自己能像他那样义无反顾、英勇果断吗？答案是不确定的。那是瞬间或者说是下意识的行为，谁也不可能设计好了后果再去完成这样的冒险，凭这一点，他是佩服田村的，最初的嫉妒慢慢地变成了钦佩。

田村的身上仿佛被一种看不见的光环笼罩着。刘栋在心里为他祝福着。听人说，连队党支部已经向上级打了田村破格提干的报告。按照部队的规定，荣立二等功的士兵，是可以被破格提干的。

此时的刘栋只能远远地羡慕着田村。

提干风波

田村即将破格提干的消息传到了田辽沈的耳朵里，他的第一反应是田村的路走得太顺了。这么一想，他就觉得这对田村来说未必就是一件好事。当初把田村放在条件最艰苦的十三师，就是希望他能在部队百炼成钢，可他入伍才一年多，就要被破格提干，战争年代一两个月就得到提升的人多得很，但那是特殊的战争年代，指挥员牺牲了，就得有人站出来接替上去，部队不能一日无帅，而在和平年代里，对于田村来说，这一切太突然了。

久经沙场的田辽沈一时间都有些不太适应了。看到田村的进步，他从心里感到高兴，也盼着田村能真正成为一个职业军人，自己老了，总有退休的那一天，他希望自己的生命能在田村的身上得到延续。也正是如此，他要提醒十三师的柳师长，在田村提干的问题上需要认真地考虑，以使田村成长的根基再扎实些。于是，他迫不及待地给柳师长打了电话。

他在电话里说：老柳哇，我看田村提干的事能不能再慎重一些啊？

柳师长以为自己听错了，他抓着电话琢磨半天，才回过味儿来：老田你这是咋的了，你咋也学会前怕狼后怕虎了？田村是你儿子不假，但也是我十三师的士兵，别以为十三师党委准备破格提拔田村是看你的面子，老田你错了。这是部队的规定，他就是王村、李村，我们也要破格提拔，部队需要正气。

柳师长和田辽沈是出生入死的老战友，多年的交情让两人说起话来没大没小的。

柳师长的一番话，让田辽沈一时没了脾气，他在电话里的话已经说得不那么连贯了，只一遍遍地说：那啥，老柳哇，我不是那意思。

柳师长打着哈哈：不是那啥，你那啥呀？你是不是怕孩子进步啊？孩子进步是好事，等田村的提干命令下了，你来十三师，咱们好好在一起唠唠，没事我就放电话了。

柳师长“啪”的一声，把电话挂断了。另一边的田辽沈拿着电话，怔了好一会儿神。

回到家里后，他把自己的担忧对杨佩佩说了。杨佩佩在门诊部就听说了儿子要破格提干的事，一时高兴，下班后还买了田辽沈最爱吃的猪头肉，准备晚上让他喝两口。没想到，一进家门，就听了田辽沈反对田村提干的意见，她站在那儿，呆呆地盯了田辽沈好一会儿。

田辽沈赶紧说：你瞅我干啥？我说的是真心话，我是想让田村把根基扎牢些，好让他长成棵大树。

杨佩佩一屁股坐在沙发上，第一次态度激烈地反对起田辽沈：田辽沈你说得对，可你别忘了，铁打的营盘流水的兵，田村已经是第二年兵，再有一年多，他就该复员了，失去这次机会，他还会有第二次吗？

田辽沈挥着手，提高了声音：只要他是块好钢，机会就遍地都是。

杨佩佩不耐烦地打断田辽沈：我不同意，田村提不提干是十三师的事，和你没关系，你最好不要插手田村的事。

田辽沈也来了火气，他一甩手道：我这么做还不是为田村好。

当时的两个人，潜意识里都是在为田村着想，但田辽沈和杨佩佩的想法并不一致。杨佩佩想得可能更细致一些，如果田村是自己的亲骨肉，她也就不再争了，是好是坏都由着田辽沈，反正肉烂在锅里，好坏都是自家的事。可自从发现田村的亲哥哥就生活在田村的身边时，她就有了危机感，做梦都会梦见田村知道了自己的身世后，离开自己，离开这个家。她明白，田村迟早会知道自己的身世，有一天他明白了，就会用另一种眼光审视他和这个家的感情，她不想让这个家和田村的关系蒙上阴影。

田辽沈遭到了杨佩佩激烈的对抗，他仰靠在沙发上，叹了口气：田村的事我不管了。

听到这样的话，杨佩佩终于松了一口气。

田村出院不久后就提干了。他现在是刘栋那个排的排长。

田村被任命为排长的第二天，他把刘栋约到了自己的宿舍。在这之前，田村还买了一瓶酒，他想和刘栋好好聊一次。

刘栋走进排长宿舍时，心里竟有一种说不出的滋味。排长已经是一个人一间宿舍了，这就是干部和战士的区别。以前老排长也找刘栋谈过话，他也去过排长的宿舍，那时他以为排长一人一间宿舍是天经地义的。可现在，就是眼前这个田村，昨天他们还上下铺地睡着，今天却搬进了干部宿舍，刘栋不论是从感情上还是心理上，一时无法承认眼前的事实。他打量着田村的干部宿舍，感到一切都是那么陌生和遥远。

田村在自己的刷牙缸里倒满了酒，把它放在两人的中间，然后盯着刘栋说：来，刘栋，咱俩今天好好喝一回。

说完，自己先喝了一大口，又把缸子推到刘栋面前。刘栋接过缸子，只抿了一小口，一股火辣辣的感觉从嘴里涌到喉头。

田村真诚地看着刘栋道：这回是你救了我的命，要是你不给我输血，我今天还不知在哪儿呢。

刘栋咧咧嘴说：别说这些，我和你都是 HR 型血，这是碰巧了。

田村又喝了一大口酒，嘴里喷着酒气：不对，咱们这是缘分，也许这对你没啥，但对我来说，一辈子都不会忘记的。

田村又把缸子推到刘栋面前，刘栋这次没喝，他打量了一下田村的宿舍：田村，这回你行了，你现在是干部了，咱们这批兵你是第一个提干的。

田村就瞅着刘栋说：刘栋，我以前一直瞧不起农村兵，这你知道，可你是我第一个瞧得起的农村兵。

刘栋用目光紧盯着田村的眼睛：就因为我给你献了血？

田村摇摇头：不，你和他们不一样，你以后一定会比我有出息。

见刘栋不置可否的样子，田村又说了句：最后，我发现咱们身上有着许多相同的地方。

刘栋不解地望着田村。

田村似乎有了些酒劲儿，眼神定定地看着刘栋，话也多了起来。

刘栋赶紧冲他道：排长，我该去上岗了。

说完，匆忙离开了田村的宿舍。

站在哨位上，望着满天的繁星，刘栋忽然间有些想家，想家里的亲人。以前，他也有过这样的感觉，但从没有像今晚这么强烈。没当兵前他觉得日子很漫长，可眨眼的工夫，他已在部队干了一年多，再有一年多就该复员了。入伍前他曾发誓在部队要出息，现在看来当初的想法太简单了，部队这么多人，谁都想出人头地，机会却那么少，又有几个人有田村那样的运气呢。

那天晚上，他想了很多，也很远，似乎什么都想到了，但有些事还是想不明白。

一个人影向哨位走来，他下意识地问了口令，那人回答：是我。

田村走到了他的面前。此时的刘栋已经清醒过来，他问道：排长，你这是来查岗？

田村站在黑影里说：以后没人的时候，你别叫我排长，就叫我名字。

刘栋说：排长，那怎么行。

田村强硬地道：我说行就行，今天晚上我陪你站岗。

说着就转身站在了刘栋的身旁。

刘栋轻喊了一声：排长——

刘　草

刘草和胡小胡的婚姻注定是不幸的。

两人婚后不久，胡小胡就到镇里的一家木材厂上班去了。指标是胡主任给搞来的，胡小胡一转眼就成了城里人。胡小胡也经常把自己当成城里人，他戴墨镜，穿宽腿的喇叭裤，兜里揣着卷烟，手指上夹着卷烟，嘴里乱哼着流行曲儿，在村街上一抖一抖地闲逛。胡小胡的这副样子，大都出现在晚上，或者是星期天。镇里离村子有二十多公里的土路，他每天要骑上近一个小时的自行车上下班。

新婚的日子里，胡小胡早出晚归，样子也很勤奋，俨然一副幸福、顾家的男人形象。刘草已经到卫生所上班了，卫生所平时并没有多少人看病，也就是头疼脑热的小病。刘草没来之前，卫生所已经有两个赤脚医生了，她在大部分的时间里，总是背个篓子上山挖草药，回来后再分拣、晾晒。

傍晚的时候，胡小胡骑着自行车，摇着车铃回来了。刘草见胡小胡回来也不多说什么，就进屋烧火做饭。胡小胡也跟进屋，洗一把脸，喜滋滋地看上几眼刘草，手就在她的身上摸摸捏捏的。刘草推开他继续忙碌，胡小胡咽口唾沫，嘀咕一句：看晚上咋收拾你。

胡小胡一摇三晃地从家里走出来，戴上墨镜，又点上卷烟，神情自得地在村路上晃来荡去。有收工的农民从地里回来，见到他就打招呼：小胡，下班了？

他就朗声地回答：下班了，二哥咋样啊，做农民累不累？

被喊二哥的人就羡慕地说：干农活哪能和你上班比，你活得多滋润啊。

胡小胡用很优越的表情笑一笑，抬起手，斯文地弹一弹烟灰，冲人哼哼哈哈地打着招呼。

等村里的三老四少见得都差不多了，胡小胡才斜着肩膀往家里走。这时候，刘草已经把饭做好了，胡主任正坐在桌边等他。一进屋，他就坐在胡主任旁边，刘草开始给父子俩盛饭。

爷儿俩天天见，已经没啥可说的了，老胡说了声吃饭，就端起了碗。

吃完饭，胡小胡还要夹着纸烟去村里转一转。这时候，村街上的人是最多的时候，他挺胸收腹地在众人的眼皮底下转上一圈，如果有人搭话问他一两句镇子上的事，他就会停下来，满嘴唾沫星子地白话儿半天，说些哪儿又起了楼，哪儿又有人出事，让警察给抓了的新鲜事儿。

等村街上的人散得差不多了，他也往回走去，墨镜已经摘了下来，挂在胸前的衣服上。

进院时，刘草仍在院子里分拣着草药，老胡躺在屋里，翻看《人民日报》上的社论。胡小胡就说：得得得，别没完没了地弄这些东西了，走，咱睡觉休息去。

刘草没好气回了他一句：你睡你的。

胡小胡歪着脖子，瞪眼刘草，就去洗脸刷牙。等他回屋铺好被子，见刘草还没有回来的意思，他就趿着鞋，在屋门口喊：刘草，你还睡不睡呀，我明天还要起早上班呢。

刘草不答，也不动，仍低头借着灯影忙活着。

胡小胡又喊了：你是咋了，还让不让人休息了？

老胡就咳嗽一声，冲外面道：草哇，休息吧，小胡明早还上班哪。

老胡说完，“啪”的一声关了自己房间的灯，院子里一下就黑了半边，胡小胡也跟着伸手关了灯，整个院子就漆黑一片。刘草在院子里默立一会儿，回到屋里，洗手洗脸后，脱去外衣躺在炕上。

胡小胡急慌慌地爬过去，两三把脱去刘草的内衣，挨上身去。刘草压低声音恨道：一天到晚就知道这点儿事。

胡小胡一边忙着一边说：不为这事，我这么远跑回来干啥？

刘草没了声音，只能沉默地承受着。

胡小胡似乎很不尽兴：你是个死人哪，也不知应一声。

刘草闭着眼睛不说话，只希望这种受罪快点结束。她越是这么盼，他越没有停下来的意思，嘴里发着狠道：该死的，看我怎么整死你。他一边动作着，一边上手掐拧着刘草。

她就喊叫着在下面反抗。

胡小胡气哼哼道：你别叫哇，咋又叫了。

胡小胡在刘草身上折腾了没多久，就睡死过去了。

刘草静躺了一会儿，见胡小胡睡熟了，她穿上衣服，拧亮床头的小灯，继续看那本《草药大全》。

第二天一早，胡小胡还在睡着，她已经起床了。饭快做好的时候，胡小胡也起来了，看见早饭，脸就沉下来道：你这是喂猪呢，也不知道换个样儿？我要跑那么远的路，这时间长了营养跟不上，我还咋工作？

说完，胡乱吃了几口，一摔筷子，戴上墨镜，骑着自行车走了。

刘草瞥了眼胡小胡消失的背影，心里顿感轻松，然后背起药篓上山采药去了。只要走到山里，眼前的世界就是她的了，鸟儿在林子里唱歌，小溪在脚下流过，她蹲在溪边洗了把脸，又在路边摘了朵花戴在头上，冲水里的自己开心地笑起来。这是一天中，她最幸福、快乐的时光了。

偶尔，她也会到娘家去看看。在母亲王桂香的眼里，嫁出去的女儿泼出去的水，感情上明显不如她在家时那么亲了。她只要一进门，母亲就开始唠叨，一遍遍地告诉她要孝敬公公，照顾丈夫，好好过日子。母亲的话她一句也听不进去，还让她心里烦，她就到哥的屋里去。哥正倚在炕柜上看书，见她进来就放下书，仔细地看她的脸。

哥亲热地说：草儿，咋样啊？

她不回答哥的话，冲哥道：哥，你也老大不小的了，我走了，弟弟也走了，你也该张罗自己的婚事了。

她每次说这样的话时，哥就不说话，又拿起手里的书看起来。

她上前劈手夺过书，摔在炕上，着急地看着哥道：你不能一个人这么过一辈子吧？

哥被问急了，就说：我咋一个人了，不是还有妈呢？

妈是妈，你是你。妈能跟你过一辈子呀？刘草急得冲哥喊了起来。

哥低下头道：等弟弟在部队上提干了，我再考虑自己的事。

她坐在炕沿上，小声地劝着：哥，你别对弟弟要求太高，他要是提不了干，难道这日子就不过了？

哥不说什么，他打开柜子，从里面拿出刘栋的来信，厚厚的一沓，都被哥仔细地收着，还编了号。他经常像读小说那样，一封又一封地读弟弟的信，给弟弟写信和读信，成了他生活中最重要的一部分。

他拣出一封信说：咱弟弟又进步了，他又有一篇新闻报道上了军区报纸的头版。

刘草接过哥哥递来的信，一目十行地看了，轻叹了口气，脸上就现出了愁色。

哥看一眼妹妹：是不是小胡对你不好？

刘草不说话，默然坐了一会儿就走了出去。

刘树冲妹妹的背影喊：小胡要是对你不好，我就找他算账，看我怎么收拾他。

那天傍晚，胡小胡又是戴着镜子，手夹纸烟，在村街上闲逛时，远远地就看见了刘树。他摘下墨镜，把手里刚吸了半截的纸烟扔了，不知为什么，他有些怕刘树。

刘树走过他的身边，上下打量他一眼道：你能不能做个正经人。

胡小胡讨好地笑道：哥，我就是正经人，现在我天天上班，哪儿也不去。

刘树瞪他一眼，转身走了。胡小胡见刘树走远了，才弯腰捡起扔掉的半截烟，耸着肩向前走去。

刘树在学校上学时是很出名的，上学时的刘树并不和什么人来往，总是独来独行。那会儿中学有个孩子头，纠集了一些孩子专门打架斗殴。上中学的孩子正值青春期，过剩的精力无法在平淡的生活中发泄，就极力衅事。很多学生都怕这伙孩子，每到放学的时候，学生往往是三五成群地搭伴回家，唯独刘树仍独行侠般我行我素。他肩上挎着书包，手里有时还拿着一本小说，不时地还看上一眼。

那天，那伙孩子就把刘树截住了，这是一群初二和高一的孩子，领头的是高一的，外号叫“胖头鱼”。刘树认识胖头鱼，但以前没说过什么话。

胖头鱼一伙拦住了刘树的去路，刘树站在路中间，冷冷地望着胖头鱼一伙，低声道：躲开。

胖头鱼们笑嘻嘻地看着他，有人说了：刘树真牛啊。

这时，同路的学生都站在远远近近的地方，看着事态的发展，其中包括胡小胡和刘栋。胡小胡拽着刘栋的胳膊说：这回你哥要挨收拾了，他平时谁也不理，太牛了。

胖头鱼一伙人中就有人来推搡刘树，更多的人在后面起哄。

刘树仍不说话，先是往后退，后来就蹲下来，捡起几块石头，开始胖头鱼还以为刘树要向他们扔石头，就躲远了一些，没想到，刘树把书包里的书本倒在地上，装进了石头。做这一切时，他一点也不慌张，倒有些慢条斯理，然后他站起来，把装了石头的书包搭在肩上，胳肢窝夹上书本向前走去。

胖头鱼一伙哄笑着围过去，有人起哄道：看他牛的，收拾他。

有人跑过来，飞起腿向刘树踹了过来。刘树闪身躲过，突然抡起书包，大叫一声，向胖头鱼一伙砸去。一个人的后背被书包砸到，登时就趴在那儿不动了。刘树把书包抡得像呼呼转的风车，胖头鱼他们终于遇到了硬茬儿，四散着逃命去了。

刘树见人散了，就跟没事人似的，把书包里的石头倒出来，装好书本，不声不响地走了。一旁看热闹的学生都看傻了，以后再没人敢找刘树的麻烦，就连和刘树同路的孩子也没人敢欺负了。

一时间，刘树的名字传遍全校，有人偷偷给他起了“冷面捕快”的绰号，“冷面捕快”是孩子们从《七侠五义》里看来的，是正义的化身。刘树走到哪里，就有孩子远远地指着他的背影说：看，他就是“冷面捕快”。

胡小胡就是从那时起开始惧怕刘树的，虽然事隔多年，仍心有余悸。刘树平时少言寡语，从来都不愿意和人来往，总是到点出工收工的，中间休息也是拿出本书坐在那儿看。晚上就蹲在自家门前吹笛子，很多人都琢磨不透刘树。

胡小胡有一次对刘草说：你哥从早到晚不吭不哈的，他都想啥呢？

刘草没好气地说：你问他去，我又不是他，我咋知道。

胡小胡自然没有机会问刘树，他远远地看见刘树腿就有些软。胡小胡在结婚半年后发现，以前在他心里美若天仙的刘草，其实也就那么回事。和她在一个锅里吃饭，她也不正眼瞧他，对他的态度和结婚前没什么两样。

有天晚上，刘草坐在炕沿上缝一件衣服，胡小胡也坐在炕上，一边吸烟，一边瞅着刘草说：咱都结婚这么长时间了，你咋就不正眼瞧我一次。

刘草不说话，冷着脸忙手里的活。

胡小胡把一口烟喷在刘草的脸上：你们家的人咋都这样呢，跟谁牛啊？你也想当“冷面捕快”呀。

刘草挥挥手，驱走那些烟雾，仍头不抬地不理他。

胡小胡一伸手，把灯关掉了，他一下子就把刘草扑倒在炕上，夺下她手里的东西，撕着她的衣服。刘草不配合也不反抗，他把她压在身下，直感到她的身子越发的冰冷、僵硬。胡小胡费尽力气，努力了半天，演的还是一出独角戏。他觉得一点意思也没有，翻身下来后，愤愤道：操，你也就那么回事。

刘草侧过身子，只留给他一个后背。

胡小胡感到很悲哀，昔日在他眼里那么俏的一朵“花儿”，如今娶回来了，在掐了、揉了后，结果也还是那么回事，她还是不用正眼看他一下。胡小胡的自尊心受到了空前的打击，她越是这么对待他，他越想报复她，只要有时间，不论白天晚上，他都要把她压在身下，拿她的身体出气。她的一声不吭和冷冰冰的反应，让他撮火又泄气。

他一边掐拧着她，一边咬牙切齿地说：臭婊子，你心里是不是还装着后屯的大宝，你说啊。

刘草不吭气地侧着脸，任他折腾着自己。

胡小胡猜对了，她真的忘不了她的大宝。大宝姓何，上学时比她高一个年级。那时两人就有好感，后来大宝毕业了，她就不容易看到他了。有时大宝为了看上她一眼，就多走几里山路，在她放学的必经之路等她。那时她还没学会表达，只是脸红心跳地看一下大宝，她就会兴奋上好几天。两人的关系始终都没有捅破那层窗户纸，一切美好都是朦胧的。

直到她高中毕业回乡参加劳动后，两人的关系才有了转机。一次在大队的打谷场上看露天电影，大宝趁天黑在她的手里塞了纸条，上面写着散场后让她去村头柳树下等他。那天的电影情节她一点也没记住，满脑子里都是纸条上的话。

电影散场时，她先往回家的方向走了一段，后来又绕路折回去，走到村头那两棵大柳树下。这时散场的人已经走净了，喧闹的村街一下就安静了下来。她来到大柳树下，并没有发现大宝，正疑惑时，大宝从她身后钻出来，一下子抱住了她。她由于兴奋和紧张，嘴里“呀”了一声。大宝在她耳边气喘着：草儿，我喜欢你，咱们好吧。

从那次开始，她就和大宝恋爱了。

她有空就上山上挖草药，为的是能见上大宝。她上山前两人就约好了，这次见面是为了约定下一次的时间。

山上很静，大宝和刘草一起挖草药，然后就冲着树林里的鸟唱歌，还向脚下的溪流发誓，他们要永远相爱，决不反悔。

刘草结婚前，最后在山上见了大宝。他们抱在一起难以分开，大宝流着泪问：草儿，你不跟他结婚不行吗？

我弟要去当兵。说完，她伏在大宝的肩上，眼泪湿了一片，

大宝晃着她，更加急切地追问：你就非得结婚吗？

此时，刘草理智已经占据了情感，她咬着嘴唇，苍白着面孔道：何大宝，虽然我结婚了，可我心里喜欢的是你。

何大宝痛苦地抱住自己的头，一副痛不欲生的样子。

这时，她又说道：我可以结婚，以后也可以离婚。

大宝抬起头，呻吟着：那我等你。

刘草现在仍和大宝偷偷见面，约会的地点仍在山上。现在的刘草有更多的时间去山上挖药，每次上山，大宝都在那里等她。他们拥抱在一起后，就牵着手去挖药，累了就躺在那里，望着飞鸟唱歌。他们再也不敢像以前那样大声地唱了。

胡小胡新婚半年后，就感到了婚姻的乏味。他开始很少回家，住在镇子上的木材加工厂里。初一回来一次，十五回来一次，回来也很少在村街上晃荡，而是蹲在院子里想心事。他看见回来的刘草时，眼睛依旧发亮，不由分说地把她拖到屋里，发泄一回。事后，他又觉得无聊和空虚。

第二天一早，他就走了。十天半月的也不见个人影。

刘栋的转折

刘栋命运的变化，还是缘于田辽沈一家的帮助。

杨佩佩自从了解到刘栋就是田村的哥哥后，她就开始关注起刘栋。起初，她也说不清这种关心的目的，仿佛她关心刘栋就是在关心田村。

她在田村那里知道，刘栋在军区报纸上经常有文章发表，她就每期都看得很仔细。发现刘栋的文章时，她会把文章剪下来，贴在本子上，时间长了，就剪贴了很厚的一本。

现在，杨佩佩似乎厘清了思路，自己一直关注刘栋，是希望看到他的进步。刘栋毕竟是田村的亲哥哥，哥俩迟早有一天会相认的，她从感情上说，不希望刘栋表现太差，那样的话，田村也会难受。

厘清了思路后，这天回到家里，她把那个剪贴本拿给田辽沈看。田辽沈看着那些文章旁边的刘栋的名字，不解地望着杨佩佩。从他们知道刘栋就是田村的亲哥后，刘栋的名字就经常挂在他们的嘴上。只要一说起田村，他们就会想到刘栋。

杨佩佩指着刘栋的名字说：不愧是哥俩，都那么优秀。

田辽沈还是不明白，他看一眼剪贴本，又望一下杨佩佩。

杨佩佩单刀直入地说：咱们应该帮帮刘栋，他们一家太不容易了。

田辽沈明白了，他背着手在客厅里踱了几趟。每次遇到事情的时候，他总喜欢这么走一走。从他内心讲，他喜欢那种自强不息的农村兵，他就是从农村走出来的，直到现在他的根仍扎在农村，老家的坟地里还埋着他的爹娘。也许是岁数大了的关系，他开始怀旧了，就是晚上做梦，梦见的也都是小时候的事。梦醒后，他就经常发呆，摸一把脸，竟然是湿的，他这才发现，自己在梦里流泪了。

杨佩佩的话让他醒悟过来，帮助刘栋就等于在帮田村。二十多年前，他和杨佩佩送王桂香回家时，他进过刘栋的家。刘二嘎、王桂香都是老实本分的庄稼人，他们真的是太不容易了。当年，他们一次又一次偷偷地为王桂香一家寄东西、寄钱，还不是因为一家人太难了。当然最重要的是，那也是田村的家。

田村是他们的养子，但从感情上讲，比自己的亲儿子还亲。如果不是刘栋的出现，他们几乎已经忘记了田村的真实身份。田辽沈停下脚步，冲着杨佩佩道：刘栋的事我们要管，不仅要管，而且要管好。

杨佩佩意味深长地冲田辽沈点点头。

不久，田辽沈出差去了趟十三师。

那天晚饭后，刘栋正在院子里散步，田村急匆匆地跑过来，拉上他就走。

刘栋不明所以地问：排长，出啥事了？

田村不多说什么，只是说：我带你去见一个人，到了你就知道了。

到了师部招待所，走进田辽沈的房间，刘栋才明白自己要见的人，他有些紧张，也有些无措，慌乱地给田辽沈敬礼：首长好。

田辽沈是第一次这么近地打量刘栋，从外形上看，两个孩子并不像，但仔细看，他们的眉眼和神态还是有些像。清醒过来的田辽沈指着刘栋：你坐，坐吧。

田村把刘栋按到沙发上坐下，刘栋不知道田辽沈为什么要见自己。他为田村献血，杨佩佩已经看过他了，连队党支部为此还给了他一次嘉奖，这事已经过去了。

田辽沈没提献血的事，却拿出了那个剪贴本：这都是你写的文章，一个战士利用业余时间，坚持新闻写作，不容易。

刘栋拿过剪贴本，他自己都惊讶了，本子上整齐地贴满了他的文章。他奇怪地望着田辽沈，想说些什么，又不知该怎么开口。

田辽沈把剪贴本拿回自己的膝上，拍了拍说：不错，你是田村的战友，他经常提起你，他在信中提到的战友里数你最多。

他回头去望田村，田村冲他点了点头。不论是在新兵连，还是到了警通连，田村每次给父母汇报工作时都要提起刘栋，潜意识里他已经把刘栋当成对手了。如果没有那一次的投弹事故，说不定刘栋的进步会走在他的前面。

终于，田辽沈站起来道：你是田村的战友，我就是想认识一下，希望你们以后相互鼓励，共同进步。

他向田辽沈敬礼后，礼貌地说：首长，再见。

田辽沈的表情一直是微笑的。刘栋回味着田辽沈的目光和表情，心里感受到了慈爱和温暖。

田村走在刘栋的身旁道：看出来没有，我爸很喜欢你。

刘栋笑一笑，他下意识地就想到了那次的献血。无缘无故的，首长为什么接见他，又把他的文章收集起来？除了献血的事，他再也找不出第二条理由来。

此时的刘栋不知道，他的命运正在悄悄地发生着变化。

田辽沈在那次检查十三师工作的党委会上，讲评完主要工作后，突然把那个剪贴本拿了出来，推给十三师的党委成员：这个你们看过没有？

柳师长先拿过来看，然后又传给了政委、政治部主任。柳师长看着田辽沈道：这个战士的情况我了解一些，他是警通连的战士，是我们师的小秀才。宣传科魏科长多次提起过他，我们正准备重点培养。

田辽沈接过柳师长的话头：一个农村兵，能进步成这样不容易，我们建设新时期的部队，就需要这样的人才。

十三师的党委成员们听着田副军长的话，陷入了沉思。田副军长在今天的党委会上，和大家讨论一个战士的培养问题，而这个战士又正是他们十三师的，这让在座的人都在揣摩田副军长的用意。忽然间，大家就想起了田村输血的事，血是刘栋献的，而那篇报道田村事迹的文章也是刘栋写的。想到这儿，他们终于找到了田副军长关心刘栋的理由。

那年夏天，十三师党委一致研究决定，因刘栋的新闻报道工作突出，拟保送到军区干部教导队学习半年。报告起草后报到军里，又报到军区，很快军区就来了回函：军区干部教导队，同意接收刘栋去培训。

刘栋拿到入学通知书时，几乎不相信自己的眼睛，他上上下下地把那张通知书看了好几遍。待确信眼前发生的不是梦时，他猛地跑出宿舍，跑出部队营院，抱住路旁的一棵杨树，放声大哭了起来。

这张入学通知书，意味着他半年后就是干部了。母亲和哥、姐，当然还有他自己的意愿终于实现了。这是他梦寐以求的事。从当兵那天起，他就明白，他出息不是为了自己，而是背负着一家人的梦想。

刘栋去军区教导队报到前，连长给了他两天假，让他回了一趟家。这是刘栋当兵后第一次回来。

走进村口，他一下子看到了姐姐。姐姐背着背篓刚从山里挖药回来，姐弟的不期而遇，让俩人都怔了一下。刘栋站在那儿，眼睛紧盯着刘草，他想在第一时间里感受到姐的生活是否幸福。没等他从姐的脸上找到答案，刘草就悲喜万分地叫了一声：弟弟——

接着，姐姐的眼泪就流了下来。

看见姐的眼泪，他就什么都明白了，心也跟着往下沉了沉。

他们走到自家院门时，刘树正担着一担水往回走，他看到了站在门口的刘栋。刘树愣在那里，"哐当"一声，水桶翻倒在地上。哥快步走过来，停在刘栋的面前，上上下下地把他仔细地看了一遍。

两年没见的哥哥，三十岁还不到，已显出一脸的沧桑。刘栋热辣辣地叫了声：哥——

刘树的眼泪早已经含在了眼里，兄弟俩就用两双泪眼长久地凝视着。

母亲听到动静，从屋里走出来，看到眼前的一幕，她急煎煎地抓过儿子的手，眼睛不眨地端详着刘栋。看着刘栋，就一下子又想到了"那个孩子"，眼泪就"哗"的一下流了下来。她一边拉着儿子的手往屋里走，一边忙着问：栋啊，这两年过得好吗？

好！刘栋只能这么回答。两年没见到眼前的亲人了，每次写信时都有千言万语要说，最后写在纸上的，也只能是报个平安。回来的路上，心里仍有着太多的话要说，可一见到亲人，却只能用一个“好”来概括他此时的心情。回家之前，他没有写信把自己要去军区教导队学习的事告诉家里，他要给家人一个惊喜。

进屋后，他把入学通知递给了哥哥，刘树把那张纸看了几遍后，才抬起脸激动地说：刘栋，学习完是不是就提干了？

刘栋点点头，哥哥就一把抱住了他，“呜呜”地哭了起来。他一边哭，一边呜咽着：弟，你没让哥的心思白费，你为了咱家，争气了。你姐受点委屈也值了，我们就盼着这一天。

那天傍晚，刘树又蹲在门口吹响了笛子，笛声不再忧郁，曲调里透着欢快和喜气。有人路过门前，就冲刘树问：出啥事了，这么高兴？

刘树笑眯眯地冲着人家道：我弟刘栋就要提干了。

晚上，刘树和刘栋躺在炕上，都显得很兴奋。刘树听刘栋讲他这两年的部队经历，刘树很新奇地听着。后来，他一遍遍地抚摸着刘栋脱在枕边的军装：弟，你说我穿上军装是个啥样？

那你就穿上试试吧。

刘栋的鼓动更是激起了他的好奇，他从被子里钻出来，穿上军装，站在炕上左看右瞧。刘栋发现，哥穿上这身军装就像换了个人似的，一下子精神了许多。他知道，哥的最大梦想就是当兵，看着眼前兴奋的哥哥，刘栋感到一阵心酸。他看着哥哥，道：哥，你这么喜欢穿军装，等我回到部队，我就把我那套军装寄给你。

刘树一边小心地脱着军装，一边着急地说：别，你寄给我，那你穿啥？

我还有。

看到哥高兴的样子，他的心里就越发难受。一家人都在关心他，可他又为这个家做了些什么？他伸手关了灯，屋里一下子黑了起来。黑暗中的刘栋突然说了一句：哥，你自己的事也该考虑了。

刘树沉闷了一会儿，道：这回你就要提干了，等你提干了，哥再考虑也来得及。

刘栋一下子就哽咽起来，他带着哭腔说：哥，你为这个家、为我付出得太多了。

刘树却很平静地告诉弟弟：我是这个家的老大，爸不在了，我就是这个家的顶梁柱。这回好了，等你提干了，你就是这个家的顶梁柱了，哥也该歇歇了。

刘栋没说什么，只是睁着眼睛看着黑黢黢的顶棚。过了一会儿，刘树道：不早了，睡吧。明天咱们得去看一眼爸，如果他知道你提干了，指不定该有多高兴呢。

另一个房间里的王桂香也没睡着，刘栋的回来又牵出了她的心事，看到刘栋，她就想起了“那个孩子”。那孩子她都没来得及给起上名字，她只能管他叫“老二”，老二也该长成刘栋这样的大小伙子了。夜里，她曾无数次地惦记着老二，想象着老二的生活，更多的时候，她是在梦里与老二相见。手心手背都是肉，她疼爱眼前的孩子，也更思念失去音信的老二。

在王桂香无数次的想象中，老二一会儿是清晰的，一会儿又是模糊的。这么多年，对老二的思念只能停留在她的想象中。她心里清楚，老二不会受啥委屈，一定正生活得幸福美满。可她仍忍不住去思念，她没法管束自己的思念。她千万次地想象着老二的生活，她知道自己的孩子是幸福的，可她仍止不住地去想。

刘栋当兵走后，刘树曾问过当年送走弟弟的一些细节，她不肯告诉他，她担心刘树节外生枝，打扰人家平静的生活。作为母亲，她生养了这么多孩子，深知生孩子容易养孩子难的道理。那对军人夫妻能把老二拉扯大也不容易。他们对老二视如亲生，如果老二有一天知道自己不是他们亲生的，那对他们的打击是沉重的。她以一位母亲的心情，体会着另外一位母亲的感情。

她也暗自发誓，除非自己要离开人世，否则她决不会把田辽沈一家的秘密说出去，包括自己的孩子们。这是做人的良心，她相信好人有好报。

慢慢地，她也就想通了，权把刘栋当成老二吧，每次想“那个孩子”了，她就使劲儿地想刘栋。

能让她看见孩子，这比孩子有出息还让她高兴。只要孩子健康、平安，她心里就踏实，日子也就有了盼头。这次刘栋回来，她发现儿子比两年前胖了，也高了，她揪着的心也放下了。

刘栋来了，又走了，家里似乎一下子又空了下来，于是她的心里又滋生出长长的思念。她明白，儿子出息了，不用她惦念了，可自己还是惦念，思前想后的，也就有了日子。

田村和石兰

田村没想到会在军部的家属院里见到石兰。休假回来已经几天了，这是他当兵以来第一次回家，一下子闲下来有些无所适从，他就在家属院里这儿走走、那儿看看。不过两年时间，家属院就有些今非昔比。两年前的他还是个孩子，眼里的军部大院并没有什么，只是他栖身的一个场所罢了；而今天他已经是个军官了，眼里的军部大院就神圣了许多。现在正是上班的时间，家属院里静悄悄的，偶尔有巡逻的战士，匆匆地在甬道上走过。

田村漫无目的地东游西荡时，突然他的身后响起了车铃声，静谧的世界猛然被清脆的自行车铃声击碎，田村赶紧把身子向路旁躲了躲。他看见一辆自行车停在他的面前。

一个女声问道：同志，请问五号楼怎么走？

他抬起头，怔住了，和他说话的人正是师医院的石兰。他惊愕地望着她。

石兰也有些吃惊，诧异地睁大眼睛道：咦，怎么是你啊？

两个人相互对视了好一会儿，还是石兰先反应过来：你调到军区里来了？

我休假，我家就住在这院里。

石兰张了张嘴，一脸的惊愕。田村看着眼前的她，也一副疑惑不解的样子。他很久没有见到石兰了，那次拉练后，她就考上了护士学校，他在师医院住院的时候，石兰已经走了。她也是在军区报纸上看到了刘栋写的那篇报道，这才知道田村成了全军学习的典型。他们谁也没有想到，竟会在军部的家属院里相遇。

她见田村疑惑的样子，解释道：我来看一个同学，就住在五号楼。

田村手指着前面：向前走，路口左拐就是。

石兰推车往前走去，田村想了想，也跟过去，仍不解地问：上护校你怎么到这儿来了？

石兰睁大眼睛，调皮地看着他：学校放假，我也得回家看看啊。

你们家不是在军区吗？

田村的一连串追问，把石兰给逗笑了：这没什么奇怪的。我爸离休了，就住在三分部干休所。

他这才想起，这里是有一个军区干休所，没想到，石兰家离他家这么近，就隔两条街。他坚持把她送到了五号楼，转身往回走时，他又回头看了一眼石兰，没想到她也在望他，两个人就不好意思地笑了笑。

回到刚才碰到石兰的路口，他站在那儿，一时不知要干什么。看看天色，时间还早，正在无所适从的时候，他看见石兰推着自行车走了过来。他站在那里问道：怎么这么快就走了？

她告诉他，同学家里没人。

两个人并肩往前走着，走到路旁的一个石凳前，田村提议：要不坐一会儿，说不定你那个同学就快回来了。

石兰没说什么，支好自行车，坐在了石凳上。一时间，谁都不知道该说什么好，就有了短暂的沉默。后来，还是田村打破了僵局，他煞有介事地问石兰：你现在还看书吗？

石兰指了一下车筐道：我今天就是来给同学还书的。

他这才看见，车筐里放着两本包了书皮的书。

石兰还记得拉练演习摔了田村的事，她看着他的脸说：不是没留疤嘛，那会儿你装得那么严重，害得我们挨了护士长好一顿批评。

听石兰这么说，他也笑了，反为自己辩护：有你们那么抬伤员的吗？好人也让你们折腾散架了。

两人就一起笑得直不起腰。

听说你现在当排长了？

他点点头说：我是破格提干的，不像你们通过考学提干。

她歪着头，样子俏皮地看着他：听说你救的那个女民兵长得特漂亮？

石兰的这句话，让他想起了苏小小。他现在差不多每星期都和苏小小通一封信，说一些思念的话。这次休假，他本想去歇马屯看看，结果到了火车站，却买成了回家的票。

上次拉练到现在已经是大半年的时间了，他的心态也发生了很大的变化，苏小小的形象偶尔会在他的脑海里冒出来，但他始终没有仔细琢磨过和苏小小以后的关系。他承认，在那个特殊的环境中，自己对苏小小有了好感，这是他青春岁月里一段美好、浪漫的日子。后来，他为她负伤了，她又不顾一切地来医院照顾他。躺在病床上时，看着围着自己转的苏小小，他也没有厘清那份情感，只觉得孤独的时候，自己需要温柔的陪伴。接着他出院、提干了，时间和地点都发生了变化，现在的他不能不认真考虑与苏小小的感情了。

他明白，父母就他一个孩子，别说他现在已经提干了，就是他复员回来，自己真的能娶苏小小吗？就是自己有这样的决心，父母又能同意吗？他和苏小小的关系从一开始，就让他显得不很自信。每回面对苏小小热情的来信，他都要思前想后一阵，然后才很理智地回信。

石兰这个时候提到苏小小，让田村感到尴尬和脸红，他胡乱地搪塞道：别听他们胡说。

石兰并不介意他的反应，用手捏弄着衣角说：我也是听医院的人讲的，说那个女孩还来看你，走时难舍难分的。

田村的心里一下子就复杂起来，说不清是什么滋味，他只能讪笑道：他们那是胡说，人家来是感谢部队的。

见他难堪的样子，石兰就吐吐舌头，嬉笑道：不好意思了吧，你现在是干部了，就是有什么，也用不着遮遮掩掩的。

田村站起来，涨红着脸辩解：没有的事儿，我真跟她没什么。

他越是认真地解释，石兰越是乐不可支，她一脸坏笑地说：看把你急的，没什么，那你急什么？跟你开个玩笑，你现在是全师最年轻的军官，跟谁恋爱，也不会找个村姑吧？

说者无心，听者有意，田村的心又是“咯噔”一下，连石兰都觉得他和苏小小不合适。在这之前，心里残存的对苏小小的一丝留恋和牵挂，瞬时彻底地断了。在他的心里，那一切永远成了一种回忆。这时，他忽然觉得一下子放松了下来，又恢复到了以前的样子，然后就桃红李白地和石兰说了一些不着调的话，逗得她哈哈大笑。忽然，他话锋一转，指着石兰的鼻子说：你还说我呢，当初你和刘栋那么近乎，是不是也有什么事儿啊？

提到刘栋，石兰不笑了。从那次她去还书，刘栋不再搭理她，她就再也没有找过他。她没想到刘栋这么胆小怕事，虽然自己从心里欣赏他，就连她写的小诗也只有他能读懂，但他还是让她失望了。她上学离开师医院后，刘栋就彻底地从她的视线里消失了。尽管在军区报纸上，偶尔能看到刘栋的文章，但也只看到刘栋的名字时，她才会想起他。

见石兰变了脸色，田村就说：刘栋上军区教导队了，半年后才能回来。

她沉默了一会儿，道：刘栋应该上学，他也应该提干，咱们师宣传科需要他这样的人。

接着，两人不咸不淡地说了一些话，石兰见时间不早了，就和田村分手。望着她远去的背影，田村的心里猛然冒出了一个想法，在这之前，这个想法还很朦胧，此时，一下子清晰了。

刘栋和石兰

在军区教导队学习的刘栋，开始为以后的生活计划了。半年后结束教导队的培训，他就是名正言顺的军官了。也就是说，他不再是农民了，农村成了他的出生地，只有在以后填写履历表时，才会再提到生他养他的王家屯。

此时的刘栋腰杆笔直地站在队列里，他的身前身后站立着的那些士兵，都将是未来的军官。现在他的心里，出现最频繁的就是石兰的名字，石兰始终在他的心里，只不过被他深埋在内心的最底层。为了自己的将来，他那时必须压抑自己美好的愿望；而眼下不一样了，石兰的形象随时像火山在他的胸腔里喷涌。

石兰是他梦想的一部分，从他认识她起，他就狠狠地把她在心里记住了，那时的石兰是飘在他梦里的风筝，又高又远，他看得见，却无法把握，只能远远地欣赏。他曾经在她的面前自卑，他知道，石兰的父亲是军区的高干，她自然就是高干子女。接着他也想到了胡小胡，如果胡小胡的父亲不是大队的领导，姐姐也就不会嫁给他。当初姐姐答应嫁给胡小胡，他就意识到姐姐不会幸福，那时他没有勇气说出来，就是哥、姐明知是什么样的结果，也只能是义无反顾，一切都为了让他能出息。姐姐不嫁给胡小胡，他也许会和哥一样仍在家里种地，所有的梦想也只是水中月、镜中花。

刘栋以一个农民的儿子的情怀，理解着生活，感受着命运。在他的眼里，石兰生下来就是幸福的，命运里应该得到的都会顺理成章地握在手里，当兵、上学，然后是提干，一切都像家常便饭；而对于他来说，他要付出百倍千倍的努力，才能追上这些干部子弟的脚步。

田村也是这样，因为他的父亲是副军长，他就可以张扬自己的个性，想做什么就可以做什么，命运似乎也总是眷顾着这些幸运儿。田村是被破格提干的，在田村提干的那些日子里，他自卑，也悲哀，自卑自己无论如何也没有田村那样的运气；悲哀自己只是个农民的儿子，要是托生在富贵人家，自己的命运又会怎样呢？他一定像田村、石兰一样，过着无忧的生活，即使不在部队提干，满三年兵回去，也会找到一个好工作。

闲下来，刘栋在思考命运的同时，竟有些恨自己的出身，由出身又想到父母，在他的印象里，父母一辈子就没做过一件让他扬眉吐气的事。他们整日愁眉苦脸，为艰难的生活叹气，为命运流泪。贫贱夫妻百事哀，这就是自己的父母，从小到大，他看到，也听到了父母太多的眼泪和哀叹。这一切太熟悉了，而自己面对命运，他也学会了一遍遍地叹息，清楚这就是自己的命。

让他没有想到的是，石兰会主动和自己来往，她借给他书，还和他一起探讨新闻写作。读着她借给自己的书，他沉浸在一种巨大的幸福之中，那时，他不敢有任何非分之想，只把这一切当成了一场梦，既惊又喜，更多的时候是一种梦游般的感觉。

当田村适时地提醒他时，他猛然清醒了，尽管自己并没有心存杂念，但为了将来，为了自己能在部队站稳脚跟，他在和石兰的关系中，也只能选择退出。退出后，他才发现田村竟理直气壮地去找石兰了，他的心里别提有多难受了。等到他发现石兰和田村之间并没有什么，心里总算平静了些，有几次，他又远远地见过石兰，但也只能是远远地看着罢了。他清楚，此时的自己配不上石兰。石兰是朵花，他连一棵小草也不是。后来他知道石兰考上了军区的护士学校，她就如同断了线的风筝飘出了他的视线，那时他的心里是干干净净的。他在没人的地方说服着自己，数落着自己：刘栋啊刘栋，你以为你是谁，癞蛤蟆想吃天鹅肉，也不撒泡尿照照自己，你死了这份心吧。刘栋你也就是个农民的儿子，自己以后也是个农民……

他用最恶毒的语言痛骂着自己，只有这样才能安抚他那颗脆弱、自卑的心。

到了教导队后，他才发现军区的护校与教导队只一墙之隔。这里是军区的培训基地，不仅培训战士，也有不少干部在这里接受培训。整天都很热闹，各培训队轮流走过，歌声、口号声此起彼伏。当然最动听的还是护士队学员的歌儿，清一色的女兵就像一道风景，歌声也和她们的人一样甜美。

得知石兰就在隔壁的护士队学习，刘栋的心里就长了草，飞出去的风筝，仿佛又回到了他的天空，但他仍没勇气去找石兰。他们这个院有许多学员利用休息的时间，找借口去护士队见熟人、战友。他们去之前，把自己收拾一番，找出最合身的军装，胡子刮了，又在脸上抹了一些护肤霜后，神采奕奕地去了，又脸红红地回来了。他们心情愉快，嘴里哼着歌儿，有事没事地，目光总往一墙之隔的护士队的方向瞥。他们都是未来的军官，已经有权利恋爱了，于是就显得很大胆，争先恐后的样子。原来心里的那株拱动着的小草，此时已长成了参天大树。

然而，刘栋的心里仍然是草，他没有勇气走过去。他曾设想了几种去见石兰的结果，最坏的一种是石兰不理睬他，还有一种是不冷不热，最好的结果是对他很热情。他当然希望是最后一种。在没有确定石兰的态度前，他不敢贸然行动，最终他选择了写信，内容委婉，也很含蓄。先是通报了自己在这里学习，很久没有见到她了，最后是希望有机会像以前一样能共勉。

信发出去了，希望也放飞了，剩下的就是安心等待。

没几日，石兰回信了，信里只有一张纸，不是信，是一首小诗。诗是这样写的：

花非花，雾非雾

前面是山，后面是路
山在头上，
路在脚下……

这首谜一样的小诗，让刘栋百思不得其解。他把那张纸一直揣在口袋子里，没事就拿出来看上一眼。他弄不懂石兰对他的态度到底是什么，接连失眠了几个晚上后，脑子里仍翻转着那首小诗。

他真想跟别人一样，理直气壮地走到护士队的楼下，像当年石兰喊他一样，把她从楼上叫下来。然后两人在林荫路上走一走，谈谈读书心得，当然说这些不是目的，如果情绪很好，他们还可以谈些别的，如果情境合适，他也许会抓住她的手，向她表白自己压在内心已久的情感。他设想过，如果自己和石兰好上了，会是一种什么样的结果，那将是让人激动、兴奋的。

他为自己的想法激动着，然而在石兰没有明确的态度前，他只能等待，等待着她抛过来的橄榄枝。

他又一次给她写信，回忆过去，展望未来，信写得很空泛，没有什么实际内容，因为他的心里一点底也没有。接下来，又是一轮新的等待。

刘栋没有勇气走进护士队，就经常在护士队的大门口走来荡去，他怀的是守株待兔的心理，希望能在这里见到石兰。结果每次，他都是失望而归。没有接到石兰的回信，他的勇气也就锐减了一半。

星期天，他去书店买书。走出书店门口时，看见两个女兵的背影匆匆走过，其中一个女兵的背影很像石兰，他顿时心跳如鼓，尾随着走过去。在一个亮着红灯的路口，两个女兵停了下来，他在后面试着叫了一声：石兰——

两个女兵一起回过头来，他失望地冲她们笑笑。很像石兰的女兵微笑着告诉他，石兰在队里呢。

他脸红心跳地忙道歉：对不起，我看错人了。

那个女兵又问了一句：那你是谁啊？用不用我给石兰带个信儿？

他忙摆手道：不用，不用，谢谢你了。

那一阵子，他经常失眠，石兰成了他的一块心病。虽然，她近在咫尺，可他就是没有勇气去接近她，她就显得很遥远，让他看不清，也摸不到。

石兰没有想到，自己竟收到了一墙之隔的刘栋的来信。最初，她把这封信理解成了刘栋的含蓄，为此她也颇费心思地给他回了一首小诗。

她原以为，说不定什么时候，刘栋就会出现在宿舍楼下喊她的名字。几天过去了，刘栋没有出现，却又等来了他的信。她一边拆信，一边想着，就这么几步路，也犯得上写信，有什么事就不会过来说吗？她一目十行地把信看了，也不回信，心想：看你刘栋来不来。

刚认识刘栋的时候，他们都是新兵，在新兵连她就知道刘栋的名字了，那时的刘栋就是那批新兵的骄傲。她上中学时就喜欢乱写点小东西，空余时间多用来看闲书了，正经功课却没怎么用心学。高考时，她没想过会上大学，就选择了当兵。她的梦想是当个女诗人，就不停地把写出的小诗投寄给报社，却是泥牛入海。但她仍勤奋地写着，在那个年代，她是标准的文学青年。

刘栋就是在这个时候崭露头角的，虽然他写的是新闻报道，和石兰的文学有着明显的区别，但毕竟是白纸黑字地发表在报纸上，这不能不让石兰羡慕。新兵连结束后，她曾四处打听刘栋的去向。没多久，师宣传科就组织了一期新闻培训班，她也被点名参加了学习。她的才华那时还没有被报纸承认，只是更多体现在每一期的黑板报上。不论是新兵连，还是医院，每一期的黑板报都被她承包了，图文并茂，还配上浪漫的小诗做点缀，战友们就叫她业余诗人。

在那期新闻培训班上，她才真正地认识了刘栋。刘栋其貌不扬，某些时候还显得有些木讷，但就是这样的刘栋，还是让她牢牢地记在了心里。她以一个怀着梦想的少女情怀，敏感地捕捉着刘栋的一举一动。她愿意跟他说话，讨论共同读过的书，刘栋说起阅读感受时，木讷的神情一扫而光，他面色激动，语言流畅，尽管有时会有词不达意、口吃的情况，这在石兰的眼里也都成了优点。

那阵子，她爱和他来往，把自己的书借给他读，然后两人一同作些讨论。她说不清当时是一种什么感情，反正她希望能经常看到他，听到他的讲话和看到他脸上的笑容。可后来，他忽然开始躲避她，这让她百思不得其解，她不知自己哪里得罪了他。借给他的书也都是由田村来还，没有片言只语，这让她由不解变成了愤怒。直到刘栋上岗时对她的态度，才让她断了与他交往下去的念头，尽管她的心里充满了委屈。

很快，刘栋的影子在她的心里一点点地淡下去。偶尔在军区还有地方的报纸上，初看到刘栋的名字，她的心就动一下，有一种少女的伤感和愁怨。渐渐地，再见到刘栋的名字就有些来气，拿着笔一下下去涂抹那熟悉的两个字，直到变成一圈黑疙瘩，仍不解气，又用笔戳得面目全非才罢手。她在心里一遍遍地说：刘栋你有什么了不起的？

最近接到刘栋的来信，石兰的心里还是挺高兴的，但刘栋的信里仍没有说清不理她的原委，她自然不能原谅他，但还是很痛快地给刘栋回了信，尽管他的来信也没有很实际的内容。对于田村，石兰有种说不清的感觉，但她能感觉到他和刘栋不是一种人，他是那种敢作敢为，有想法的人。田村那次私自离队去南疆的事，医院里也做了通报，她觉得他这个人很有意思，身上有一股狠劲儿。以前，他只留给她一种很流气的样子，有点小无赖，随着那次事件的发生，无赖就变成了一种执着。

此时的石兰正以女性的纤细和敏感，体味着刘栋和田村这两个让她印象深刻的男兵。

刘栋没有等来石兰的消息，转眼几个月就过去了，眼看着教导队的半年生活过去了大半，刘栋有些不甘心，就小心地寄出了第三封信。这封信的内容表达得很冷静，还有些缠绵的味道。信里既写了两个人的友谊，也提到了作为新兵时，他对两人交往所产生的担忧和害怕，毕竟已经有人说三道四了，考虑到两个人的进步，才不得不与她断交。如果她还为此事记恨，他真诚地希望得到她的原谅，同时也希望重新建立起两个人的友谊，为部队的建设添砖加瓦。

这封信寄出去几天后的一个傍晚，他正在水房里洗衣服，同宿舍的一个战友急三火四地找到他，说有个护士队的女兵来找他。

他马上就想到石兰，满手的肥皂泡也顾不上洗，就向宿舍跑去。见一个女兵正背着对他，站在宿舍门口，他停住脚，喊了声：石兰——

女兵转过头，刘栋看到的却是那个背影很像石兰的女兵。她望着他，不笑，用一种严肃的语气道：哎，你都叫我两次石兰了，怎么回事儿啊？是不是石兰已经钻到你的心里去了？

他看着她，样子尴尬极了。

女兵忍住笑，拿出一张折好的纸条：石兰让我给你送个东西，给你。

说完，把那张纸条拍在他的手中，他就像一只呆头鹅似的站在那里。

女兵临走时，又半开玩笑半认真地说：哎，你以后不要再叫我石兰了，我又不是她的替身。我大名叫柳三环，记住了啊。

柳三环走了，望着柳三环的背影，他半天没有回过神来。

打开那张叠得漂亮的纸条，上面写着这样一句话：要想见到我，容易。请周日上午八点，绕着护训队的操场跑三圈。

他一连把纸条上的话看了三遍，才明白其中的意思，可干吗让他在护训队的操场跑三圈呢？刘栋又一次陷入困惑和不解中。但这毕竟是石兰给自己发出的信号，就是上刀山、下火海，他也认了。于是，他盼星星、盼月亮似的等待着周日的到来。

又一个周日按部就班地来了。周六那天晚上，他一夜没有睡好，天一亮就起床，在护训队的院子转来转去，并不停地看着表，他想象不出自己在这儿跑步的样子。他更不明白石兰为什么让他在操场上跑步，但这又是石兰和他见面的条件。为了见到她，别说跑三圈，就是三十圈，他也认了。

差十分八点，他出现在操场上。星期天的操场是热闹的，有人在散步、聊天，有人在水房里洗衣服，太阳明晃晃地照着护训队院子里的角角落落。他一出现在操场上，就引来许多女兵的目光。柳三环和几个女兵向他走来，她们捂着嘴说笑着。他下意识地又看了眼手表，并向四周望了一下，希望能见到石兰，可她不知躲到了哪里。不过他清楚，此时的石兰一定在某个角落看着他。

还没跑呢，汗就下来了，他擦了一把汗，低下头，眼一闭，心一横，就跑了起来。

护训队的操场，一圈足有五六百米，刚开始跑还有些难为情，跑了一圈后，心态就平稳了。这时候，他听到柳三环和几个女兵在喊：刘栋，加油——

几个女兵的喊叫吸引了更多人的目光，楼里的窗户伸出黑压压的一片脑袋，向操场上张望。刘栋直感到浑身上下被目光烧得火辣辣的。跑到第三圈时，他的脑子清醒了一些，意识到这是石兰在报复他，至少在一段时间内，他的名字会像空气一样渗透到护训队的每一个角落，然后成为人们讥笑他的话柄，他管不了这么多了，为了石兰，他豁出去了。

三圈跑终于在煎熬中结束了，他气喘吁吁地扶着操场上的双杠站在那儿。柳三环和几个女兵带头冲他鼓起了巴掌，搞不清是祝贺还是嘲笑。

他管不了许多了，一屁股坐在那里。这时候，一双脚慢慢走进了他的视线，他顺着脚往上望去，就看见了石兰的脸。

石兰的样子平静而严肃，他站起来，望着她。

刘栋，祝贺你。

他不解地望着她，一脸的茫然。

她就笑笑说：你还是有点勇气的。

他诧异地问：你报复我？

我还没那么小心眼儿。今天你在这里跑了三圈，说明你有进步。

石兰说完大笑了起来，笑得一发不可收拾。

刘栋一时不知如何是好，就脸红脖子粗地站在那里。

石兰终于笑够了，一本正经地说：行了，你见到我了，有什么事？说吧。

他如释重负地长吁一口气，他突然觉得，此时已经没有什么话要对她说了。在他的心里，现在的石兰已经不是以前的石兰了。虽然她就站在面前，可他却感觉到她离自己是那么远。

从那以后，他终于敢跨进护训队的大门了。他和石兰又像以前一样借书还书，有时还会在操场上走一走，坐一坐，交流一下读书心得。但随着石兰的进步，她对他的仰慕也不像以前那么强烈了，两人的交往就显得很淡，有一搭无一搭的。

在这期间，他认识了柳三环。柳三环和石兰同一间宿舍，来护训队前就是军区医院的护理员。他还从石兰的嘴里知道，柳三环就是柳师长的女儿。她和刘栋他们是一年兵，她当兵去了军区医院，所以在十三师时他没有见过她。在与柳三环交往后，他越发感到和石兰相处时的压抑感，不知是因为石兰的漂亮还是别的什么，总之，有一种让他喘不上气来的感觉。柳三环却不让他这样，她总是安静的，像一株秋葵，但一想到她是柳师长的女儿，他的心里就沉沉的，忍不住会在心里叹息一阵子。

虽然他和石兰的交往可有可无，没事的时候，他仍忍不住去找她。石兰有时忙，顾不上理他，他就和柳三环说上一会儿话，因为十三师的缘故，他们有了许多共同的话题，他愿意看她的笑，她一笑，他的心里就轻松下来，像有轻风在心头飘过。有时候在石兰的宿舍，看到柳三环在，他就抑制不住地兴奋；如果碰巧柳三环不在，他就觉得有些索然无味。他说不清自己这是怎么了，明明是来找石兰的，却生出这种感觉，他的心里就多了另一种味道。

有一次，他在石兰的床头，看到一封田村的来信，他一眼就认出了田村的笔迹，没想到他仍和石兰交往着。看到田村的信，他就想到了苏小小，心里就有些疼，不知是为苏小小，还是为自己。他羡慕田村的洒脱和不羁，做任何事情都很随性，但这时看到那封信，他的心里仍是酸酸的。

和石兰有一搭无一搭地来往，是因为他的心里还存有一丝幻想，如果有可能和石兰恋爱，他的未来绝不同于现在。石兰是高干子女，而高干子女意味着什么，他说不清、道不明，那是横亘在他与石兰之间的距离。他想对她有进一步的表示，但一想到这种距离，他就没有勇气了，只能和她这么淡淡地交往着。

夜深人静时，他会幻想着如果真的和石兰有了什么关系，那一切又意味着什么。自己虽然马上要提干了，但一直没有根基感，他认为那些高干子女才是有根基的。没有根基，就没有安全感，他要寻找这样的安全感。

在以后与石兰的交往中，他经常不自觉地叹气，他一叹气，石兰就皱眉头，然后奇怪地说：你又叹哪门子气啊？

他怀疑地睁大了眼睛：我叹气了吗？

你又叹气了！

看着石兰皱眉的样子，他又在心里叹息一声，无助的叹息也成了他生命的一部分。谁让自己是农民子弟呢，他只能在心里发出这样的感慨。

田村和苏小小

苏小小又一次风尘仆仆地出现在田村面前，这让他始料不及。

他正在操场上带领战士们训练，哨兵就带着苏小小出现在他的面前。他没想到她会在这个时候来，他面对着她，一时不知如何是好。

苏小小红着脸喊了一声：哥，我来了。

兵们已经顾不上训练了，挤眉弄眼地朝这边望着。

田村带着她回到了自己的宿舍，一进门，就冲她抱怨起来：你怎么来了，也不打个招呼。

见田村不太高兴的样子，苏小小像做错事的孩子似的，低着头，捏弄着衣角不吭声。

田村的心一时间就软了，他又一次想到了歇马屯那个温馨的小院，她毕竟是自己的初恋啊。

他承认苏小小对他好，起初自己也被这种幸福和甜蜜弄得晕晕乎乎，可离开歇马屯后，就没了那种感觉。歇马屯的苏小小是独一无二的，在那种情境中，他是真心实意地喜欢过她，可时过境迁，随着环境的变化和时间的推移，他再也找不到在歇马屯时对她的那份感觉了。

那温馨、美好的歇马屯，只能成为他心中遥远的记忆了，连同他的初恋也成为了过去。想明白，也想透了的田村就不再给苏小小回信了，他以为经过一段时间，她总会醒悟，然后忘记他，忘记他们之间曾发生的一切，开始各自的新生活。

让田村没想到的是，苏小小又一次意外地站到了他的面前。

她从包里掏出一堆东西，几双绣着鸳鸯的鞋垫，是她花费了几个日夜赶出来的，她把对未来生活的畅想都融入细密的针脚里。还有几副白线钩织的假领……

看着她摆放在面前的东西，田村的心里有股说不清的滋味。

苏小小一边展示着手里的东西，一边喜滋滋地说：哥，我知道你忙，没时间给我写信，不怪你。现在地里的活不忙，我就抽时间来看看你。

他不说话，更不敢望她的眼睛，只低头看桌上那些花花绿绿的东西。

这时，几个训练回来的战士，探头探脑地从门缝里往屋里看。一个兵笑着问：这是嫂子吧？

苏小小听战士这么说，脸越发的红了，她热情地往屋里拉着战士，嘴里还大咧咧地招呼着：来，快屋里坐。

田村冲门口的战士一本正经地道：你们不要乱说，这是苏小小同志，在歇马屯拉练时你们见过。

战士嘻嘻哈哈地冲苏小小说：那时叫苏小小，现在该叫嫂子了，对吧？

田村气恼地抓过苏小小带来的鞋垫和假领什么的，往一个战士的怀里一塞，道：拿去，分给战士们用。

战士欢天喜地地跑了，田村随手带上了门。

苏小小脸红红地冲田村道：哥，那是给你做的，你咋送人了？

田村不耐烦地说：我用不着，让他们用吧。

她低着头道：回去我再给你做，没时间送就给你寄来。

傍晚的时候，田村领着苏小小去了师部招待所。他走在前面，她跟在后面。他快一些，她也快步跟着，两人之间始终保持着一段距离。

路上有战士看到了，就笑着冲田村说：这是嫂子吧？

田村一脸严肃地纠正道：别乱讲，这是歇马屯的苏小小，拉练时候是我的房东。

战士们就笑，然后很有内容地看着两个人一前一后地走远。

在招待所住下后，田村就躲了出去。晚饭的时候，炊事班特意多做了两个菜，由田村端到了招待所。

苏小小是第一次在部队吃饭，感到很新鲜，她不停地问这问那的，田村有一搭无一搭地回答着。

她似乎看出田村有些不高兴，就说：我来这儿给你添麻烦了？

见她这么问，他摆摆手，认真地说：你来部队看看也是应该的，拉练的时候我们住在你家里，不是也一样麻烦你。

她听了田村的话，表情就有些讪讪的。来之前，她曾无数次地想象和田村重逢的场面。自上次离开田村后，她人虽然回到了歇马屯，可心却留在了医院。一想起躺在病床上的田村，她的心里就湿了一片，直到他出院了，她才舒了一口气。后来又听说他立功了，提干了，她为他高兴得几个晚上都没有睡好。

那时，她一直在等他，他答应过要来歇马屯找她，可他却没有来，他在信里说刚提干，还有许多事情要做。通情达理的苏小小也知道，他要做的肯定都是大事，可是后来他的信却越来越少，就是来信也是除了简单的问候外，没有什么更多的内容，这让她更加惦念他了。虽然心里放不下他，可她还是在信里说，如果没有时间就别给她写信了，她会给他去信的。

苏小小是通情达理的，但在接不到田村来信的日子里，她会睡不着，吃不香，不停地叹气。时间长了，母亲就关切地问：田村多久没来信了？

她掩饰道：妈，田村忙，来不来信都一样。

母亲就以过来人的口气说：丫头啊，你听好了，要想嫁给当兵的，就得学会等。我等你爸等了那么多年，现在还得等着。

听了母亲的话，她就想哭，不知是为母亲还是为自己。

更多的时候，她就在灯下给田村做鞋垫，把绵长的思念一针一线地嵌在鞋垫中。仿佛她面对的不是一双鞋垫，而是田村本人，她正在向他叙说自己的情感，这时她的嘴里就哼着那支《沂蒙颂》，心一下子飞得很远。

她是在母亲的鼓励下来部队看田村的，她不是不想来，是没有勇气。母亲理解女儿的心，就给她出主意：孩子，你只要认准这条道就往前走，千万别回头。

此时，田村对她的不冷不热，仍没有让她意识到他们之间的裂痕。部队是有纪律的，田村只是不便对自己亲热罢了，她一直这么认为。

在招待所里，田村陪她吃完饭后，就站起身想走。

她走过去，拉上窗帘，脸红红地站在他面前，低着头，看着自己的脚尖，她轻声又羞怯地说：哥，你是我喜欢的人，只要你愿意，我……我愿意为你做一切。

田村明白她话里的意思，他看着眼前的她，这是她来到后，自己第一次这么认真地看她。她剪短的头发长长了一些，人也还是那么动人，仿佛盛开在田野中的小花，美丽、芬芳。

房间里很静，只有灯管发出的嗡嗡声，他望着她有些冲动。如果时间倒退到歇马屯，他会毫不犹豫地把她抱在怀里。而现在他站在那里，一双脚似被粘住了，他无力，也不能向前跨越一步。

片刻，他清醒过来，嘴里干涩地说：你累了一天了，早点休息吧，我还要去查岗呢。

苏小小也慢慢地抬起头，眼里蓄满了泪水，刚才还是满脸的绯红，现在却变得有些苍白。她看着他转过身，头也不回地离去了。听着清晰的脚步声一步步远去，她愣了片刻，突然想起什么似的，跑到窗前，拉开窗帘，透过窗子望着他的背影融进夜色中。她伫立在窗旁，心里一时很空落。

田村没有回宿舍，也没有去查岗。他来到操场，打算好好地想一想。操场上仍然散发着白天的温热，他双手扣在脑后，仰躺在训练用的器械上，满天的繁星一股脑儿地向他涌来。他的心情也像这夜空一样，很乱，理不出个头绪。苏小小的纯朴和可爱是他喜欢的，在歇马屯短短的半个月时间里，他们就闪电似的完成了两个人的初恋。最初她吸引自己的，也正是农村女孩特有的清纯。当那枚冒着烟的手榴弹横陈在他们中间时，他毫不犹豫地冲了上去，心里只有一个念头，不能让她受到伤害，她需要他的保护。一切就这么简单，但以后随着时间的流逝，长久的分开，他对她的感情似乎不再那么强烈了，却仍能够时时感受到她对自己的好。

忽然，他一下子坐了起来，眼前仿佛又闪现出那双含泪的眼睛，一颗心又变得柔软了。他起身向前走去，经过招待所楼下时，他才意识到自己离她并不远。

他想鼓起勇气，重新走回她的房间，可当他抬起头时，发现她的窗子已是漆黑一片。

黑暗中的他，长久地凝视着那扇漆黑的窗口。

此时的苏小小也正睁着眼睛，盯着天棚，她多希望田村能够回来呀。为了这份期盼，她连门都没有插死，她希望他轻轻地推开门，站在床前，哪怕只望一眼她。

她一边等待着脚步声的响起，一边宽慰着自己：他太忙了，这次来是打扰了他的工作。

有了这种想法后，她就感到惭愧，觉得自己来的不是时候，更不该这么苛求他。既然田村在歇马屯说过，有一天他会来接她，她就应该坚信他的话。她要回歇马屯去等，等他兑现自己的承诺。

第二天，田村出现在招待所的时候，苏小小已经收拾好了行李。

她见他的第一句话就是：哥，我要走了。

他有些惊讶地望着她。经过一夜的思考，他还是没有想清他们之间的关系。他一想起她，眼前闪现的就是歇马屯的日子，歇马屯的苏小小是令他心动的，而眼前的她呢？

听她说要走，他的心就猛地抽了一下。他盯视着她，她也望着他，两双目光就碰在了一起。

他嗫嚅着：希望你理解，部队有纪律。

她的脸一下子红了，望着脚尖道：我知道，我来部队给你添麻烦了。

没……没有，真的没有。

她仍说：这么长时间，我就是想看你一眼，我看到了，也该回去了。

见她义无反顾的样子，他点了点头。

他送她走的时候，两人又走在了一起。这时苏小小的眼里充满希望，幸福地走在他的身旁。经过大院门岗的时候，哨兵向排长敬礼后，道：嫂子走哇。

他冲哨兵笑笑，两个人安静地走出了大院。没有了熟人的目光，他僵直的身体一下子轻松了下来，也离她近了一些。

他轻声问她：昨天晚上休息得好吗？

她笑吟吟地说：好。

他又说：以后常来信。

我怕影响你工作，你那么忙，又带那么多兵，不容易。

两人走在路上，一时间仿佛又回到了歇马屯。

到了长途汽车站，他跑到商店里买了一些吃的东西，让她提在手上。

她吃惊又感动，真诚地冲他说：哥，家里啥也不缺，你拿回去吧。

他又一次把东西塞到她的手中，道：这是给你妈的，她老人家不容易。我没时间去看她，还请你代我向她问好。

长途车开动了，她把脸贴在车窗上，将灿烂的笑容映在他的眼里。他在车下也微笑着向她挥着手。

这时，他还没有意识到，此时的分别，竟让他们各自走上了一条不同的路。就像眼前来来往往的长途车。

这事过去没几天，杨佩佩来了，她是陪军区总医院的人到师医院检查工作的。他得到母亲来的消息，就去师医院看望母亲。

平日，杨佩佩也经常给他打电话，但见了面她还是很激动，从头到脚把他打量了个遍，才拉着儿子的手，一遍遍地说：儿子，想死妈了，你还好吧？

他不说什么，只是冲母亲笑。杨佩佩把他拉近，让他坐在自己的身边，嘘寒问暖着。依傍着母亲的田村顿感轻松，好像又回到了孩提时代。他打量着母亲，忽然发现她的鬓边多了几丝白发，他按住母亲说：妈，你别动。

说着，伸出手去，轻轻地拔去那几根白发。

看着儿子的举动，母亲一边笑，一边道：孩子，你是不是嫌妈老了？

我妈怎么会老哪？妈一点儿也不老。

母子二人就一起开心地笑。

笑过之后，隐藏在杨佩佩内心深处的隐忧又浮上心头，她太怕失去这个孩子了。

她突然问道：田村，你想不想调走啊？

田村一下子就怔住了，不知道母亲为什么问他这样的话。

杨佩佩平静了一下心态，道：我和你爸也都一年老似一年，身边没个人陪着，我们感到挺孤单。

田村奇怪地看着母亲：你和我爸身体不都挺好吗？我不想调到机关去，我想在部队干，这对我以后有好处。

杨佩佩望着他就有些走神，半晌，她突然问：刘栋学习快回来了吧？

刘栋去教导队学习已经几个月了，确实快回来了，他不明白母亲为何问起刘栋。他还没有想明白，母亲就又说：我还是希望你换一换工作，不到机关也行，去别的师，或者调到别的军去，那里有你爸的老战友，他们会同意接收你。

他不明真相地道：妈，我在这里挺好的，哪也不想去，你为什么老想让我调工作？

杨佩佩不好说什么了，又一次拉着他的手，喃喃着：我这都是为你好啊。

刘栋和他的亲人们

教导队结业后，刘栋顺路又回了一次家。家还是原来的家，人却发生了很大的变化。

刘草经常跑回娘家来住，胡小胡回家的次数也越来越少了。以前还十天半月回来一次，现在一个月也见不着人影。有好心人就提醒刘草，说是在镇子上看到胡小胡有了女人，还在镇上租了房子。

刘草知道后，连眼皮都没眨一下，她冲人家无所谓地说：他是嫖是赌和我没关系。

这时的农村已经发生了很大变化，公社改成了乡，大队叫村了，所有的土地都承包给了个人。以前当主任的老胡，现在已经不是主任了，他闲在家里，种属于自己的那份地。当过主任的老胡虽然不是主任了，但仍摆出一副当主任时的样子。衣服不好好地穿在身上，而是披着，不论吃过饭多久了，嘴里仍衔着根牙签，舌头在牙签上一卷一卷的，牙签就一会到了嘴角这边，一会又到了那边，仿佛那根牙签是他身份的象征。

老胡已经清醒地意识到儿子和刘草的关系，是兔子尾巴长不了了。刚开始，刘草还有些耐心地在他家住着，不管胡小胡是否回家，她每天都为老胡做三顿饭，如今却是今非昔比。她现在所在的村卫生所，也不是以前的合作医疗，被她承包后，村民有个头疼脑热的就来她这里看病。日子过得还算有些盼头。

老胡似乎不愿意看到儿子和刘草这样的关系，他当着刘草的面说了许多小胡的不是，还诅咒发誓地说，要到城里去找儿子。

他果真去了一次，第二天就灰头土脸地回来了。他在城里不仅看到了儿子，还见到了和儿子同居的女人，那是个城里女人，比儿子还大两岁。前两年丈夫死了，就一个人单过，和儿子住到一起后，日子似乎过得还很光鲜。

那天晚上，胡小胡还陪老胡喝了酒。几杯酒下肚，胡小胡就说了：爸，我的事你就别管了。我现在的日子比以前强多了，刘草她算个什么东西，整天吊着脸，就像我欠她似的。

老胡就劝：好合好散，要不你就跟她离了。

胡小胡“哧”地笑一声，道：爸，我跟她离了，谁给你做饭？当初你不帮她弟弟当兵，他能去成吗？听说刘栋那小子上学了，回来就提干，他们家应该感谢你才对。让她多做几年饭咋了，这是她家欠咱们的。

老胡听儿子一说，也觉得有道理。从城里回来后，老胡闭口不谈儿子的事。刘草做了饭，他就吃，吃得心安理得。他知道，儿子和刘草的关系完了，离不离那是早晚的事。世上没有不透风的墙，刘草和后村大宝的事他也有所耳闻，想想儿子在镇上的样子，他也就忍着没有发作。他清楚，现在村子里的大事小情已经没有人听他的了，发作也是白发作，又没什么证据，只是听说而已。

从那以后，他再看刘草的眼神就有了变化，以前不论好坏她毕竟是自己的儿媳，一家人从感情上说，她是个晚辈。自从知道儿子的真实想法后，刘草在他的眼里就有了变化，虽然名义上还是他的儿媳妇，但情感上已经不是了。她只是个女人，而且是个野女人。

一天晚上，他披着衣服，叼着牙签从外面回来，见刘草房间的灯还亮着，就推门走了进去。刘草正在灯下看书，见他进来，也没多想，只是把身体往炕里挪了挪。

他坐在炕沿上，身子挨刘草很近。老胡点了支烟，很有气派地夹在手指上：草啊，小胡这老不回来，你一个人守着这个房子，怕不怕啊？

刘草头也不抬地说：有啥怕的，又没狼又没虎的。

刘草的话噎了老胡一下，他半晌没言语，心想：这个小娘儿们，看来得给她点厉害的。于是，他一本正经地说：草啊，是这样，我最近听说你和后村的大宝经常见面，这可不好。你是我儿媳妇，进了这个家你就姓胡了，可不能干那些不三不四的事。我老胡也是有头有脸的人，十里八村的谁不知道。你这样不三不四的，我们老胡家可丢不起这个人。

刘草早就把最坏的结果想到了，离婚对她来说就是解放，以后就可以名正言顺地和大宝来往了。于是听了老胡的话，她脸不变色心不跳地说：谁愿意嚼舌头就让他们嚼去，我身正不怕影子斜。

她和大宝来往本来也没有什么可避人的，他们就是坐在树下说说话，回忆上学时候的时光。她还劝大宝，让他早点处朋友。一说到这儿时，大宝就不言语了，只是直勾勾地看她。她明白大宝的心思，可自己现在毕竟还没离婚，也不能给他什么承诺。

老胡见来硬的不行，就改成了软的，他凑过身子，道：草啊，我那个败家的儿子你也知道，他镇上有女人了。我觉得这样对你不公平，他夜里有女人搂，可你呢，独守空房，我看不下去哩。

说到这儿，老胡下了狠心似的，使劲把烟蒂拧到地上，回过身就把刘草搂住了，嘴里喘着气说：草儿，我知道你的心思，就让我来陪陪你吧。

刘草没想到老胡会做出这种事，她惊愕的同时，挣扎出一只手，狠狠地抽了老胡一个耳光。然后她穿上鞋，一口气跑回娘家，扑到王桂香的怀里号啕大哭。

这事她只对母亲说了，她没敢告诉刘树，怕哥哥压不住火气，把事情闹大。从此，刘草就住到了家里，她下决心要和胡小胡离婚。

刘树在爱情的问题上受到了严重的打击。在农村，三十来岁的男人还没有谈对象，就意味着错过了黄金期，只能退而求其次了。眼看刘栋教导队毕业后，就能提干了，刘树的心才算踏实下来。他不再排斥母亲为他张罗对象的事，他也知道自己该有个家了，不考虑自己，也该替母亲想想。母亲操劳了大半辈子，没享过一天的福，就是父亲去世后，这个家里里外外也都是母亲一个人操持。他不想让母亲再为自己操心了，再说要个媳妇进家，多少会分担母亲的一些家务，也算是当儿子的尽一回孝吧。

母亲在饭桌上又一次提到为他张罗对象的时候，他没有反对，母亲的眼睛亮了，她揉擦着眼睛说：你听妈的话，过几天咱就去看看，是你张婶娘家村上的，她都给我提了好几回了。

母亲的眼睛在父亲去世后，就变得整日流泪，擦也擦不净。刘草说母亲这是风泪眼，劝她去大医院看看，可她就是不去。逼急了，她就说：流泪就让它流吧，也不误吃不误喝的，花那冤枉钱干啥？

母亲就一天天地这么挨着，几天后她就和刘树走了二十多里的山路，见到了那个想嫁给刘树的姑娘。

姑娘姓王，今年二十有五，从岁数上讲和刘树倒也般配。既是相亲，姑娘也是打扮了一番，看起来也挺顺眼，可一说话就露馅了，姑娘有些智障，见人总说半句话，她笑着冲刘树说：你叫刘……刘啥来着……看我咋样？

说完，她就哧哧地笑，还走上来前后左右地打量刘树。

姑娘的妈就说：咱家姑娘没啥毛病，一顿能吃两碗饭，干啥活都行。小时候我和她爸吵架，把她碰到了炕下，脑子摔了，留下点病根儿。不打紧，不误吃也不误喝的。

那次刘树没说一句话，拉起母亲就走。一直走到村外，母亲坐在地上大哭了一场。刘树站在母亲身旁，他知道她为什么哭。母亲这一哭，他的心里也酸酸的，自己心高气傲了三十年，没想到竟落得这样的下场。

母亲在回来的路上哭了一路，她一边哭，一边说：树哇，都是这个家连累了你，你找不上个好姑娘，妈就是死了，眼睛也闭不上啊。

刘树赌气地说：妈，没啥。大不了我不找了，我陪你一辈子。

快进家门的时候，母亲拉住了刘树，她掀起衣襟，擦了擦眼睛，认真地说：树，你要跟妈保证，别去找你那个没见过面的弟弟，咱家都这样了，我不想再连累他。出息一个是一个吧，就是他远在天边也是我儿，是你弟啊。

刘树咬着牙帮骨，冲母亲保证：妈，我不去找，找他干啥？让他在这个世界上干干净净地活着吧。

母亲点点头，又悲悲切切地抹了一下眼泪。

再一次回到家的刘栋，看着眼前的家人，心里就多了份悲哀和无奈。哥都三十多岁的人了，仍没有找到对象；而自己不去当兵，姐也不会嫁给胡小胡。现在姐姐只能住在家里，他在姐姐的脸上已看不到昔日的笑容，她似乎变成了木头人，回到家里也没有话说。见到刘栋的第一眼，只打了个招呼：你回来了。然后就躲到房间里去了。第二天一早，她又急匆匆地去了承包的诊所。

看着哥哥和姐姐现在的样子，刘栋的心里就难受得一阵窒息。他对母亲说：妈，我哥也该成个家了。

母亲就叹气，抹眼泪，然后望着他说：你哥是心冷了，他现在谁也不想见。人家在河西介绍了一个姑娘，听说还是代课老师，你哥说啥也不见。

刘栋见到哥时，刘树正在自家地里忙碌着。刘栋没说什么，也跟着哥哥干着农活。日头升高了，两人就走到地头的荫凉处休息。

刘栋趁机说：哥，你该成个家了。

刘树不说话，蹲在地头上卷烟抽，他现在已经学会吸烟了。一阵浓烈的烟雾把哥哥的脸半遮半掩了起来。

刘栋也蹲下身，望着哥哥继续说：哥，你为这个家牺牲得太多了，你不成家，我们心里都难受。

刘树吐了口烟，一脸的无奈与迷茫，他低着头，看着脚下的两只蚂蚁：哥不是不想成家，可好的看不上咱，赖的咱又看不上。

哥啊，河西那个代课老师你还是应该去看看。

刘树摇摇头道：没用，别浪费感情了。

刘栋望着哥哥流出了眼泪，他颤着声说：哥，弟求你了，你就去吧，我陪你。

刘树抬起头，望着明晃晃的天空，日头正足，他眯起眼睛，一脸的麻木和淡漠。

哥，就是为了这个家，你也得去。说完，刘栋一下子跪在了刘树的面前。

刘树扔下手里的烟，一把扶起弟弟，替他拍掉膝上的土道：弟啊，你别这样，你现在是军官了，让人看见笑话。

他不屈不挠地望着哥哥，泪眼蒙眬着：哥，你不去，我就还给你跪下。

说着就又要跪下，刘树抱住他，无奈地应道：我去，哥就听你一回。

第二天，刘栋陪着哥哥出发了。

两人走出家门挺远了，母亲慌慌张张地追出来，到了近前，她仔细地把刘树看了看，替他抻平衣角，不放心地说：跟人家好好说，可不能发脾气。

刘树没说话，刘栋替哥哥应着：妈，知道了，你回去吧。

走出很远了，刘栋回头望，仍看见母亲站在那儿朝他们张望着。母亲的风泪眼一定又流泪了，刘栋分明看见她正用衣襟往脸上擦着。

代课老师一看就是见过世面、能说会道的女人，她大胆地把哥儿俩打量了一遍。刘树进了人家的门后就没再开口，坐在那儿，跟一块石头似的。

代课老师看一眼刘树，就把目光转向刘栋，问：你是他弟弟，叫刘栋？

刘栋点点头：我是陪我哥来的。

听说你是军官？代课老师又上下地把刘栋看了一次。

现在还不是。刘栋老实地回答。

代课老师单刀直入地说：你能把你哥带到城里找个工作吗？

刘栋摇摇头。

代课老师似乎泄气了，目光在刘树的脸上瞟了瞟，沉吟片刻后，慢悠悠地道：我们家有三个女孩儿，我大姐、二姐都结婚了，我现在也是有工作的人，在小学当老师，你们也听说了，我不可能嫁到你们那儿去。要是同意，你就过我们家来，我父母年纪大了，家里缺劳力。

刘树站起身，似乎有话要说。

刘栋急忙在一旁道：行，我替我哥答应了，让他过来。

一边的刘树忽然冲他吼了起来：不行！

然后，又冲代课老师说：这肯定不行，我不同意。

代课老师遗憾地耸着肩说：你不同意，我也没办法，那就只能抱歉了。

说完，站起身，做出送客的样子。

刘树拽起刘栋头也不回地就走，刘栋挣扎着想和代课老师再商量一下，哥哥用了很大的力气，把他从小院里推了出来。

走到村头没人的地方，刘树发火了，他扯着嗓门喊：我咋能来她家，这明明是让我到她家，给他们家打长工。

刘栋劝解着：哥，你别把话说得这么难听，现在都八十年代了，你到哪儿都一样。

那咱们这个家我就不管了？刘树是真的发火了，脖子上的青筋一跳一跳的。

等我在部队安顿好了，到时候我把妈接过去住。刘栋望着哥哥，舔舔嘴唇又道：妈是咱们的妈，我不能让你一个人养活妈。

刘树仍涨红着脸说：你现在连婚都没结，还没有个家，你咋接妈？就是你把妈接走了，还有草儿呢，谁来管草儿呢？

刘栋不说话了，刘树说完这话也不再言语，闷着头向前走去。望着哥哥的背影，刘栋猛然心存感动，哥哥真的把自己都给了这个家。他的眼睛一下子湿润了。

刘树又一次相亲未果，让家里的气氛变得很压抑。母亲一如既往地用衣襟擦着她的风泪眼，刘草率先打破了沉默，道：哥，我的事你不用操心了，等我离婚了，我就离开这个家。

刘草的话让刘树红了眼睛，他愧疚地说：当初是我做主让你嫁给胡小胡的，我也答应过你，我要为你的幸福负责，你一天不安生，我就不找对象。

说着，他又以家长的身份看了看刘栋和刘草：你们以后都不要为我操心了，管好你们自己就行，哥的事儿，哥心里有数。

刘栋猛地站起来，叫了声：哥——

刘树摆摆手：我知道你要说啥，什么也别说了。记住，你回部队只管干好你的工作，别的不用你管。你能出息，我们一家都脸上有光。

母亲抬起头，冲刘树说：树呀，带着栋去你爸坟上看看吧，把栋提干的事告诉他，让他也高兴高兴。

父亲的坟上长满了根深叶茂的荒草，刘树默默地从怀里掏出一挂鞭，让刘栋点着了，鞭炮很热闹地在父亲的坟前炸响。刘栋跪在坟前静静地流泪，往事一幕幕地在他眼前闪现。那时的父亲是一座山，他是山上长着的一棵草，有父亲的日子是踏实的，后来山倒下了，只剩下他这棵小草，是哥哥挺身而出，用十八岁的肩膀扛起了家庭的重担。从那以后，哥哥就为这个家遮风挡雨……

他默默地跪在那儿，一时间竟觉得父亲很近又很远。

刘树放完鞭炮，也跪在坟前，他哽咽着大声冲父亲说：爸，刘栋就要当军官了，弟弟出息了，爸你也高兴一回吧。一辈子你都没啥高兴的，这回也该高兴了。

这时的刘树已经是泪流满面了。

最后，两人坐在坡地上，身后就是父亲。他们许久都没有说话，仍沉浸在忧伤的氛围里。

终于，刘树开口了：栋，当初让你当兵，哥就盼着这一天，你出息了，哥就放心了。

刘栋就哀哀地叫了声：哥——

刘树仍说下去：哥的事你不用操心，我现在这样挺好，和妈、草儿在一起，心里踏实。你不要操心家里的事，把你部队上的工作干好，就是对咱家最好的报答。

哥，我知道了。

哥这辈子就这个命了，人有时得认命，这样活着才不痛苦。刘树一边扯着身边的草，一边说：人有时就像这山上的草，长在阳坡上，阳光雨露多一些，就长得高一些、壮一些。哥是长在阴坡上的草。说到这儿，他笑一笑，又道：也没啥，不都是草嘛。

刘栋真诚地说：哥，不能让你一个人为这个家操心了，这不公平。

刘树拍拍刘栋的肩道：咱们是兄弟，说那些干啥。

哥——刘栋又悲戚地唤了一声，就抱住了身边的哥哥。刘树也把刘栋抱在怀里，泪水在眼圈里打着转，他哽咽道：弟，知道吗？咱还有个弟弟，和你是双胞胎，让咱妈送人了。

刘栋抬起头，吃惊地望着刘树。

刘树继续说：妈谁也没告诉，爸死那会儿她只告诉了我一个人。

那他现在在哪儿？刘栋激动地一把拉住刘树。

刘树摇摇头说：妈说她也不知道，有些事我知道妈是不肯说。

刘栋看着眼前的哥哥，一时间觉得一切都是那么不真实，恍若是一场梦。

咱妈不让细问，反正弟弟是生活在一个好人家里，他肯定比你我都好。看着呆怔在那里的刘栋，刘树赶紧安慰他道。

从此，刘栋就多了份心事。没事的时候，他就会想起那个从没谋过面的弟弟，可茫茫人海中，那个弟弟又在哪儿呢？

田村相亲

苏小小来十三师看田村的消息，不知怎么让杨佩佩知道了，她毕竟是过来人，对儿子的一切明察秋毫。她总觉得事情并不那么简单，虽然儿子救了那女孩儿，但她已在田村住院的时候来过，可这第二次来看田村，就让她觉得两人的关系有些不简单了。

作为女人，杨佩佩和所有的母亲一样，注定要为自己孩子的幸福负起责任来。苏小小是歇马屯的姑娘，在杨佩佩的眼里，这样的女孩儿无论如何是配不上田村的。田村不仅是她的儿子，还是堂堂的年轻军官，说什么也不能找一个农村姑娘。在她的心里，她早就为儿子设定好了未来的婚姻，她希望儿子找一个门当户对的女孩儿做自己的儿媳。

田辽沈回来后，杨佩佩就把田村和歇马屯姑娘来往的事说给他听。

田辽沈的第一个反应就是一脸的激动，他不明所以地说：歇马屯的女孩儿怎么了，只要田村愿意，我看就成。

杨佩佩顿时拉下脸来。别看田辽沈是副军长，在工作上他是首长，可家里的大事小情历来是她说了算，田辽沈也乐得当个甩手掌柜。这会儿杨佩佩的脸一冷，田辽沈就自知说错话了，赶紧用探询的目光望着她。

杨佩佩沉默了一会儿，幽幽地轻叹一声：咱就这么一个儿子，他真要找个农村媳妇，以后这日子可怎么过啊。你就想让他年纪轻轻的两地分居，生个孙子也是农村户口？

田辽沈对这一切的后果还真没考虑那么多，他心悦诚服地追问道：

那你说咋办？

杨佩佩胸有成竹地拍拍田辽沈的手：我已经和干休所的老石说好了，他家那个三丫头刚从护校毕业，也在十三师当兵。让他们见一见，说不定这事就成了。

田辽沈对这些婆婆妈妈的家务事没什么兴趣，他喜欢指挥千军万马，那才是他乐意干的，这些琐事他一概放手不管，他不耐烦地挥挥手说：行，你说咋的就咋的，只要田村没意见，我就没意见。

杨佩佩知道在这件事情上田辽沈是不会干涉的，自己也不过是例行通报一番，她意犹未尽地说下去：老石是咱们的老战友，知根知底的，他家那三丫头，我一直看着不错。

田辽沈看着手里的一份文件，心不在焉地哼哈着。

那我就这么办了？老田。

第二天一上班，杨佩佩就给柳师长打了电话。她在电话里也没和柳师长说实话，只说自己最近身体不太好，想见见儿子。她和柳师长是熟人，还在一个团里待过，话说得深点浅点的也都无所谓。

田村马上就得到指导员的通知，说他母亲病了，让他回家一趟。

田村接到通知后，没做任何犹豫就出发了。他不知道母亲得了什么病，前几天和母亲通电话时还好好的，怎么说病就病了？坐在火车上，他的心就一直七上八下的。

等他匆匆赶到家里的时候，看见母亲正坐在客厅里看报纸。从气色上看，母亲与以往没有什么两样，他惊讶地问道：妈，你不是病了吗？

杨佩佩放下手里的报纸，故意绷着脸说：我不说病，你能回来呀？

田村松了口气，坐在母亲身边，亲昵地揽住母亲的肩膀说：妈，没病就好，你不知道都快吓死我了。

母亲歪过头，瞅了田村好一会儿，才正色道：儿子，跟妈说实话，你和歇马屯那个女孩儿到底是怎么回事？

田村没料到母亲会突然问起苏小小，他愣了一下。他知道，母亲迟早是要过问的。在他的潜意识里，他知道母亲是不会同意他和苏小小好的。这种担心一直影响着他和苏小小的交往，当然这种感觉还只是在他的意识深处。在他还没有想明白如何处理和苏小小的关系时，母亲终于从幕后走了出来。母亲冷不丁地一问，他才意识到问题的严重性，于是他轻描淡写地说：没怎么，我救过她，这事大家都知道，前些日子她还来部队看过我。

真是这么简单吗？

他点点头道：就这么简单。

看到母亲的架势，他知道如果自己说实话，母亲肯定是不会同意的，况且和苏小小的关系，他自己也无法说清楚，仿佛他是行走在十字路口的行人，下一步向何处去还没拿定主意，正站在那里张望。

听了儿子的话，杨佩佩一下子高兴起来，她拍着儿子的肩膀：儿子，你回来一趟也不容易，想吃什么跟妈说，妈给你做。

母亲的口气和态度，终于让田村紧绷的神经松弛下来。他第一次感觉到，母亲和这个家是那么好。

晚饭后，杨佩佩冲着镜子打扮了一番，又让田村洗了脸，还帮他把头发梳理了一番。田村不明所以地看着母亲忙前忙后，等一切都弄好了，杨佩佩才拉着田村说：走，儿子，跟妈去串个门儿。

田村稀里糊涂地跟着杨佩佩出了家属院，又绕了半条街，到了干休所。她轻车熟路地来到一户人家，按响门铃。

门很快就开了，离休的老石和老伴热情地把他们让进了屋里。田村和母亲并排坐在沙发上，老石和老伴就像看亲儿子似的笑眯眯地看着他。

老石冲杨佩佩说：你和小田在师里工作时，我去师里检查工作，这孩子那时才这么高，还满地打滚呢。说完，老石还用手在空中比画着。

杨佩佩也笑吟吟地说：都十好几年前的事儿了，这日子过得可真快啊。

这时候，老石的老伴站起身，在田村的身边坐下，仔细地打量着他，还不住地点着头，一脸的喜形于色。

杨佩佩看田村被盯得有些不自在，就冲老石问：三丫头在家吗？

在，在呢。老石说着，就回头喊：小兰，你看谁来了？

直到这时，田村才意识到这是谁家了，果然，石兰出现在他们面前。

老石高兴地冲石兰介绍道：小兰，这是你杨阿姨，小时候你可没少让阿姨给打针呢。说完，就朗声笑了起来。

石兰笑吟吟地瞥一眼田村，才向杨佩佩问好。

杨佩佩看着石兰高兴得嘴都合不拢了，她望着石兰水灵灵的一双眼睛道：小兰真是女大十八变，越变越漂亮了，我都快认不出来了。

说到这儿，想起什么似的一把拉过身旁的田村，往前推了推道：这是我儿子田村，你们在一个师，这次认识一下，以后就可以多来往了。

田村和石兰你望我，我望你，然后就忍不住一起笑。看着他们的样子，两家的老人有些不明就里，老石就挥着手说：你们年轻人先聊着，我们到里屋坐。

说完，几个人钻地道似的，很快就在客厅里消失了。

两个年轻人这才痛快地笑出了声。

田村不解地问：哎，他们这是干吗呀？

石兰撇着嘴说：这还看不出来，他们是给咱俩介绍对象呢。

在这之前，老石已经和石兰谈过了，侧面、正面地也把田村介绍了一通，介绍完还总结似的道：这小伙子有出息，立过二等功。

石兰也不点破父亲的话，只装成没事人似的听，这是昨天的事，没想到今天田村就来了。

她问田村：你妈没告诉你来我家干吗呀？

田村摇摇头，只说这趟回家是来看母亲的。他又问石兰什么时候回师里，石兰为难地说：我们家想让我在军里工作，离家里近一些。我两个姐姐都结婚了，也照顾不了家。

田村点点头，他突然就有了心事。他想起了苏小小，眼前的一切何去何从，自己也该有个了断了。一想起苏小小，他的心里就变得复杂起来。

石兰见他有些发愣，就问：你对未来是怎么打算的？

他醒悟过来，忙说：我妈也想让我调到军里工作，但我不想去，就想在十三师干。这么早就到军里工作，把自己养起来，将来不会有什么出息的。

听了田村的表态，石兰也坚决地说：你要是不同意调，那我也回十三师。

没想到石兰会这么说，田村呆呆地看着她，好半天没有说话。但在他的心里，已经飞快地把石兰和苏小小进行了一番对比。

那天晚上，杨佩佩和他从石兰家里出来后，她又提出了为他调动工作的事，被他一口回绝了。

杨佩佩很生气地冲他道：那好，咱们回去问你爸，看你爸是个什么态度。

结果，田辽沈听了田村陈述的理由后，很快就表了态：我赞成儿子的意见，先在艰苦的地方锻炼几年，调动的事以后再说。

杨佩佩见大局已定，也不好再说什么，就把话题又转移到石兰身上。田村明白，母亲在他的婚姻问题上是当仁不让了。

田村的“迷失”

田村归队的那天，没想过和石兰同行，他是在车站的检票口看见她的。石兰已经通过了检票口，正在往人群里张望着，看见田村就热情地冲他招手。

他从人群中挤过去，冲石兰问道：你还真回十三师呀？

她笑笑说：不去十三师去哪儿呀？

两人的车票本来并不在一个车厢，石兰却转身把自己的车票换了，换到和他邻座的位置上，就田村内心来讲，他并不反对和石兰同行。

石兰带了很多吃食，花花绿绿地摆了一桌子。两人边吃边聊，话题从师医院说到警通连，但他们都不提相亲的事儿。一路上，两人都很开心，也很兴奋，仿佛只是一次愉快的旅程。

田村回来后就多了一份心事，说实话，两个女孩子他都很喜欢，但把她们放在一起，又是那么的迥然不同——苏小小质朴、清纯，而石兰则热烈、妩媚，就像两朵不同品质的花，交替地映现在他的内心深处。

回到连队没两天，杨佩佩的电话就打了过来，她先在电话里浓墨重彩地描绘着石兰的可爱，然后话锋一转地问道：你到底和石兰约会了没有啊？

听着母亲咄咄逼人的问话，田村一时答不上来，他在电话里支吾着。母亲就命令道：人家毕竟是女孩子，这事儿哪有让女孩子主动的？你们现在都是干部了，恋爱也是允许的，有时间就多去看看石兰。

他在电话里含混不清地算是答应了，他知道不答应母亲，电话一时半会儿是放不下的。放下电话的田村陷入深深的矛盾和困惑中。他一会儿想到苏小小，一会儿又想到石兰。此时的石兰离他很近，苏小小却很远。

刘栋在教导队的学习结业后，就被任命为宣传科的新闻干事。人们经常可以看到他脖子上挂着照相机，胳膊下夹个笔记本来去匆匆的身影。

那一次，田村在师机关的楼下看到了刘栋，刘栋在看到田村的时候也立住了脚。

田村上上下下地把刘栋打量了一番，不冷不热地说：你小子行呀，摇身一变就成了机关干部了。

刘栋的样子很自负，他觉得自己现在也可以和田村平起平坐了，于是他不答话，笑眯眯地望着田村。

田村挥挥手：刘大干事你忙吧，我可耽误不起你的时间。

刘栋也挥着手说：田村，你有时间就来办公室坐坐，咱们都好久没见面了。

说完，转身迈着很是军官的脚步，从容不迫地走进师机关的办公楼。田村望着刘栋走进大楼的背影，心里很不是滋味。刘栋没提干的时候，他甚至还为刘栋这样的战士不能提干而感到不平，现在刘栋提干了，进了机关，这倒让他心里有些发空。

刘栋回部队的第二天，就从军需科领回了一套干部服。那时的干部服和士兵服并没有多大区别，就是上衣多了两只口袋。干部和士兵的最大区别，也就是那两只口袋。衣服上的口袋泾渭分明地划清了士兵和军官的界限，再有的不同，就是军官可以穿皮鞋，那种三截头的皮鞋，人们叫“踢死牛”。这种叫法意味着鞋很结实，一脚就可以把牛给踢死。

刘栋领到新鞋后，学着别的军官的样子，跑到院外的修鞋摊上，在前掌和后掌上钉了铁掌。那天中午，他把干部服穿上了，钉了铁掌的鞋也穿上了，立起身的时候，就发现自己比原来高大了许多。他站在镜子前仔细地把自己看了，在心里说：我现在是青年军官了。

然后，他高抬脚轻落步地走出宿舍，来到室外才把脚放平。新鞋、新掌，踩在地上铿锵有力，脚下发出的声音让他吃了一惊，他又试着走了两步，那声音清晰而节奏鲜明，腰也就挺直了起来。他学着印象中其他军官的样子，挺胸抬头地走，铁掌敲击着水泥路面发出清脆的声响，很快他就在响声中找到了感觉。人们在那天中午，看到了一个自信的年轻军官，在空荡荡的机关大院里兴奋地走着。从那一刻开始，刘栋的内心发生了一个质的飞跃。他在心里一遍遍地对自己说着：刘栋呀刘栋，你是军官了。这么想着，他的头又向上抬了抬。当他再走进单身干部宿舍楼时，已不再是高抬脚轻落步了，而和别人一样，铿锵有力地走回了宿舍。

教导队毕业前夕，他终于取得了石兰的谅解。以后，他就隔三岔五地出现在护训队的楼下，小声但急切地呼唤石兰的名字。石兰有时出来陪着他在院子里走一走，聊一聊他们各自看到的新书，更多的时候，石兰会探出头冲他说：刘栋，今天我没空。说完，不等刘栋有什么反应，就又缩回了头。刘栋有些失落，向石兰的窗口张望一会儿，就蔫头耷脑地走了。他发现，自从认识石兰后，他一直处于被动的局面。在警通连的时候，是石兰来找他，听到她喊自己的名字，就急三火四地跑出去，到教导队后石兰也没有找过他。就是他去找石兰，石兰是否下楼也要看她的心情。为此，他心里总有种凄凉的感觉，但他并不知道这一切意味着什么。

现在的他是名正言顺的十三师宣传科新闻干事了，他要理直气壮地去找一次石兰。新闻干事的任务就是采访，在采访中发现新闻，时间上也很机动。

那天下午，刘栋把自己全副武装了一番，脖子上的照相机是不能少的，这是新闻干事的武器，笔和本也是不能缺的。于是，他挎着相机，夹着本出现在师医院的楼道里。在护士值班室，他轻而易举地看到了在值班的石兰，石兰也是一副工作的打扮，一身白大褂，胸前挂着雪白的口罩。

石兰一抬头看见他，就惊奇地问：你怎么来了？

他晃一晃脖子上的相机说：我看看你们医院有没有什么新闻，顺便也来看看你。

石兰冲他唇红齿白地笑一笑，值班室里没有病人，刘栋就走进来，身子靠在值班室的桌子上。

刘栋小声地问：下班后你干什么？

石兰望着他不解地道：没什么事，怎么了？

刘栋拿出两张早就买好的电影票，在她眼前晃了晃说：我想请你去看电影。

石兰就更加的吃惊：你请我去看电影，不怕人家说三道四了？

刘栋很老练地说：怕什么，咱们现在都是干部了，来往也是正常的。

石兰不笑了，她一本正经地说：票你送给别人吧，我没空。

刘栋吃惊地瞪大了眼睛。

石兰很快又去忙别的事了，刘栋讪讪地在那里站了一会儿，才转身走了出来。出了师医院，他心里有些空荡，也有几分失落，他原以为约石兰出来看场电影是轻松的事，没想到却碰了一鼻子灰。他停下脚，回头望了眼师医院，此时他的心里灰秃秃的，那种看不见摸不到的压抑感又一次让他感到难受。他摇了摇头，轻叹一声，离开了师医院。

身份的变化，让刘栋的自信心大增。在爱情的问题上，他做好了勇往直前的打算，他不信自己会追求不到自己的幸福。这么想过后，刘栋又挺起了腰杆，铿锵有力地向前走去。

石兰此时对刘栋的看法已经发生了明显的改变，当初，她和刘栋来往，完全是兴趣和好奇使然，一个新战士在新兵连还没结束时，就在军区报上发表文章，这一点深深地吸引了她。随着时间的流逝和自身的变化，这种好奇渐渐地消失了，笼罩在刘栋身上的光环也随之淡去，发生在护训队的那一幕，完全是她心血来潮时的一出闹剧。

后来，通过对刘栋的进一步了解，她发现自己和刘栋根本不是一类人，究竟哪里不一样，她也说不清楚。她和他只能在交流文学作品时才能找到共同点，更多的时候则是无从谈起，他甚至会让她感到一些沉重和压抑。刘栋整天板着个脸，既不幽默，又缺乏阳光，仿佛所有的不幸和责任都落在了他的肩上，和他在一起，让人有种窒息的感觉。相反，她和田村交往时就没有这种感觉，轻松愉快，内心总会涌动着一种激动和朝气。

那天晚上，杨佩佩带田村去她家，她是知道的。父亲征求她意见时，她既没说同意，也没说不同意，只是嘻嘻哈哈地冲父母道：现在都什么年代了，还保媒拉纤儿的。

从内心里说，她是渴望见到田村的，她希望通过这样的方式，把两人之间的窗户纸捅破。为了田村的选择，她放弃了留在军区门诊部的工作，毅然选择和田村在一起。

她和田村之间的窗户纸倒是捅破了，可田村却没有主动来找她，这让她有些不解，也有几分失落。

星期天，石兰来到了师部大院。她在院子里转了一圈，很容易地就见到了田村。田村正在和一个战士谈心，他们坐在篮球场上，这时候的田村也看到了石兰，他站起来，冲走过来的石兰道：你怎么来了？

石兰就故意地问他：你看见刘栋了吗？

田村摇摇头，他没想到石兰不是来找自己而是找刘栋，表情就有些不自然，他抓抓头说：刘干事可能出去采访了，他可是个大忙人，闲不住的。

石兰做出一副很失望的样子，遗憾地说：我本想约他去看电影的，电影票都买好了。说完还拿出两张粉红色的电影票晃了晃。

看到石兰手里的电影票，田村的心里竟生出醋意。石兰看在眼里，笑在心里，她顺口说：反正票已经买了，要不你陪我去看吧。

田村假意推拒着：这样不好吧，你是给刘栋买的票。

石兰做出一副生气的样子：不去拉倒，我自己去。

说完，就往前走去。田村犹豫了一下，还是追了上去。石兰故意不理他，快步地向前走着，他跟在后面一边走，一边解释：还真生气呀，逗你玩儿呢。

石兰听了这话，才把步子放慢下来，与田村并肩往前走。

巧的是，刘栋正好迎面走过来，脖子上招牌似的挂着相机，他是冲洗完照片刚回来。让田村意外的是，石兰看见刘栋就跟没看见似的，和自己有说有笑地往前走。

刘栋走过去了，田村小声地说：那不是刘栋吗？

石兰拉了一下他的衣袖：别回头，往前走。

两人很亲密地一路走过去。

刘栋站在那里，呆呆地望着他们远去的背影。

还没到电影院，田村就识破了石兰的伎俩，也不说破，但心情一下子就好了起来。他和石兰走在一起，动作也自然了许多。

电影开场的时候，他们停止了说话，眼睛紧盯着银幕，样子很专心。田村的思绪却很乱，这时，他不知怎么又想起了苏小小，似乎苏小小就坐在后排，看着他。他的脸有些热，使劲儿闭了一下眼睛，心里的苏小小就消失了。他偷眼去望石兰，发现石兰也在偷眼打量他。他浑身的血液顿时就加快了，石兰一下子就走进了他的心里。一时间，她的身影和气味重重地把他覆盖了。

他们放在椅子下的手，不知怎么的就互相碰在了一起。他僵在那儿，不动了。片刻，他动了一下，那只柔软的手似乎正等在那里，他一下子就抓住了她。电影结束了，十指相扣的手也始终没有分开，在这期间，两个人竟没有说过一句话。直到散场的灯亮了，抓在一起的手才恋恋不舍地分开，表情在灯光下都有些不自然。

到了外面，石兰笑着说：田村，你可真会装。

什么，我装什么了？田村也故意打着哈哈。

两人并没有直接回去，而是拐进了一个公园。刚进公园不久，在一棵树后的暗影里，他就抱住了她。她似乎等待他的拥抱已经很久了，她轻轻地闭上眼睛，幸福地投入他的怀里。

杨佩佩仍不断地有电话来，她关心的是田村和石兰的感情进度。她每次冲儿子说的第一句话就是：最近见到石兰没有？

田村见母亲很急的样子，就故意不实话实说：妈，你老让我见她干吗呀？她忙她的，我忙我的，有什么好见的？

杨佩佩就在电话里发脾气，然后冲田村说：告诉你儿子，我就是喜欢石兰，你要不娶石兰，我和你没完。

田村也嘻嘻哈哈地说：妈，那你就娶她好了。

杨佩佩就换了口气，认真地说：儿子，你正经点儿，你给妈说实话，到底去没去找人家？

田村卖着关子说：那你去问她吧。

从那以后，田村开始经常和石兰约会，约会的时间大都在晚饭后。于是，两人就在师医院和机关的路上漫步，常常是你送我一程，我再送你一程，没完没了的样子。那段时间，他们亲密的身影成了十三师的一道风景。人人都知道，田村和石兰正在热恋中，大家也就把微笑和祝福送给他们。

唯有刘栋愁眉不展。这段时间他很少回宿舍，因为宿舍另外一个年轻干部也谈了恋爱，两人经常亲热地在宿舍里说话。他不想当电灯泡，只好来到办公室。他坐在那里，想安下心来看会儿书，或者写篇稿子，可他怎么也静不下心来，眼前总是晃动着石兰和田村亲密的身影。

他和石兰重新接触以后，想找机会把自己的想法表达出来，没想到却被田村抢先了一步。对于田村，他有种说不清的东西，从入伍到现在，无论什么事，总是被田村抢先一步。好像田村就是他命里的克星，于是，他在心里把田村咒了又咒。当他冷静下来时，觉得田村并没有做错什么，人家进步、恋爱，也并没有妨碍谁，受伤害的只是他自己而已。

刘栋闷闷不乐了好久，直到再看田村和石兰出双入对的身影已经习以为常了，他的心才渐渐平复了一些。他只能认命了，更多的时候，他会想起自己的出身，还有家里的现状，一想到这些，就免不了自卑。待冷静下来，他也清楚地知道，石兰和田村在一起，会比和自己要幸福。

刘树突然来了，穿着刘栋送给他的军装。自从刘栋提干后，就把自己当战士时的军装给哥了。哥做梦都想当兵，自然喜欢军装。哥穿上军装的样子果然很精神，不知道的人，还以为哥是一名退伍老兵呢。哥出现在刘栋面前时，还是让他吃了一惊。他上下地把哥打量了，哥也打量着他。

他说：哥，你咋来了？

刘树不说话，揉揉眼睛，看看他的脸，又看看他的衣服，啧着嘴道：弟，你真的提干了。

刘栋把刘树领到招待所。进了房间，刘树就把手伸出来，摸摸那个标志着军官干部服的衣兜，梦呓般地说：哥知道你提干了，可就是不敢相信这是真的。

他看着刘树，不明白他是怎么了。那天晚上，他陪着刘树在招待所住下，刘树那天晚上说了些莫名其妙的话，话题一直没离开他提干的事。

哥说：弟，真好啊。你真的提干了，这不是做梦哩。

哥又说：弟，你提干了，以后就不用当农民，这个世界上最没出息的就是农民了。

哥还说：弟，哥要是出点啥事，不会影响你进步吧？

那会儿，他还没有意识到哥在暗地里下着一个决心。他听了哥的话，就说：哥，看你说的，你能出啥事？

哥认真起来，走到他的床边，盯着他的眼睛说：哥说的万一是真的呢？

他仍然没有意识到什么，只是解释道：现在不同以前了，一个人出事不会株连别人的。

哥出了口长气，踏实下来，重新躺到床上，望着天棚说：妈也想来看你，她总是想你，有时做梦都喊你的名字。

提起母亲，刘栋的心就沉重了一些，他冲哥说：等你不忙的时候，你陪妈来我这儿住几天，好好玩玩儿。

哥说：弟呀，你快找个对象吧，一定找个城里的。等你结了婚，就把妈接过来，她在农村受了一辈子苦，也让她享两天福吧。

他冲哥点点头，这时他又下意识地想到了石兰，心里就一阵悲哀。

第二天哥就走了，他一直把哥送到了车站。上车前，哥回身把他抱住了，眼泪也流了下来。哥在他的耳边说：弟呀，记住你有过这么一个哥。他仍不明白，哥为什么要说这些。哥走时显得很伤感，一直在流泪，说一些生离死别的话。他就想：哥一定是心情不好。他挥手送走哥后，哥的那些话让他心里也酸酸的。

刘树的又一次牺牲

刘树来部队看刘栋，是在和弟弟做最后的诀别。刘树决心已下，他要杀了胡小胡。

胡小胡已经不把自己当人了，从他得知刘草不在自家住后，就从镇里回来一趟，跑到刘草家大闹了一次。那天，只有刘草和母亲在家，刘草仍在院子里翻晒药材，胡小胡走进大门，背靠在门框上，慢条斯理地点了支烟。刘草早就看到他了，她装作没看见似的，仍忙自己的事。

胡小胡就说：走吧，跟我回家。

刘草不说话。

他就上前一步，扯了刘草的胳膊，一脸赖相地说：咋的？我回来了，你就得回家侍候我，我想你了。

刘草忍无可忍，挥手打了他一个耳光。胡小胡不生气，他捂着脸说：你还没跟我离婚呢，你是我老婆，我想咋的就咋的。

说着，扑上来，抓住刘草的头发就往外拖，两个人撕打起来。

王桂香张着手，从屋里跑出来，带着哭腔喊：别打了，你们别打了，有啥话慢慢说。

撕打了一气，胡小胡把刘草推倒在地上，刘草的头磕在一块石头上，划了一个口子，血汩汩地流出来。胡小胡见状，息事宁人地说：臭婊子，告诉你，想离婚没门！不跟我回去过日子，我跟你没完。

说完，肩膀一耸一耸地走了。

刘树得到消息，从外面跑回来的时候，母亲正搂着妹妹在哭。看着眼前的一切，他什么都明白了。他一屁股蹲在地上，心里山呼海啸着：胡小胡，我要杀了你。

在妹妹的婚姻问题上，他内心一直不安，当初是他做主让妹妹嫁给胡小胡的。在他眼里，他从没正眼瞧过胡小胡，他也知道，凭胡小胡当时那个样子，妹妹嫁给他太委屈了，可他还是让妹妹嫁过去了。

那天晚上，他看着头缠纱布，一直低泣着的妹妹说：草儿，是我把你推进火坑的，你放心，我一定会把你救出来的。

刘草哽咽道：我谁也不怨，怨我命不好。

听了妹妹的话，刘树的心里就更加难受了。

那天晚上，他蹲在自家门口，呜呜咽咽地吹了大半宿的笛子。

以后的胡小胡更是得寸进尺了，他居然公开把在镇子上姘居的女人带回来，然后一摇三摆地来找刘草。他进了院门，往门上一靠，叼着烟，十分无赖地说：咋的，不想跟我过了，想离婚是不是？

刘草转身进了屋子。

他仍靠在那儿，提高了声音说：想离婚哪，那是不可能的，你还没把我侍候舒服呢。啥时候把我侍候好了，我一高兴，说不定也会同意。

他一边自说自话，一边吸烟，一副陶醉的样子。

刘树从屋里走出来，此时的胡小胡已经不怕刘树了。他一见刘树就笑道：哥，来抽根儿烟。说完，递过去一支烟。

刘树不动，冷冷地望着他。

胡小胡缩回手：刘树，我知道你心里想的是啥，是不是想打我一顿。好啊，你打我可以，我只要一个电话，派出所立马来人把你带走，信不信？

刘树大吼一声：你给我滚。

胡小胡慢条斯理地点上一支烟，吐出一口烟雾道：让我走可以，我是来找我媳妇的，她答应跟我回去，我立马走人。

刘树冲过去，拖着胡小胡的一只膀子，连拉带拽地把他拖出院子，胡小胡就杀猪似的喊：刘树打人了，打人了……

刘树把他推到门外，掐着他的脖子道：我让你离婚，你离不离？

胡小胡挣扎着掰开刘树的手：你再给我找个老婆，我就离。现在我离了，以后谁还嫁给我呀。

“滚——”刘树踹了胡小胡一脚。

刘草的日子从此阴云密布，她看不到希望，整日以泪洗面，母亲也陪着不停地叹气。母亲叹完气，就坐在炕上，双手合十，一边流泪一边说：老天爷呀，你咋不睁开眼睛，看看我们呀，我们这日子咋就这么难呢？

刘草离婚无望，胡小胡又三天两头地来纠缠，刘树心里难受得要死要活。眼看着妹妹在水深火热中煎熬着，他看在眼里，心里比谁都难受。

晚上，刘草将一把剪刀揣在怀里，走出家门，被刘树看到了。他拽住妹妹，从她怀里拿出了剪刀。

刘草哭了，一边哭一边说：哥，你别管我，让我和那个混蛋同归于尽吧。

刘树挥手打了她一巴掌，这是他第一次这么对待刘草。手落下去后，他自己都愣住了。他咬着牙说：草儿，是哥对不起你，哥就是粉身碎骨也要让你自由。

第二天，他就坐上长途车，后又坐火车，他在了结妹妹的事情前，要先看看弟弟。他要真切地看一眼部队上的弟弟，他知道弟弟提干了，可他没亲眼看到，总觉得不真实。

从部队回来后，他就跟换了个人似的，笑呵呵地冲母亲和妹妹说：刘栋真提干了，他穿着四个兜的衣服哩。

他还说：你们以后就不用为弟弟操心了，他现在是国家的人了。

他又说：咱们家的日子就要好了……

他说完这些就一脸的神往，有时还望着天空虚虚地笑。

胡小胡在一个周末又来了。现在胡小胡每个周末都要回来一趟，带着城里那个女人。城里女人的头发是烫过的，穿着很露的衣服，挺腰扭腚的，很风骚地跟胡小胡在村街上走。

众人见了，胡小胡就用手指指女人道：这是我的相好，咋样？

大家就笑，一脸的羡慕。

胡小胡扬着头说：她刘草不想跟我过，有人跟我过，她那个臭女人算啥。

听他这么说，众人就散了，都觉得胡小胡的事做过了，话也说过了。

那天胡小胡来找刘草时，还特意把那女人带来了。

胡小胡往门框上一靠，冲院子里的刘草说：你看看，你不回去陪我睡觉，有人陪。看好了，这个女人不比你缺啥少啥吧，我跟你说，有你没你一样。知道不，这是城里女人，天天洗澡，天天喝奶，比你滋润。

对胡小胡这种无赖式的纠缠，刘草已经忍无可忍，她从地上抓起个棍子，朝胡小胡扑过去。胡小胡抱住刘草撕扯起来，那个城里女人也过来抓刘草的脸。

王桂香一边喊着，一边从屋里冲出来，却被胡小胡一脚踢倒在院子里。

这时候，听到信儿的刘树飞跑回来。胡小胡和那个女人明显占了上风，母亲和妹妹的脸上流着血，刘树的心已经铁了，他只能用这最后的一招了。

他像提一只口袋似的把胡小胡从妹妹身上提起来，然后一拳打在他的脸上。胡小胡歪了歪就倒下了，他又踹了一脚扑过来的女人，女人也应声倒下，倒下的女人就破马张飞地喊：杀人了，刘树杀人了——

刘树在心里发着狠：老子今天要杀人了——

胡小胡刚想爬起来，刘树就扑过去，抓住他的头，狠狠地向地下磕去，一边磕一边说：这回我妹妹自由了，自由了——

只几下，胡小胡就不动了。

公安局的警车是在傍晚时分把刘树带走的。

胡小胡被刘树给磕死了。

不久，公安局来到村子里做了许多人的笔录，也询问了刘草和王桂香一些情况，然后就走了。

又是不久，刘树被法院判了无期徒刑。

判完刑，刘草和母亲去监狱看望刘树。刘树精神很好，他笑着冲刘草和母亲说：妈，妹，你们以后就安心过日子吧。没人再找咱们家的麻烦了，这回妹也自由了。

母亲和刘草听了刘树的话，眼泪就一起流下来。

刘　栋

刘栋得知哥哥打死胡小胡的消息，是在哥被判刑后。之前，母亲和姐姐一直瞒着他，但他还是觉得有些不对头，以前都是哥给他来信，定期向他通报家里的情况；可自从哥回家后，每次来信就变成姐姐写了。姐姐的信还是以哥的口吻，说家里很好，不用他惦记，让他安心工作，早日进步，等等。

哥被判刑的消息，是姐姐写信告诉他的。姐姐在信里的语气很平静，说哥的结局比大家想象的要好，毕竟无期比死刑强多了。事情过了一段日子，人就冷静了下来，姐姐的信写得也很理智。

当刘栋得知这一消息时，仿佛有一把重锤敲在他的心上，让他感到心虚气短，大脑一片空白。有关哥的往事就一幕幕地在他眼前浮现，他又想到上次哥来时说的那些话，终于明白哥早为自己的付出做好了准备。他把自己关在宿舍里，蒙上被子，让泪水一次次流满了脸颊。哥为了这个家，献出了自己能够牺牲的一切。他现在是军官了，哥却成了囚犯，一想到这儿，他的心就一阵阵地疼。

这事没多久，他请假去了趟监狱。他还没有见到哥，只听见从走廊里传来哥的脚步声，他就开始流泪。

哥从出现到离去一直是笑着的，仿佛终于找到了自己的归宿，他的样子很平静。

哥说：弟，你来看哥，哥高兴。

哥又说：弟你出息了，妹也自由了。你知道吗，刘草就要和大宝结婚了。

他听了哥的话，含泪点点头，他在心里说：哥，你在里面好吗？可他就是说不出口，哥的笑让他感到比哭还难过。

哥仍说：弟呀，哥在里面了，照顾不了这个家了，等刘草结了婚，也不用咱操心了，我就是惦记妈。她身体不好，眼睛都快哭瞎了，有时间多去看看妈吧。

他不住地点头，眼泪终于落下来，砸在自己的手上。

哥说：弟，别哭。哥虽然在这里，可心静了，只要你们幸福哥就高兴。

他默默地把带给哥的东西推过去，哥看了一眼，抬起头道：带这些东西干啥？我在这里用不着，给妈寄回去吧。

说着，哥就要把东西往回推，他哭着叫了声：哥——

哥看了他一眼，怔了一下，低下头道：弟，你别为我难过，不要因为哥这样，你心里有负担，你幸福哥才快乐。

他哽咽着：哥，我会常来看你的。

哥忙摇着头说：弟，哥在这里挺好的，有时间就回家看看妈吧。

哥离开时，回头又冲他笑了一次：听哥的话，快乐一点，别那么愁眉苦脸的，哥愿意看到你们高兴的样子。

哥最后转身的时候，他看到哥的眼圈红了。

从那以后，他一想起哥心里就会沉一沉。接着就听同事说：田村和石兰恋爱了。

他还听说，田村和石兰就要结婚了，人们都说他们很般配，是天生的一对。

他冷眼看着田村和石兰，觉得他们的确很般配，都是高干子弟，生活无忧，笑容每天都挂在他们的脸上，他们真的是天生的一对。以前，石兰和田村好，他心里还泛酸，有些不平衡，此时的他倒觉得，自己真的就不配和石兰在一起。他算什么，一个农村兵，怎么会给石兰带来幸福呢？

有时，他莫名地会想起歇马屯的苏小小，田村和石兰谈恋爱，他觉得对苏小小有些不公平，但很快他就理解了，人往高处走，水往低处流，在任何人的眼里，石兰都要比苏小小优越也优秀。这么一想，他又能理解田村了。

田村被任命为警通连的副连长不久，就和石兰结婚了。他们的婚礼在警通连的俱乐部里举行，没有婚宴，有的只是欢乐的仪式。

他们的婚礼，机关的许多人都去了，他没有去。那天晚上他一个人黑着灯坐在办公室里，听着警通连方向传来的喧嚣，心里静得像一泓秋天的池水。他想了许多，又似乎什么也没有想。

两天以后，田村走进了他的办公室，掏出一袋喜糖分给大家，别人就对田村说些祝福的话。最后，田村走到他面前，把一把喜糖放在他的办公桌上，拍一下他的肩：刘栋，咱们可是一个连的战友，我结婚你都没去，太不够意思了。

他勉强地笑了笑说：那天我出去采访了，没赶上，真对不起。

田村摆摆手：什么时候有空到我家喝酒去。别忘了，我的血管里还流着你的血呢。

他忙说：田村你说哪儿去了，都几百年前的事了，你还记着。

田村又说笑一会儿就走了。田村一走，他心里就有些怅然，憋不住地直想哭，忍也忍不住。他忙跑到洗手间，用冷水洗了一把脸。

这天，他去军人服务社买墨水，突然就看到了柳三环。柳三环站在服务社的台阶上，也认出了他，正眯着眼冲他笑呢。

他不明白柳三环怎么会出现在这里，他吃惊地望着她。她的一身军装没有了，他张口结舌地问：你怎么在这儿？

她笑着反问道：我怎么就不能在这儿？

当柳三环走路时，他才觉出她的异样来，她走路的时候有些拐，似乎行动不便。

她见他满脸的惊诧，就说：我复员了，以后就在这里上班。

事后他才知道，柳三环在护训队结业后，又回到了军区医院。一次总院医疗队去部队执行医疗任务，半路上拉着器械和人的卡车翻了，柳三环被压在车下。那次，柳三环的一条腿被砸成了粉碎性骨折，住了大半年的医院，腿是长好了，但留下了后遗症，走路有些拐，就复员回来了，在师机关的服务社当了一名售货员。

他没想到柳三环会有这样的变故，更没想到柳师长的女儿，会在商店里当一名普通的售货员。

在护训队时他就认识柳三环，那时的她健康而快乐，他做梦也没有想到现在的柳三环会是这样的结局。他不由得又想起了自己，一时间与柳三环竟有了同病相怜的感觉。以后，他有事没事的都要到军人服务社里转一转，站在那儿和柳三环说一会儿话。凭着职业的敏感，他觉得柳三环的事迹可以写一篇文章。在柳三环不知情的情况下，他写了一篇人物专访，名字就叫《一名昔日女兵的情怀》，然后寄给了军区报纸。

没几日，这篇文章就发表了。他那天又去了服务社，想把报纸给柳三环。走进服务社，见好多人都在议论着什么，走进了，他才看清他们正在看那张报纸。

柳三环看见他，脸红红地说：刘干事，我哪有你说的那么好？

他站在那儿，看着柳三环，发现她又恢复了他刚认识她时那么快乐了。

他真诚地说：不是我写得好，是你的事迹好。

柳师长毕竟是一师之长，给女儿安排个好工作并不是太难的事，然而柳师长却并没有这样做，这让师长的形象在刘栋的心里一下子就高大起来。

有一次在机关的楼道里，他看见匆匆而过的柳师长，就向他敬礼。柳师长注意到他，走过去后又走了回来，盯着他说：刘干事，你写三环的那篇文章我看了，不错。

停了停又补充道：不是说你表扬她好，我是说她自从看了你的文章，她的情绪好了，还是你们年轻人理解年轻人啊，有空去我家坐坐。

柳师长捉住他的手，用力地握了一下，就匆匆地走了。

刘栋和柳三环

刘栋也说不清自己为什么总愿意去服务社转一转，有时买一瓶墨水或稿纸，有时什么都不买，就是去看一看。赶上服务社进货，他就会帮着卸车，搬东西，弄得一身汗，一身灰。每次完事后，柳三环都要打来水，让他洗洗。

一次忙完了，刘栋要走，柳三环叫住了他：我以为你和石兰会走到一起，没想她却和田村结婚了。

在石兰的问题上，刘栋已经是心如止水。听了柳三环的话，他淡淡地笑笑道：我怎么能配得上石兰呢？

柳三环鼓励道：你还是缺乏勇气，缺一股男人追女人的勇气。

他苦笑了一下，不再说什么，扭头走出了服务社。柳三环站在服务社门口，目送着他远去。走出去一段后，他下意识地回过头去，看见她仍然立在那里，就冲她笑笑，挥了挥手。柳三环的样子就在这时深深地印在了他的脑海里。

自从在柳师长那里知道，柳三环并不像他想象的那样从容面对现实后，刘栋倒觉得有什么东西把两个人拉近了，毕竟在生活中他们都面临着许多的不如意，看到现在的柳三环，他就会想起自己。于是，他对柳三环就自然地亲近了许多。

快下班时，他突然接到柳三环从服务社打来的电话。柳三环在电话里说：我爸想跟你聊聊，下班后要是没事的话，就到我家里来吧。

他放下电话发了一会儿呆，师长要找自己聊聊，聊什么呢？如果是工作上的事，他可以让自己去办公室啊。这时，他就想起了上次见到师长时，师长对自己说过的话。

柳师长家他是第一次去，以前到家属区的机会也很少。家属区在师机关后面的另外一个院子里。他走进师长家时，看见师长已经坐在饭桌前等他了，饭菜是柳三环做的，很丰盛。他进来的时候，柳三环还在厨房里忙碌着。他以前听别人说过，柳师长的夫人几年前在上班的路上出了车祸，死了，这么多年，柳师长一直是一个人。此时，他走进柳师长家门，才验证了眼前的一切。

此时的柳师长和刘栋在机关时见到的态度有很大的不同，他站起来，把刘栋拉到自己身边，然后一边笑着，一边说：今天你能来，我很高兴，来陪我喝几杯，咱们也随便聊聊。

说完，亲自拿过酒瓶给刘栋倒酒，刘栋受宠若惊地赶紧起身，去夺师长手里的酒瓶。

柳师长就说：来这儿了，你就是客人，这里不是机关，咱们现在是朋友。

他听了师长的话，心里热乎乎的，就有了想哭的感觉。

柳三环端上最后一盘菜，也在桌边坐了下来。她一坐下，他那颗不安的心也就稳定了下来。

柳师长举起酒杯，和他碰了一下，一仰头就干了。他见师长干了，也跟着一口喝了下去。

柳师长抹抹嘴说：三环她妈去了好几年了。三环在总院那会儿，家里就剩下我一个孤老头子。现在好了，三环复员了，有她陪着我，我回到家里就不再是一个人了。

刘栋望着眼前的师长，发现师长在家里是那么的普通和平易近人，而在他的印象里，师长不苟言笑，办事说话总是雷厉风行。现在的师长在他的眼里，就是一个老人，一个父亲，于是他端起酒杯道：师长，我敬您。

师长也不客气，举杯又干了。

师长说：三环苦哇。小时候我调来调去的，她们娘儿俩也跟着东跑西颠。三环负伤后从总院回来，前些日子她总是躲在屋子里哭，她心里难过，想不开，这我理解。

师长说到这儿，眼里就含了泪。

柳三环埋着头，喊了一声：爸——

师长出了口长气，道：三环这孩子，从小到大跟着我没享几天福，回来也好，就陪陪我这孤老头子吧。我也没两年干头，就要退休了。

师长说完就有些伤感。这是师长在刘栋眼里的另一面，他了解的师长是战功卓著的军人，在全师人的眼里是一种象征，无所畏惧，勇往直前。他想象不出，冷面的师长还有着脆弱的一面。

师长又说：你给三环写的那文章，我看了，很感人，还是你们年轻人理解年轻人啊。以后有空就经常过来坐坐，三环想不开了，你就开导开导她。

几杯酒下肚后，柳师长有些动情，从他的目光里，刘栋能够感受到师长是那么爱自己的女儿，此时，他的心里竟生出几分羡慕和妒忌。

这以后，他就真的经常来找柳三环，他觉得跟她在一起无拘无束，内心有种踏实的感觉。他来的时候，大部分时间柳师长都不在，师长很忙，经常下部队，不去部队他也会在办公室里加班。

每次来，他们也没有什么紧要的事可说，她会聊一些她在总院当兵时有意思的事。说到开心的时候，两人就无拘无束地大笑。轮到他说的时候，他就说自己当兵的经过，讲姐姐为他放弃幸福，哥哥像父亲一样撑着这个家。当他说到哥为了姐而坐牢的时候，柳三环的眼睛都红了。接下来，两人都不再说话，淡淡的哀伤笼罩了两个年轻人。

过了许久，她才抬起头，轻声地说：你有个好哥哥，也有一个好姐姐。小时候，我最羡慕的就是小伙伴有哥哥姐姐，可我没有，在外面跟人吵架了都没有人帮。

想到哥、姐，刘栋就感到莫名的酸楚袭上心头，几分悲伤几分惆怅，还有一种来自亲情的温暖缓缓地在心里流过。

以前他很少对别人提起自己的家庭，觉得自己那个家没有什么值得去说，相反，他更怕人知道自己的那个家，觉得面上无光。而他在柳三环面前，说自己的亲人时却从容而镇定，没有一点的心理负担和障碍。

晚上睡不着的时候，他就想自己和柳三环的交往，觉得竟是那般自然而亲切。他在她面前没有一点自卑感，虽然她是师长的女儿。冷静下来的时候他就想，难道是因为柳三环那条受伤的腿吗？也许是，也许不是，他说不清楚。说不清楚的时候，他就只能信命了。如果柳三环不受伤，她就仍会在总院当护士，整日穿着白大褂，在淡淡的来苏水气味中，仙女样飘来荡去，那样的话，他们就没有机会谈天说地。这么一想，他倒有些庆幸她那条受伤的腿了。

刘栋发现自己越来越离不开柳三环了，他只要见到她，心里就安定了。从入伍到现在，心里一直就没有安稳过，铁打的营盘流水的兵，每年老兵走了，新兵来了，军营就像一片庄稼地，割了一茬儿，又有一茬儿长起来了。于是他的心也在这一茬儿又一茬儿的轮换中起伏不定。他对未来的家庭有过想象，可他想不出会是个什么样子。自从走近柳三环，他就对未来的家庭有了抽象的认识，那里应该让他安静下来，是他生命的营盘。

石兰和田村结婚后，在傍晚营院的林荫小路上，经常能看到两人相伴着走来走去的身影。刘栋远远地看见了，总会绕道走过去，避免和他们相遇，这么做是为什么，他也说不清。总之，他不愿意让他们碰见自己。他羡慕他们的幸福，同时也嫉妒他们的爱情。

如果，自己有朝一日有个家，一定把母亲接来。哥进了监狱，他现在最放心不下的就是母亲，一想起母亲，心里就有一种无着无落的感觉。何处是自己的家呢？这么想着时，他已经来到了家属院，站在了师长家的楼下。这时候，柳三环房间里的灯仍在亮着。

生活像一团麻

田村和石兰顺利结婚了，杨佩佩终于舒了一口气。这是她为田村设计好的第一步，按她的设想，她最终要把田村调离十三师。只要田村在十三师待一天，她的心就一天得不到安宁。

一天半夜，她做了个梦，梦见王桂香来找儿子，她就在梦里哭，醒来后她仍止不住心里的悲伤，呜呜咽咽地，把睡在一旁的田辽沈也吵醒了。他不耐烦地问：你这又怎么了？

她不说话，伤心难过的情绪再也控制不住，索性放声大哭起来。田辽沈睡眼蒙眬地开了床头灯，她哽咽道：我又梦见田村不认咱了，跟他的生母走了。

田辽沈又伸手把灯关了，然后说：你有完没完，这是梦，不是真的。

她终于止住了哭声，长叹道：我真怕会有那么一天。

田辽沈沉默了一会儿：田村总有一天会知道事情的真相，咱们总不能瞒孩子一辈子吧。

杨佩佩又有了哭腔：我不！他要真的离开咱们，我真不知道剩下的日子该怎么过。

田辽沈不知说什么好了，在情感上，他早就把田村当成自己的亲儿子，有时他也想过，虽然田村不是自己亲生的，但田村在他眼里是懂事的孩子，绝不会做出那种绝情的事来。不会因为有一天知道自己的身世，而对养父母的情感有所改变。这一点，他想得开，可杨佩佩毕竟是女人，心事要比男人重，她一时适应不了这样的现实。一想起田村和他的亲哥都在十三师，她就提心吊胆，两个孩子低头不见抬头见的，万一有一天，刘栋知道自己还有个弟弟，要找起来可是太容易了。王桂香知道他们的名字，她如果去原单位找他们，轻而易举地就能打听到他们现在的情况。

关于儿子的真实身份，就像隔着一层薄薄的窗户纸，一捅就破。杨佩佩承认王桂香一家都是好人，当年抱养她的儿子，她是感恩的。可什么事都会有变化，有一天当妈的真的忍不住，说出当年的真相来，刘栋就会在第一时间找到田村。杨佩佩不敢想象这样的后果，她越想越怕，就去做田村的工作，只要他答应离开十三师，离刘栋远点，她的心里也会踏实一些。可田村就是不同意离开十三师，如今他结婚了，要想让他离开，就不只是他一个人的事了，毕竟还牵扯着石兰，田村更不会轻易答应调走了。想把哥俩分开，看来只能在刘栋身上想办法了。她这话对田辽沈说过，希望他出面把刘栋调离十三师，田辽沈一听就火了，瞪着眼睛冲她喊：你以为这是拔萝卜呢，这是干部，都是有编制的，亏你还在部队干了这么多年。

看来田辽沈是指望不上了，她只好自己行动了。她找到军机关的宣传处长，打听宣传处缺不缺人，宣传处长就面有难色地说：谁要调来呀，是亲戚还是朋友？

是一个朋友的孩子。

等她说出刘栋的名字，宣传处长的眼睛就亮了，高兴地说：你说的是刘栋呀，他可是个好新闻干事，前一阵我们想调他过来，让十三师给挡住了。人才呀，人家不想放。

杨佩佩见有希望，就说：你不会先借调啊，十三师的工作慢慢做嘛。

宣传处长当即答应：那行，我跟干部处的人商量一下。

这事过去没几天，军宣传处就给十三师发来了一份借调刘栋去军机关帮助工作的商调函。

刘栋得到消息也感到很突然，事前没人跟他透过一丝口风。当他得知这一消息时，他怀着忧伤的心情来向柳三环告别。柳三环半天没有说话，呆呆地望着他。直到他冲她挥手告别，她才苍白着脸，不自然地冲他笑了笑说：去军机关工作，祝贺你了。

他在她痴呆的目光中，走出了军人服务社，心里怅怅的，不是为了离开十三师。他现在是干部了，知道军人要服从命令，况且要去的又是军机关，对他的发展也不是件坏事，但他就是高兴不起来。离开服务社后，他恍然明白过来，原来他恋恋不舍的不是十三师，而是柳三环。

这段时间和柳三环的交往，是他一生中最自信、最幸福的时光。他在柳三环的目光中感受到了自信，也感受到了温暖，甚至还有一种说不清、道不明的依恋。虽然，她的腿受伤了，走起路来有点跛，可她在他眼里却是那么的完美。

柳三环一回到家，就趴在床上伤心欲绝地哭起来，想到和刘栋的分别，就忍不住难过、伤心，她的心仿佛一下子空了。复员回来后，她心灰意冷，对自己的前途和命运几乎失去了信心，整日里愁眉不展，是刘栋让她的心情渐渐好了起来。这阵子，他们在一起谈人生、理想，还有生活，对许多问题的看法是如此一致。慢慢地，她发现自己被刘栋吸引了，有时一天见不到他，心里就空落落的，直到他的身影出现，烦躁不安的心情才平静下来。现在，刘栋就要离开她了，她终于按捺不住内心的情感了。

柳师长回来的时候，发现屋里冷锅冷灶，漆黑一片，他推开女儿的房间，慈爱地问：三环，怎么了，是不是病了？

听到父亲的声音，刚才还隐忍着的抽泣突然破堤而出，变成了放声大哭。柳师长吓了一跳，他就这么一个女儿，老伴几年前走了，眼前的女儿可以说是他生命中唯一的支柱。女儿开心，他就高兴；女儿忧伤，他就发愁。他忙奔过去，抓住女儿的手道：闺女，到底怎么了，快告诉爸。

柳三环抽抽抽搭搭地说：刘栋要调走了。

刘栋要调走的事他并不清楚，干部借调、交流，用不着他一师之长知道。他关心的不是刘栋调不调走的问题，他关心的是女儿刚才说过的话，女儿为刘栋调走伤心难过，不用问，这个刘栋是走进女儿的心里了。为了女儿，他要让刘栋留在十三师，他不想让女儿失去这份爱情。

想到这儿，他斩钉截铁地说：如果我不让刘栋走呢？

柳三环吃惊地瞪大了眼睛：真的？

他冲女儿点点头。柳三环马上从床上跳下来，一脸阳光地道：那我给你做饭去。

第二天一上班，柳师长把电话打到宣传科，得到证实后，他让刘栋到自己的办公室来一趟。

刘栋是第一次走进师长办公室，他站在师长面前，不知师长叫他来有什么事。

师长不让他坐，也不跟他客套，开门见山地问：你觉得柳三环怎么样？

他没想到师长会问他这个问题，一时不知如何作答，怔怔地望着师长。

师长低声但很威严地说：回答我。

他说：挺好的。

师长显然对他的回答不是很满意，又追问了一句道：你要用军人的名义回答我。

他身子一紧，严肃地答道：报告师长，她很好。

师长又说：她的一条腿受过伤，你知道不知道？

知道。

师长还说：她走路有些拐，这你也看到了吧？

看到了。

师长靠在椅子上，口气变得舒缓了一些：柳三环喜欢你，这事我刚知道，我现在想听听你对她的看法。

刘栋的脑子顿时一片空白，他和柳三环的关系没想到会是被这种方式点破了，他一时有些发蒙。

师长说：她知道你要调走，昨天哭了一晚上。

半晌，他盯着师长说：我也不想这时候离开十三师。

柳师长听了这话，眼睛一亮，从桌后探出身子道：你说你为了三环，不想离开这里？

他冲师长点点头。

师长挥挥手道：没你的事了，你走吧。

刘栋前脚刚走，柳师长就向政治部交代，刘栋留在十三师，借调也不放，有什么问题，让上级机关的人直接来找他。

刘栋的命运就此发生了改变。

山　火

那场山火几十年不遇，部队是在一个深夜接到命令开拔进山的。

刘栋作为师机关的新闻干事，在第一时间随部队奔赴了救火的第一线。师机关的警通连并没有接到救火的命令，他们原地待命。田村望着军车一辆又一辆地在他眼前驶过，他心里猫咬狗啃般的难受。和平时期的军人，等待的就是这一刻，为国家献身，实现他的英雄梦想。眼看着兄弟连队，在庄严肃穆中全副武装地奔赴救灾第一线。田村和他的兵们，只能眼睁睁地看着。

火警不断地传来，他们留守在师机关的人似乎都能嗅到山火的焦煳味，还有那炙人的烈焰。

中午食堂准时开饭了，不知为什么，所有的战士都没有动筷子，只静静地看着桌子上饭菜。田村走进食堂的时候，发现了这种气氛，他扫了一眼食堂，大声地说：怎么了，你们是怎么了？

没有人回答他的话，他从每张桌前走过，瞬间，他被这些士兵感动了，他们用绝食的方式在向他请战。连长休假了，他现在以副连长的身份代理连长，是警通连军事最高长官。一百多双眼睛就那么齐刷刷地望着他，他也目不转睛地看着眼前的士兵们。

一排长站起来说：连长，凭什么不让我们上前线，我们请战。

战士们一起喊：我们请战。

又一名老兵站起来说：闻闻这味儿，大火都烧到咱家门口了，我们哪里有心思吃饭？

田村的眼圈红了，说心里话，他比这些战友还急，眼见着别人一批又一批地开赴救火前线。火海就是战场，那是多么激动人心的时刻呀，与山火厮杀，那也是一场你死我活的战争。

眼前战士们请战的气氛感染了他，他命令连部文书拿来几套理发工具，自己第一个坐在椅子上，冲文书道：把我头发统统剃掉。然后又冲那些战士道：想上救火前线的，排队理发。

战士们争相在他前面排成了一排。

午后时分，警通连一百多号官兵，整齐地立在师部门前，他们手里托着帽子，光裸的头皮在艳阳下明晃晃地闪着。留守的人们都用一种异样的目光看着他们，站在队列前的就是代理连长田村。

一辆军用越野车从院外回来，车快速地从队列面前驶过后，又突然一个急刹车停下。车门开了，师长从车上走下来。他威严地看了眼队伍，目光就落在田村的脸上，用低沉却充满火气的声音说：这是谁的主意？

田村从队列里走出来，向前跨了一步道：师长，警通连向您请战。

队伍中的士兵也一起喊：我们请战！

柳师长扫了眼这些光头的士兵，他从士兵们的眼里看到了一种渴望和焦灼。他没说什么，转身走了。不一会儿，几辆军车隆隆地开到了警通连的队列前，领头的一个军官大声地冲田村喊：田连长，还愣着干吗？快上车。

战士们在一片欢呼声中爬上卡车，随后是师医院的车队。

师长从前线回来，是安排师医院前往救火前线的。前方已经陆续有伤员被抬了下来，到了扑火前线，人们才知道，这场山火比他们预想的还要大，方圆上百公里，不仅有十三师的人，还有其他兄弟部队，事后他们才知道为了扑救这场大火，军区动用了三个集团军的兵力。

山火的肆虐比战争还要惨烈，远远望去，到处是冲天的烈焰，火的声音如雷霆在天边滚过，空气中弥漫着灼人的焦煳气味。

警通连的任务是掩护师医院抢救伤员。医院成了名副其实的野战医院，帐篷刚扎好，就有伤员被陆续抬了过来，火头也跟着压了上来，他们只能抬上伤员向外冲去。师医院的院长，考虑为了能在第一时间救护伤员，当即将师医院分成了若干个临时救护小组。于是，几个小组立即奔赴不同的救护地。

石兰被编到一个五人小组，有两名医生，三名护士，警通连的一个班就被安排到了这个抢救小组，由他们负责抢救运送伤员。

当石兰钻到火海里寻找救护对象时，她才发现，自己已经和救护小组分开了。到处都是猛烈的山火，到处都是扑火的战士，她置身其中并不觉得孤单，每到一处，她就奋力喊着：你们这里有没有伤员，伤员在哪里？

有战士把一双烧伤的手伸过来，她赶紧忙着包扎；有人的腿被树枝剐破了，她用急救带匆匆地缠上，但始终没有一个肯下火线。他们一声不吭，用自己的身体和双手，阻挡着这场山火。

石兰从这奔到那儿，专往火烧得最猛的地方冲，她知道那里的伤员需要她。就在她左冲右突时，她碰见了田村。田村的脸被熏黑了，身上的衣服还冒着青烟，只有一口牙是白的，他正带着自己的战士们在追一条肆虐的火龙。

石兰过来时，他也看到了她。石兰把自己的口罩递过去，田村接过来，拍了下她的肩膀：我发现你进步很快，快成为一个真正的战士了。

石兰不想在这时候和他开玩笑，就冲他说：你们这儿谁负伤了？

田村头也不回地说：没有，你到别处看看吧。

石兰转身又向另外一火海奔去。

田村在她身后大声地喊：石兰，小心——

石兰不知回答了一声什么，声音就被火声和风声吞没了。

他们谁也没有想到，这匆匆的一见，竟成了两人的永别。

刘栋被山火围困住了。他是新闻干事，哪里的火最为猛烈，哪里就是他出没的地方。他胸前挂着照相机，手里拿着采访本，孤身一人在火海里穿梭着，用镜头记录下一幕幕舍生忘死的感人场面。

当他孤军深入火海时，被一股火头卷进了火海。那一刻，他第一次体会到火海这个词，瞬间人就被烈焰裹住了，他下意识地摸了把挂在脖子上的相机，就把上衣脱下，包住了发烫的相机和采访本，爬到一棵树上。火很快就燃着了树，他只能尽力地擎起手里的包裹。

田村就是在这危急时刻，发现了被火海围困的刘栋。他大叫一声：刘栋，坚持住。说完，就向火海冲去，他的身后跟上来两名战士。

刘栋已是岌岌可危，蹿上树顶的火苗燎着了刘栋的身体，树已是摇摇欲倒了。就在田村带着战士冲过来时，刘栋连同那棵树轰然倒了下来。刘栋晕了过去。

田村抱起刘栋，和跟来的战士一起向火海外猛冲。他已经顾不了许多，只一个念头，一定要救出刘栋。他迎着火头跑去，一股热浪劈头盖脸地冲过来，他无处躲藏，只觉眼前一黑，接着双眼热辣辣的刺痛，眼前只剩下一片弥天大雾。他没有停下来，拖抱着刘栋一往无前地向前跑着，跌倒了，爬起来，踉跄着向前跑着。终于冲出了火海。

当田村和刘栋被送到野战医院时，田村还不知道石兰已经牺牲了。

石兰是背着伤员冲出火海，在往安全地带撤离时，遇到了一股死灰复燃的山火，被困在一个山沟里。她背着伤员左冲右突，最后还是被山火吞噬了。

人们发现石兰的时候，她的身下还压着伤员，她在最后的瞬间，似乎想用自己的身体去护伤员。人们已辨不出他们的身体了，只是从残存的遗物上辨清了两人的身份。

知道石兰牺牲的消息时，田村正住在医院里。他的眼睛被烧伤了，眼睛、头上缠满了纱布。人们抬回了石兰的遗体，他摸索着一把抱住了石兰，嘴里喃喃地低语着。夕阳把他的影子拉得很长，他默默地向他的爱人做着告别，没有人知道他说了什么。突然，他在众人惊诧的目光中，一把扯掉了眼睛上的纱布，哭号着大喊：石兰，让我再看你一眼吧，我怎么就看不见哪——

他哀伤、无助的嘶喊久久地回荡在人们的耳膜里。

后来，田村住进了军区总医院，眼科医生的结论是，他的眼角膜烧伤了，现存的视力仅为零点一。要想恢复视力，必须换眼角膜。

刘栋的伤并不重，只是轻度烧伤，很快就出院了。但他知道田村的情况后，心情却是异常沉重。

刘栋结婚

刘栋和柳三环结婚了。

结婚前，刘栋回了趟家，他是回家去接母亲。刘草和大宝结婚后，就搬到了大宝家，家里只剩下母亲一人。刘草本想把母亲一同接到大宝家去生活，好说歹说母亲也没有同意。母亲也是为刘草考虑，她不想让女儿再为自己受牵连，自己苦点累点不算啥，只要儿女幸福，她就感到踏实。

刘栋结婚前，最大的心愿就是把母亲接来和自己生活。他和柳三环商量婚事时，就把接母亲的想法说了，没想到三环立刻答应了。

当他又一次踏上生养他的小山村时，心里就有了一种别样的感受。自己在部队终于要有一个家了，母亲也要随他走了，此时的他再看眼前的一切时，竟有一种惆怅弥漫在心里。

他走进院子里，心里一热，眼泪差点流了出来。

他向母亲说出要把她接走时，母亲沉默了。刘栋着急地说：妈，你不愿意？

母亲叹口气道：你找的是师长家的闺女，人家是高干，咱们是高攀了，能跟人家结婚就不容易了，咋还能搭上个妈。

刘栋就劝母亲：妈，我和三环说好了，她高兴你去呢。

母亲摇摇头，伸出手摸了摸刘栋的头说：儿呀，你能有今天不容易，妈打心眼儿里高兴。你去和人家好好过日子吧，妈不连累你。结婚还带着妈，让人笑话。别看妈这样，妈能照顾自己，你们经常看看我，我就知足了。

听了母亲的话，刘栋一把抱住了母亲。他下定决心，一定要把母亲带走，他跪在母亲面前，带着哭腔说：妈，你一定要跟我走，你不同意，我就不结婚。

母亲把头朝向窗外，那里有她能看见的亮光，她轻轻地哼起了一首歌，一边哼着，一边流泪。

刘栋听着熟悉的曲调，仿佛回到了儿时，他就是在这歌声中一次次进入梦乡的。最后，母亲用衣襟擦了眼泪，无限美好地回忆道：以前的日子多好哇，那时你爸还活着，你们三个孩子在妈身边跑来闹去的，苦是苦点，可那日子才有滋味。现在呢，你们一个个都离开妈了，别看妈不在你们身边，我这颗心哪，一直和你们贴着。你们到哪儿，它就跟着你们到哪儿。

刘栋跪在母亲面前，在心里说：我就是背，也要把妈背走。

那次，刘栋在母亲面前足足跪了两个时辰，后来是母亲扛不住了，她捉住刘栋的手，把儿子拉了起来。

刘栋欣喜地问道：妈，你同意了？

我要是不同意，你还要给妈跪下去呀？

——对。

那我要是还不同意呢？

刘栋咬着牙说：我背你走。

那要是背我，我也不走呢？

刘栋坚定地说：那我也不走了，永远在家里陪你。

母亲长叹口气，把刘栋揽到怀里，伸手去揉儿子的腿，一边揉一边说：儿啊，妈是为你好，你咋就不领这个情呀！

刘栋嗓子里一热，喊了声：妈——

母子二人就抱头哭了起来。

母亲终于同意和刘栋一起走了。走之前，刘栋想把老屋卖了，母亲说啥也不同意，最后她把屋里屋外收拾得干干净净，然后在门上挂了锁。

刘栋不解地问道：妈，这次接你走，以后就不让你回来了，你还留它干吗？

母亲站在院子里，长久地打量着眼前的三间小屋，说：这房子是我和你爸结婚后盖的，你们也都是住着它长大的。你哥不在了，你姐也嫁人了，你留在了部队上，你们都不需要它了，万一你弟哪天来找咱们，没了这房子，让他到哪里去找啊——

刘栋这才意识到，母亲这么多年一直没有忘记那个弟弟。这是她第一次当着他的面提到弟弟。

他站在那里，望一眼母亲，再望一眼老屋，泪水就模糊了他的视线。母亲最终在他的搀扶下，一步三回头地走了。

母亲一路上都对刘栋念叨：你弟弟回来能找到老屋，就能找到咱们。

刘栋被母亲固执的想法感动着。

接回母亲后的第二天，刘栋和柳三环办理了结婚手续。柳三环见王桂香的第一面就亲热地叫了一声：妈——

母亲怔了怔，半晌才颤颤地应了。

婚后，柳三环经常对婆婆说：妈，我母亲去世早，我一直想有个妈，现在我总算又有个妈了，我真高兴。

母亲听了先是笑，接着就流出了眼泪。她高兴地说：栋啊，妈真是上辈子修来的福气，让你娶了个贤惠媳妇儿。

晚上，刘栋在睡不着时，望着身边的柳三环，一时间恍然如梦。他不敢相信这一切会是真的。现在的他家也有了，母亲也接来了，这让他感到满足又幸福。

柳三环的腿留下了一些后遗症，可他一直觉得，她是世界上最好的女人。这辈子能遇上她是自己的福分，有时他也会冷不丁想起，如果柳三环不出车祸，腿好好的，她还会嫁给自己吗？他不知道。如果她不是柳师长的女儿，自己又会娶她吗？答案他也不知道。

他和柳三环的婚姻无疑是幸福的，现在十三师的人都知道，他是柳师长的女婿，别人看他的目光就多了层内容，他读懂了那些目光，有羡慕、嫉妒，也有不屑。不屑的原因很简单，就是他牺牲自己去攀师长家的高枝。他在这纷杂的目光中，渐渐地挺起了胸膛，不论别人怎么看，他已经不在乎了。反正自己有家了，而母亲又和他生活在一起，一想起这些，他的心里就洋溢着幸福。现在的他才觉得自己从来没有这么踏实过。

田村的悲情

田村在军区总医院住了很久，他的视力仍然没有得到恢复，看任何东西都是模糊的影子。他现在的样子显然已经不适合在基层部队干了，于是成了一名编外干部。此时，他想到的不是自己的伤眼和处境，而是仍沉浸在失去石兰的悲伤中。

最初的日子里，他一直抱着石兰的遗像，痴呆呆地坐着，不哭也不笑，世界仿佛已经从他身边消失了。

在石兰的追悼会上，他也是捧着石兰的骨灰盒，一动不动，好像他动一动，石兰就会从他的怀里溜掉。

杨佩佩站在他的面前，含着泪说：孩子，要哭你就哭出来吧，你不哭会憋坏的。

他没有哭，甚至还冲母亲挤出了一丝古怪的微笑。母亲看到他的样子，竟忍不住又一次伤心地哭起来。

田辽沈望着面前的儿子，低沉地说：儿子，你给我抬起头来。

田村抬头看着父亲，眼前却是模糊一片。

父亲又说：石兰是个军人，她牺牲在救火的前线，你应该为她感到自豪，你不是一直梦想着成为英雄吗？

父亲只能用这种方式去开导他。

石兰的父亲也走到他的面前，从他的怀里接过骨灰盒，抱在自己的怀里。老石喃喃地冲女儿道：小兰，再让爸抱抱你吧。小时候爸爸忙，没抱过你几次，这回你让爸好好地抱一抱。

老石坚毅地忍着，不让自己的眼泪滚出来。他拍着怀里的女儿说：小兰，你这是军人最光荣的结局，谁让你是军人哪，爸爸当了一辈子兵，但作为军人的归宿并不完美，你这回完美了，让一个老兵来送你……

老石的眼泪终于重重地落了下来，他把骨灰盒递给田村后，举起右手，缓缓地向女儿敬了一个军礼。

亲人的话一遍遍地回响在田村的耳边，这些话本应该是对他说的，自己一直想成为英雄，哪怕是烈士，可命运却并没有成全自己。

在石兰牺牲的地方，他反复地用双脚丈量过，右边离石兰倒下的地方，就有一条防火沟，有二十几米的距离，如果石兰放弃伤员，她可以在几十秒之内跑到防火沟，保全自己的生命。但石兰还是选择了和伤员一起往前冲，也许是走到这里，她背不动伤员了，就用自己的身体去保护伤员，而最终被浓烟窒息。

田村事后总觉得石兰比自己更像一个军人，他在心里仰慕她，也嫉妒着她。

田村一直在想，如果石兰和他的命运能够重演，他会毫不犹豫地去代替她成为烈士。可他并没有当上烈士，却让自己失去了双眼的视力。而通过置换眼角膜重见光明却是可遇而不可求的。在视力没有恢复前，他无法再回到心爱的连队。这样的日子，让他情绪低落，甚至有了生不如死的感觉。

石兰牺牲不久，大裁军就开始了，田辽沈和杨佩佩退休了，柳师长也退休了。他们都是提前被宣布退休的。

退休后的两个老人没事干，就一下子闲在了家里，田村反而觉得空落落的，他一看到父母无所事事的样子就想哭。他觉得父母比他更需要安慰，他不知道自己离开他们、离开这个家后，他们会怎么生活。如果自己生活在他们身边，他们的生活也许会多些内容和色彩，至少在军里还能找到力所能及的工作。于是他对父母说：我想离开十三师，调到你们身边来。

杨佩佩吃惊地望着他，惊喜地说：真的，儿子你说的是真的？

听了田村的话，田辽沈脸上的肌肉不易察觉地抽动着，他的心里很复杂，一方面希望孩子不要生活在自己的阴影中，走得越远越好；另一方面，他也非常想孩子在自己的身边，给自己带来一些安慰。如果自己不退休，他决不会同意田村调到自己的眼皮底下，那样别人会说闲话，对孩子的成长也不利。现在他退了，他不再阻拦田村的调动了。

杨佩佩一下哭了，她抱住田村道：你要是早同意离开十三师，石兰也不会……

她还想说下去，被田辽沈喝住了，他大声地说：住口，别人的孩子就不是孩子了？国家需要我们的孩子冲上去的时候，我们就要义无反顾地往前冲，你一个军人怎么能说出这种话？

杨佩佩不敢说下去了，忙岔开话头：好啊，只要你同意回来就好。组织上是有政策的，我们只有你这一个孩子，你现在又伤成这样，调到军里，看病也方便一些。组织上是会照顾的。

不久，田村的调令到了十三师，他被任命到军机关警卫连当连长。可他却没有办法去工作，这只是组织在目前的情况下，对他的一种照顾罢了。

田村就要离开十三师了，他走之前把刘栋叫到了自己的宿舍，想和刘栋好好聊一聊。在同年兵中，十三师机关只剩下他们两个人了。

刘栋望着田村，他此时的感情很复杂，这么多年来，从入伍到现在，他们从来没有分开过，一路恩恩怨怨地走过来。如果不是田村冒着生命危险，把他从火海里救出来，也许自己早就葬身那场山火。他忽然间觉得很是愧对田村，田村就要调走了，他想对他说点什么。

田村似乎猜出了他的心思，马上说：不要提那场火，也不要提我的眼睛，换了别人我也会这么做。我是在履行一个军人的职责，你不要有什么不安，不安的应该是我，如果当年你不给我献血，我也许活不到今天。现在咱们算是扯平了。

刘栋怔了一下，半晌点点头。

田村冲刘栋笑了一下，说：我就要走了，咱们说点别的吧。

刘栋就说：田村，我一直认为你命比我好，每一步都走在了我的前面。

田村听了刘栋的话，愣了一下，这么多年他从没把自己和刘栋比较过，听他这么说，忙问道：那现在呢？

刘栋低下头，嗫嚅道：我觉得你有得有失。

田村明白，刘栋所说的得与失意味着什么。

田村直视着刘栋道：这时候我本来不想提石兰，但我现在一定得说。

说完，他伸手从床下拿出一瓶酒，用嘴咬开瓶盖，倒在面前的杯子里。他先喝下一口后，又把杯子推给刘栋，刘栋没接。

田村又接着说：我知道当初你也喜欢石兰，但我娶了她后就没后悔过，她不适合你，你也不适合她。

刘栋拿起杯子，也抿了一口酒：这我知道，最后我选择了放弃。

田村又喝下几口酒，说：你不放弃也没用，从入伍到现在，你一直把我当成对手。

刘栋想制止他说下去，田村挥了下手：你听我把话说完，你羡慕我，也恨我，这我都知道。可我自己清楚，我从入伍到现在，没让家里帮过我什么。相反，我父亲在你提干时却帮过你，是他和十三师推荐的你。

刘栋吃惊地睁大了眼睛，喃喃着：我跟你爸没什么关系，难道是因为上次我为你献血的事？可那天全连的人都来了，轮到谁也会为你献血的。

田村摇摇头：究竟为什么我也不清楚，可能我父亲发现你是个人才吧。

刘栋百思不得其解地摇着头。

田村又接着说：我今天跟你说这些，不是让你感谢我父亲，或者感谢我，当时我并不知道，是事后柳师长——你岳父无意中说起来的，我才知道这事。

刘栋又狠狠地喝下一口酒，睁着眼睛望着田村，他不知道田村还会说些什么。

田村笑笑：咱不说这事了，说点别的吧。

刘栋这时突然就想起了歇马屯的苏小小，他不明白苏小小对田村那么痴情，田村为什么不娶她。于是他脱口而出：你为什么不娶苏小小，而选择了石兰？

田村怔住了，他没想到刘栋会在此刻提起苏小小。苏小小几个字一在他耳边响起，内心顿时五味杂陈，他一直说不清到底是慑于母亲的压力，还是自身的原因，让自己最终没有娶苏小小。

刘栋的酒劲有些上头，他眼睛红红地冲田村说：你对不起苏小小，她对你那么好，你辜负了她的一片心。你回答不出来，但我替你想过了，你看不上她，是因为她是农村姑娘，你骨子里瞧不起农村人。

田村听了刘栋的话，脸变得煞白，他在心里责问着：你真的是因为她是农村人吗？

刘栋酒后就显得很真诚，他坦白道：我当时都想好了，要是我提不了干，复员回去就去找她，不管她同意不同意，哪怕我求她，给她下跪，我也要让她嫁给我。

田村望着刘栋，好奇地追问：那你最后怎么没去？

我已经有了柳三环，要是没有她，我也许还会找她去。

田村凑近了刘栋：你说心里话，你真的喜欢柳三环？

刘栋点点头：我和她在一起心里踏实，从没这么踏实过。

田村就一脸疑惑地说：别人可都说你娶柳三环，是因为她父亲是柳师长。

刘栋笑笑，对田村的这个问题，他不想回答。他也说不清有没有这个因素在里面，但在他心里，柳三环就是柳三环，是别人无法替代的。

刘栋苦笑了一下说：别说我了，你就要走了，我劝你一句，有时间去看看苏小小，就冲她对你的那片痴情。

田村摇摇头，举起杯子，一口气把酒吞了下去。物是人非，苏小小还会是以前的苏小小吗？他结婚前，给苏小小去过一封信，把自己要结婚的消息告诉了她，以后就再没收到过她的信。有了石兰，苏小小渐渐地就在他的心中退出了。那一段美好的往事，成了他心底最深处的回忆。

他承认在歇马屯的日子里，真心实意地喜欢过苏小小，她是他的初恋。离开那里后，一切都变了，环境变了，地位变了，他曾想过和苏小小结合了会怎样，但无论如何想象不出苏小小到城里后又会是什么样子。毕竟她是属于歇马屯的，她是山间的一朵炫目的野花，她不属于城市。

自从那次休假时与石兰的邂逅，他猛然发现，石兰一直在他的心里占据着很重要的位置。他放不下她，当初他去医院找她，她并没领他的情，但那时他也没有考虑更多，只是觉得这个女兵挺有个性。当母亲阴差阳错把她介绍给自己时，他的心里也是矛盾和困惑的，他喜欢石兰，也喜欢苏小小，但他明白婚姻是实际的，母亲郑重其事地把石兰介绍给他，在母亲看来，他们在一起是合适而般配的。而苏小小呢？母亲的态度他也清楚，不仅是母亲，在很多人的眼里，都会觉得他和苏小小不合适。于是，石兰就走进了他的生活。他知道，自己对不住苏小小，辜负了她的一片心。在最初的日子里，他狠狠地谴责自己的良心，后来就试着安慰自己，权把歇马屯的初恋当成一次浪漫的插曲。结婚前，他给苏小小写过一封很长的信，他真心地祝愿她生活幸福，因为她是一个好姑娘。他相信，她会慢慢走出自己带给她的阴影，找到属于自己的生活，有一个美好的归宿。

母亲的心事

王桂香做梦也没有想到，老了竟还能过上如此美满的生活。刘栋让她满意，柳三环也让她高兴，看着儿子的幸福生活，她在梦里都会笑醒。

当她知道那场山火，让救了儿子性命的田村几乎失明时，她的心开始不安起来。田村是儿子的救命恩人，这样的大恩大德让她的心里愧疚极了。她让刘栋领着她去看田村。

她一见到田村就流泪了，她拉着田村的手，一遍遍地说：孩子，恩人哪。

不见田村还好，一见到田村她的心里就放不下他了。那么年轻的一个孩子，说看不见就看不见了，仿佛她面对的不是田村，而是自己的儿子刘栋。从此，田村就沉甸甸地走进了她的生活，成了王桂香的一桩心事。

她一遍遍地问刘栋：田村的眼睛就没救了？那么好的一个孩子，以后就真的看不见了？

刘栋安慰母亲说：田村在等着换眼角膜，只要换了眼角膜，他的眼睛就好了。

时间一天天地过去了，母亲又问了起来：田村的眼角膜换上了吗？

刘栋就老实地告诉她，还在等呢。

母亲不明所以地说：换上眼角膜就能治好，他还等什么啊？

刘栋就对母亲做了解释，母亲没想到，那么一层薄薄的眼角膜，就难住了医生。

自从见到田村后，冥冥之中，她就觉得田村这孩子离自己是那么近。不仅仅因为他是儿子的救命恩人，似乎还有种说不清楚的东西，在她和田村之间弥漫着。这也是她割舍不下田村的原因。不论是白天还是黑夜，脑子里只要一有空闲，她的眼前总是晃动着田村的影子。

有一天，她突然对刘栋说：栋呀，妈要是把眼角膜给田村，你说人家会不会要？

刘栋怔住了，他瞪大眼睛，望着面前的母亲。

母亲又说：妈老了，留着这双眼睛也没什么用了，还不如捐出去。

刘栋含混地叫了声：妈，你别乱想啊，田村是不会同意的。

母亲望着远处，幽幽地说：捐眼角膜是我的事，他同不同意又能咋的。不让医生说是我的不就行了。

刘栋吃惊地望着母亲。他没有想到，母亲竟会生出如此的想法。

他劝道：妈，我知道你心里想的是什么，你是想报答人家，要报答也不应该是你。我捐好了，田村是为了救我才伤了眼睛。

母亲流泪了，她一边瞅着刘栋，一边说：儿呀，妈是个没多少用处的人了，你还年轻，你说这话不是往妈身上捅刀子吗？田村也是有父有母的人，看到孩子这样，他们的心得多疼呀。妈献出一只眼角膜没啥，不是还有另外一只眼睛嘛，又不耽误吃耽误喝的，没什么大不了的。

母亲把这件事说得轻描淡写，心里却是五味俱全。她又想到了“那个孩子”，如果这事摊到“那个孩子”身上，她又会作何感想呢？

母亲决心已定，她要为田村捐出自己的眼角膜，否则她将寝食难安。

这天晚上，她把自己要给田村捐眼角膜的事，对刘栋和柳三环说了。两人一时都没有说话，气氛一下子变得沉重起来。

过了好半晌，母亲哀叹一声说：你们是不是怕我拖累你们呀，要是那样的话，我就回老家过日子去，不麻烦你们。

柳三环的眼泪一下涌了出来，刘栋也动了感情。他“扑通”一声，跪在了母亲的面前，哽咽着说：妈，我答应您。

见儿子答应了，母亲松了一口气，她见不得健康的田村因为失去了眼睛，成为废人。她要用自己的眼角膜给他带来光明，即便他救的不是自己的孩子，她也要这样做。她看见田村，就想到了“那个孩子”，她希望天下所有的孩子，都能像刘栋那样健康地生活。

刘栋带着母亲去了一趟军区总医院。眼科的李主任接待了他们，听说王桂香要为田村捐眼角膜时，李主任惊呆了。刘栋解释说：田村是我的战友，他是为了救我，眼睛受了伤。

李主任对王桂香的举动，一脸的感佩：刘栋，你有一个好母亲。

刘栋把自己最担心的事告诉了李主任，希望医院做好保密工作，不要让田村知道捐者是王桂香。

就在刘栋带着母亲走下医院的楼梯时，杨佩佩迎面走了过来。她一眼认出了刘栋，然后才看到一旁的王桂香。刘栋给她的印象太深了，这次田村又是因为刘栋伤了眼睛，那一刻，她就认命了，这一切都是命运的安排，老天爷让他们兄弟纠缠在一起，想分开都难了。让她没有想到的是，她在这里又意外地遇到了刘栋，不用刘栋介绍，也能猜到身边的女人就是他的母亲。她一时间愣在那里，刘栋和她打招呼她都没有听见，脑子里的第一个反应就是：她来这里干什么？

直到刘栋带着母亲下了楼，她才清醒过来，一步三回头地向眼科走去。田村的眼睛受伤后，她就总往眼科跑，打听眼角膜的事。当她一出现在眼科诊室，李主任就笑呵呵地告诉她，有人要给田村捐眼角膜。遭遇王桂香的惊悸，让她一时没有回过神来，她做梦似的盯着李主任。

李主任把详细情况点滴不漏地说了，并特意叮嘱她不要让田村知道捐者是谁。杨佩佩确信自己听明白后，身体猛烈地摇晃了一下。李主任一下子扶住了她，忙问：大姐，你怎么了？

一连串的突变，彻底击垮了杨佩佩内心最后的防线。

王桂香在医院见到杨佩佩时，也觉得眼前这个人似曾见过。她疑惑地走出医院后，才问刘栋：刚才碰到的人，我怎么好像见过。

刘栋忙说：不可能，她就是田村的母亲，你是不是觉得她和田村有些像？

王桂香也摇着头说：怪不得我看眼前这个人怎么有点熟呢。妈在农村待了大半辈子，怎么会认识城里人呢？

杨佩佩梦游似的回到了家里。她一进屋，就一头扎在床上。田辽沈一脸奇怪地问：怎么了，不舒服？

她终于忍不住了，蒙上被子号啕大哭起来。田辽沈被她这种反常的举动弄愣了，不知所措地站在那里，叨叨着：你这是怎么了，到底发生了什么？

她一把掀开被子，坐了起来，满脸泪痕地说：我见到王桂香了。她去了医院，要给田村捐眼角膜。

田辽沈也愣住了。他做梦也不会想到杨佩佩会在医院里碰到王桂香，更想不到王桂香要为田村捐眼角膜。他一时有些反应不过来。

杨佩佩突然说：不要她的眼角膜，要换就换我的。田村是我的儿子，我是他妈。

说完，拿起电话，拨通了总医院眼科李主任的电话。她冲李主任说：你告诉田村的眼角膜捐献者，就说我们不用她捐了，我自己来捐。

李主任为难地说：人家也是诚心诚意地要捐，我都答应人家过两天来医院检查了。

杨佩佩缓和了口气道：李主任，请你理解我们的心情。这么大的人情，非亲非故的，我们承受不起。

李主任犹豫着说：好吧，我知道了。

按理说，田村的眼睛已经不适合工作了，但他自从调到军里后，仍然按时到警卫连上班。不能带队出操，也不能带兵训练，他就在办公室里值班，接接电话，协助连队的其他干部做一些工作。

那天晚上，杨佩佩打电话让田村回了趟家。田村一进门，她就抓住他的手，兴奋地说：儿子，你的眼睛有救了。

田村眼睛一亮，忙问：有人捐献眼角膜了？

用妈的，妈的眼角膜给你。

田村愣住了，马上就说：妈，你胡说什么。我怎么能要你的眼角膜？

杨佩佩坚定地看着儿子：妈愿意，只要你的眼睛好了，妈做什么都愿意。

田村哭了。他一边哭，一边说：妈，你别说傻话了。你这么做，会让我一辈子不安的。我不能为了我的眼睛让您失明啊！

医生说了，只用一只眼角膜就够了，妈还有一只眼睛呢。

田村抖着声音说：妈，你别说了，我不同意。就是我的眼睛一辈子治不好，我也不会同意的。你放心，我的眼睛就是一点也看不到了，我也不会成为一个废人。

杨佩佩抱住田村，哽咽着：孩子，你的眼睛再治不好，你就不能在部队干了。

田村毫不犹豫地说：那我就去地方工作，总能找到适合我的工作。妈，你就别胡思乱想了。

杨佩佩抱着儿子，又一次涕泪横流。

刘栋又一次领着母亲去总医院做检查时，李主任的态度似乎不像第一次那么热情了。例行检查后，李主任果然把刘栋叫到一旁说：你妈的眼角膜目前不适合做捐献。

刘栋吃惊地问：怎么，我妈的眼角膜有问题吗？

李主任就搪塞地回答：问题倒是没有，就是老化了，移植了效果也不好。

最后，他又补充了一句：谢谢你母亲，她是我见到过的最好的母亲。

李主任说得有些动情，他用力地握了握刘栋的手。

王桂香得知自己不能捐眼角膜的消息后，情绪有些低落，嘴里一遍遍地说：妈老了，没用了，真的没用了。

这事过了很长时间后，她仍在叨叨着这句话。她为自己不能给田村捐眼角膜心生遗憾。

苏小小

刘栋又一次去看望刘树，他在回来的路上突然想起了苏小小。从监狱到部队的这趟长途车正好路过歇马屯，前几次他从来没有留意过，或者说他的心思根本就没在歇马屯上。这次他见到哥时，哥似乎已经适应了改造生活，知道弟弟结婚了，哥比自己结婚都要高兴，他还悄悄地告诉刘栋，说他的无期有可能改成有期，监狱里已经把报告打上去了，就等着批复了。

有期徒刑最长是二十年，如果哥真的被改成有期徒刑，再有二十年他们全家就可以团聚了，这真是让人兴奋的消息。就是在这意外之喜的时候，他想到歇马屯的苏小小，当长途车停靠在歇马屯时，他犹豫了一下，还是下了车。

他轻车熟路地来到苏小小家的院门前，小院依旧静静地坐落在那里，他在门前喊：苏小小，我是刘栋。

里面没人答应，他想：可能是到田里劳动去了。

他又喊道：大娘，我是十三师的刘栋，在你家里住过。

院里仍没有人应声，他这才看清，门上挂了一锁。

这时正好有人路过，看了看他问：你是找苏小小吧，她在学校上课呢。现在是老师了，你还不知道吧？

顺着村人的指引，他找到了歇马屯小学。苏小小夹着书本正从教室里走出来，孩子们从她的身后一股脑儿地跑出来，在操场上追逐着。

苏小小似乎没有什么变化，唯一不同的是那条粗黑的辫子不见了，一头短发更显出了清爽和成熟。他叫了一声她的名字，她循声望过来，就看到了站在学校门口的刘栋，她惊怔了一下，很快就认出了刘栋。她快步走过去，停在他的面前，既惊又喜地望着他。

他笑笑，冲她说：路过这里，就过来看看你。听说你当老师了，你还好吗？

苏小小的眼圈红了，她也冲他笑了一下，但他能感到她的笑容有些勉强，他敏感地捕捉到一丝信息，她过得并不好。

那一次他了解到，在得知田村结婚的消息不久，苏小小的母亲就病倒了，几天后就带着遗憾和对女儿的牵挂离开了人世。那一刻起，苏小小就像变了一个人，她参加了县里组织的招聘农村教师的考试，最后被录取了。现在的她仍一个人生活着，许多热心人都给她介绍对象，她都不见，仍默默地等待着一份没有尽头的期待。

母亲临走时拉着苏小小的手，留下一句话：别再傻等了，人家都结婚了。

她死死地抓住母亲的手，没有回答母亲，只默默地流泪，眼泪一滴滴落在她和母亲的手上。母亲用尽最后一丝力气想睁大眼睛，看一眼这世上最让她放心不下的人，可她什么也没有看见，长长地叹息一声后，体内的最后一缕阳气终于离开了，母亲的手就在她的手里一点点地变凉了。苏小小知道，世界上最疼爱她的那个人去了。

母亲走的那一刻，她的心也死了。有时她面对着镜子中的自己会痴痴地发呆，她在心里问：你还是原来那个苏小小吗？你怎么那么傻，这个世界上你还在等待谁啊？你真傻——

这么问过自己、恨过自己后，她仍不能说服自己。冥冥中她仍在期盼，虽然她知道那是没有结果的等待，可她仍在等着，盼着，她走不出心灵的那份承诺。她的心里仍冷不丁地响起田村曾说过的话：我一定来接你。她一想起这句话，心就那么一抖，针扎似的疼了一下，又疼了一下。为了那份虚无的承诺，她要独自生活一辈子。田村是她的寄托，她的寄托放飞了，心里也就空了。她知道田村结婚了，这种等待是一种无望，可她无法说服自己，她心里只有田村，她没有热情再去喜欢别人，她只能独守着自己和那份回忆。

刘栋最初并没有想把田村的消息告诉苏小小，他不知道她的近况，也不想让田村的消息扰乱她平静的生活。但眼前苏小小的现状告诉他，她还在等着他。如果她的心里不装着对田村执着的爱，她也许早就是另外一种样子了。

于是，他把田村的情况一股脑儿地说了，最后他还说：田村需要你，如果你心里还有他，就去看看他，他会高兴的。

刘栋没有再说更多，因为他不知道田村心里到底是怎么想的，但他觉得苏小小这时候去看田村，对他来说肯定是一种安慰。他从苏小小的眼神里读到了那份执着的爱情，他为苏小小而感动。

刘栋怀着感动的心情告别了苏小小，在这期间，苏小小一直没有说话。直到他离开的一刹那，她才红着眼圈说：刘栋，谢谢你。

他挥手向她告别时，看到了她含在眼里的泪水。

迟到的苏小小

其实田村一直没有忘记苏小小。

就是婚后的生活中，他经常暗自拿石兰和苏小小进行比对，也设想过和苏小小的婚姻，结果却不得而知，于是他只能承认现实。他和石兰婚后的生活是幸福的，也是浪漫而实际的。如果石兰不在那场山火中牺牲，他们还会有自己的孩子。在这之前，他们已经商量好要一个孩子。两人总是为了生男生女争论不休，甚至还给想象中的孩子起了名字，男孩叫田地，女孩叫田耘，可这一切还没有实现，石兰就牺牲了。

在石兰牺牲的最初的日子里，苏小小已经淡出了他的脑海，眼前闪现的都是石兰的影子，她的一笑一叹和说过的话，像电影似的在他的记忆里回放着。房间里陈设着的任何一件物品，都会让他想起石兰。那一阵子，思念和感伤让他变得特别的脆弱，不经意的一句话，也会让他心酸眼红，他被一种哀伤的心绪笼罩着。这么长时间了，他仍沉浸在对石兰思念的情绪中。

刘栋带来的消息，让他的一颗心又回到了歇马屯的农家小院。让他没有想到的是，苏小小至今还在等他，这让他的心被重重地撞击了一下。

当他决定和石兰结婚时，就给苏小小写了信。信发出去了，心并没有平静，他等待着她的回信，哪怕她在信里骂他是个不守承诺的人，也能让他心安。可她再也没有回信，独自承受着这一切，一想到这些，他就想狠狠地抽自己的耳光。他在心里把自己猪呀狗地骂了，可良心并没有得到安宁，因此婚后他还会经常想起苏小小。每次想起，心里就有种钝痛的感觉。

物是人非。如今的田村只能在心里默默地祝福苏小小了。石兰离他而去，而他的眼睛也几近失明，那么好的女孩，是自己辜负了她，他又有什么理由去打扰她现在的生活呢？刘栋传递给他的有关苏小小的一切，让他一连几天都魂不守舍。

那天，他一如既往地坐在连部的值班室里。一个战士在门口喊一声：报告。

他习惯地答道：进来。

战士进来了，他模糊地看到战士身后跟着一个女人。正疑惑着，战士说：连长，这是找你的客人。

战士说完就退了出去。他站在那里，心脏骤然间停了一下。他虽然看不清来人，但凭感觉意识到是苏小小。他变了腔调般地惊喊：小小？

哥——

苏小小哽咽着，一把抓住了他的手。嗅着她身上那股熟悉的气味，他的心里"咣"地响了一声，如开闸的洪水，不可名状的滋味汹涌而至。

哥，你怎么变成这样了，你看不见我吗？苏小小泪眼婆娑。

田村挤出一丝笑，眼泪却下来了，他掩饰着说：小小，没想到你会来。

苏小小目不转睛地望着他，望着她朝思暮想的人。几年了，她一直在等他，可等来等去的，却等来他结婚的消息。那些日子，她不知自己是怎么过来的，爱的承诺如流水落花般飘逝，只留她独自守候。想着那段揪心的爱恋，她狠着心让自己平静下来。

没想到，刘栋却给她带来了意想不到的消息。如果刘栋带来的消息是美好的，她会默默地为田村祝福。但当她知道田村发生意外变故时，她受不了了。她伤心地哭了一夜，田村的影子又一次顽强地浮现在她的心头。她的生命是他给予的，他现在正承受苦难，她怎能无动于衷？那几日，她茶饭不思，什么事情也做不下去，脑子里尽是田村的影子。她要见到他，她知道这时候他需要她，如果他真的不再需要她，她的心也就彻底死掉了。于是，她又一次义无反顾地出现在他的面前。

当她面对田村时，所有的羞涩和过去的隐痛都没有了。她冷静地说：哥，这次来我就不走了，我要照顾你，照顾你一辈子。

看着苏小小坚毅的表情，田村久久没有说话。两行泪却顺着面颊流了下来。

半晌，他才语气沉重地说：小小，我已经不是以前的田村了，我的眼睛再也看不见了。

不，你还是以前的你。苏小小带着哭腔说完，就一下子抱住了他。

他僵硬地立在那里，一时不知如何是好，内心五味俱全。终于，他似呻似唤地说：小小，我对不住你。

她伸出手去捂他的嘴，哽着声音道：哥，我来晚了，让你受苦了。

他拥住了她，心里山呼海啸地说：小小，你是好人，这辈子我要对你好。可他嘴上却说着：小小，你冷静些，我的眼睛看不见了。我是个废人，会拖累你一辈子。

苏小小抬起头，已是泪流满面，她哭泣着说：哥，别忘了，我这命都是你给的。

苏小小的执着彻底击垮了田村。

当田村带着苏小小回到家里，杨佩佩和田辽沈顿时什么都明白了。这个姑娘杨佩佩见过，如果不是自己的“精心安排”，说不定田村会和苏小小结婚，生活也就是另外一种样子了。她为田村设计的生活，就这样在她面前土崩瓦解。这一切的变故，让杨佩佩苍老了许多，无论是身体还是内心。为了田村的未来，她绞尽脑汁，当苏小小出现在她面前时，她似乎一下子什么都想透了——只要田村高兴，她做母亲的就替他高兴。现在的田村成了她晚年生活的全部。

那天晚上，她和苏小小有了一次深谈。她开门见山地说：你喜欢田村，这我知道，可那是以前。现在的田村你也看到了，他的眼睛有可能治好，也可能一辈子也看不见，你可要想好。

苏小小就说：阿姨，你别说了，我要是没想好，也不会来找他。

杨佩佩叹了口气，声音也软了下来，她轻风细语地说：孩子，别怪我，我是田村的妈，谁的孩子谁心疼。他再也受不住更多的打击了，我怕你们以后有个三长两短，我这心可……

阿姨，你放心，只要田村不嫌弃我，别说他眼睛看不见，就是瘫在床上，我也会照顾他一辈子。苏小小是哭着说出这番话的。

杨佩佩认真地把苏小小打量了一番，她在这个农村姑娘的身上看到了一种熟悉的东西——朴素的爱。正如她对儿子的爱一样，她不安的心终于踏实了下来。

那次，杨佩佩对田辽沈说：我看小小这孩子行，等咱们老了，把田村交给她，我放心。

田辽沈也说：你呀，就是操心的命。有什么不放心的，我早就说过，孩子大了，路应该让他们自己走。

杨佩佩不服气地说：理儿是这个理儿，可当妈的心哪，你们男人没法理解。

田辽沈就在一边摇头叹气。

很快，田村就和苏小小结婚了。他们谁也没有惊动。

田村结婚了，杨佩佩才舒了口气，仿佛她又为儿子找到一个称心的监护人。田村的眼睛仍然让她放心不下，她三天两头往军区总医院跑，打听捐眼角膜的事。走到医院的楼梯上，她就会想起王桂香，心里就乱跳一气，弄得心虚气短。田村的生母就近在咫尺，想到这些，她就心乱如麻。

母亲的心愿

刘栋为儿子取名叫刘笑笑，意思是让儿子的生活从此充满欢笑。

笑笑的出生给王桂香孤独的生活带来了新的欢乐和希望。她听到孩子的咿呀声，哪怕是笑笑的哭声，在她听来都充满了甜蜜和幸福。她似乎一下子年轻了许多，没事就把笑笑抱在怀里，嗅着孩子的奶香，仿佛回到了年轻的日子——刘树、刘草，还有刘栋小时候的事就一幕幕在她脑海里闪过，孩子们的啼哭和欢笑一股脑儿地纷涌而来。这时候，她无法回避地又想到了“那个孩子”，她生了他，却没有养过一天，现在那个孩子还好吗，他在做什么，也有了自己的孩子吗？想到这些，她的眼泪就控制不住地又流了下来。

柳三环发现她哭了，忙把笑笑从母亲怀里接过来，小心地问：妈，你怎么了，是不是又不舒服了？

她掩饰着说：嗐，也没啥，就是眼睛不争气，总是流泪。

这么说着，她还是回到自己房里，用毛巾捂住嘴，呜呜地哭了一回。

年轻那会儿，生活的忙乱和操劳，让她没有时间也没心情想起那个孩子，只有年呀节的一家人团圆的时候，她会冷不丁想到他。那时她就想：那孩子是不是也在吃年夜饭？但也只是瞬间的事，过去也就过去了，然后又是无休止的忙碌。现在老了，时间似乎是静止了，这个时候也就有了这份心情，那孩子就一遍遍地闯入她的脑海。她对那个孩子的印象，还停留在他出生时的样子——紧攥着小拳头，闭着眼睛在那儿无力地哭。一想起孩子的模样，她的心里就酸涩得想哭。

笑笑会叫妈了，软软的，奶声奶气，很好听。她一听到笑笑唤妈，心里就跟着一抖，仿佛从遥远的地方也传来那个孩子的呼唤。

她的思绪一下子就飘出了身体，空灵地向远方荡去，心忽然就空了，无着无落的。

每天，刘栋下班回来都要到她的房间里坐坐，儿子不说什么，只要坐在她的身边，她就感到踏实，一种幸福从心头缓缓升起。刘栋坐在母亲身边，有时会说一些哥和姐最近的事。

刘栋说：妈，我哥说要好好改造。姐的诊所也不错，他们的孩子秋天就要上小学了。

孩子们都很好，一个个都在有滋有味地奔着生活，按说用不着她再操心什么，可有时她的心仍感到有些空，无依无靠，她多想刘栋有一天会给她带来她不愿意说却一直关心的消息呀。

于是，她就反复对刘栋说起家里的老屋：栋啊，也不知咱家的老屋咋样了？

刚开始刘栋并不了解母亲的心思，每次都顺口说：那房子咱也用不着了。

母亲就叹气，说得次数多了，他也就明白了母亲的心思。母亲明着说的是房子，其实是在惦记着“那个孩子”的消息，似乎只要老屋存在一天，母亲就多了一份盼头和希望。

这天，刘栋终于忍不住问母亲：妈，你就没记着抱养我弟弟的那家人的姓名？

母亲不说话，面向窗外入神入定地看着。

刘栋不甘心地问下去：只要记住他们的名字，就一定能找到我弟。

母亲忽然问道：栋啊，你说你弟弟现在过得咋样啊？

这下轮到刘栋犯难了，他不知该怎样回答母亲的问题，沉默了一会说：妈，你就别操心了，他一定比我强。

他只能用这种方式来回答母亲，但这也是他的希望。

母亲又问：人家现在过得好好的，咱们去找人家，让人家的日子咋过？当初我答应过人家。

刘栋不再说什么，他觉得母亲说得有道理，可这种理智又时时地被思念的亲情所冲破，他忍不住想从母亲那里探个究竟。

这一年刘栋的生日，是母亲张罗着给他过的。在这之前，刘栋的记忆里似乎从来没有正儿八经地过过生日。小时候过生日，他还不明白生日的内涵，只知道母亲那天会把一只煮鸡蛋偷偷塞在他的书包里，然后小声告诉他：今天是你的生日。很久以来，他对生日的记忆仅仅就是一只煮鸡蛋。

参军到部队后，连队的规矩是每逢战士的生日，炊事班就会单做一碗面，上面卧个荷包蛋。在警通连时，他和田村两个人同一天生日，炊事班就会煮两碗生日面。每次过生日，他都和田村坐在一个桌子上，热热闹闹地把面吃完。

这次过生日，母亲让柳三环多做了几个菜，她亲自煮了两碗面。盛了一碗摆在那里，另一碗端给刘栋。刘栋看着桌上的那碗面，心里就多了些内容。母亲坐在他身边，看着他一口气把面吃完，她就长吁了口气，喃喃道：孩子，今天是你们的生日，你们都三十岁了。俗话说三十而立，你们已经是大男人了。

母亲说到这儿就说不下去了，又在一旁抹开了眼泪。

柳三环和刘栋结婚后，就知道了刘栋双胞胎弟弟的事，她也想问个究竟，可婆婆不说，她也不好多问。见婆婆今天这样，她理解做母亲的心思，就说：妈，要不你把情况细说说，好让刘栋去打听打听弟弟的情况。咱们不去找人家，知道了也就放心了，省得牵肠挂肚的。

刘栋也说：就是，咱们不说不就行了，人家过人家的，咱过咱的，又不打扰人家。

母亲不说话，刘栋看出来了，母亲有些动心了。在母亲回房间后，他也跟了过去。母亲背对着他坐着，他立在母亲身后，母亲突然转过头问：你能保证不去打扰人家？

刘栋认真地看着母亲：妈，我保证。

沉默了一会儿，母亲才说：你弟弟的养父母也是部队上的，一个是团长，一个是医院的护士长。后来我打听过，听说他们都调走了。

接下来，母亲就缓缓地说出了田辽沈和杨佩佩的名字。

这时，刘栋就惊叫了一声：怎么会是他？

母亲猛地转过身，一把拉住了刘栋，颤抖着声音道：你认识他们？

站在门口的柳三环也脱口而出：田村，原来是田村！

刘栋和田村

刘栋做梦也没有想到，朝思暮想的弟弟竟然就是田村。他从母亲嘴里得到这一消息时，恍若梦中，他反复地自语着：怎么会是他？

从新兵连认识田村那一刻起，所有关于田村的往事迎面扑来。他想到了那次为田村献血，全连一百多号人，偏偏只有他的血型适合田村。世界上真有这么巧的事，他不敢相信这一切，然而事实又让他无法回避。

知道田村是自己的双胞胎弟弟后，他非常渴望见到田村，这种愿望越来越强烈。他们虽然三天两头的就会通个电话，但此时的思念却如汹涌的洪水，刹那间就把刘栋淹没了。他一刻也不想等了，他要立刻见到田村。他来到车站，直到火车开动了，他才意识到自己已经坐上了开往军机关那个城市的列车。从十三师到军机关只有半天的路程。他坐在火车上，从来没有觉得火车竟然这么慢，他脑子里很乱，甚至都没有想好见到田村要说什么，但他只想见到田村，越快越好。

当他敲开田村的家门，开门的竟是苏小小，她惊怔地望着他。他知道苏小小和田村结婚了，那一刻，他为田村高兴，也为苏小小高兴。他虽然没有参加他们的婚礼，但他真心地为他们祝福。

此时，他立在门口，心里慌乱得不知说什么好。他语无伦次地说：田村在吗？

田村在屋里应着：刘栋吧，你怎么来了？

他看见了田村，这就是他的双胞胎弟弟，瞬间，他的眼泪差点流出来。他忙走过去，扶住了田村。他抖着声音说：田村，你还好吗？

田村笑一笑道：我现在的样子，你不都看到了嘛。

刘栋注视着田村的眼睛。这双眼睛就是田村舍生忘死救他才受伤的，而他又是自己的弟弟和战友。刘栋终于忍不住了，眼泪流了出来。

刘栋长时间的沉默，让田村感受到气氛有些不对劲儿，他故意轻描淡写地说：刘栋，你这是怎么了？放心吧，我的眼睛就算治不好，离开部队后，我也能像正常人一样生活。你看，我现在不是一个人了，还有小小哪，她现在就是我的眼睛。

刘栋忙掩饰地冲旁边的苏小小说：小小，真的谢谢你了。

苏小小开玩笑地说：多亏他受伤了，要不我还没有机会跟他在一起呢。

田村就咧嘴笑笑，很满足的那一种。

刘栋看着眼前的田村，这就是他朝思暮想的亲弟弟，两人近在咫尺，却不能相认。他只能默默地注视着自己的弟弟。

那天，分手时，田村执意要把他送到门口。他一步三回头地走了，眼泪却又一次模糊了双眼。

回到家里已经是深夜了，母亲仍然没睡。听见他的动静，母亲站起来，张了张嘴，想说什么，又没有开口。他理解母亲的心情，默默地坐在母亲身边。

母亲低声又急切地问：见到你弟弟了？

他点点头。母亲不说话，她在沉默，她有许多话想问，可一时不知从哪说起。半晌，母亲幽幽地说：你弟弟到底长的啥样，跟你像吗？

刘栋知道自己无法清楚地描述出弟弟的相貌，他不知道如何回答母亲，就选择了沉默。

母亲用劲儿地揉了揉眼睛，神往地说：要是能看一眼你弟弟现在的样子，妈就是明天死了，也知足了。

听了母亲的话，刘栋的心里也很难过。弟弟找到了，近在咫尺却不能相见。

此后，田村的话题就成了母亲生活的重心。刘栋在家，她就向刘栋问田村；刘栋不在，她就去问柳三环。

母亲的问题事无巨细，从田辽沈问到杨佩佩，然后又问到石兰和苏小小，凡是和田村有关的人和事，她都问了个遍。知道田村两次负伤，石兰牺牲后，母亲就受不了了，她一边哭一边说：真是苦命的孩子，小时候的苦没吃到，长大了却遭了罪。孩子，妈对不住你，你受了那么多苦，妈都没能去看上一眼……

刘栋回来后，母亲问到的第一句话就是：今天跟你弟弟通电话了吗？他都说了些啥？

刘栋只能说：妈，你放心吧，他一切都好。

他只能这么安慰母亲，他不可能天天和田村通电话，他必须克制着自己，让自己像以前一样与田村来往。有好几次他拿起电话，又放下了，他不知道该和田村说什么。

那天，刘栋回到家里，发现母亲似乎又多了心事，总是对着窗子在流泪。他见母亲这样，知道她又在想田村了，就安慰说：妈，等田村的眼睛治好了，到时候我把他领咱家来，让你好好看看。

母亲不说话，耸动着肩头，哭得更厉害了。他坐在母亲身边，一时不知如何劝慰。半晌，母亲抬起头说：你弟弟找到了，可你哥还在监狱，他是无期呀，这辈子怕是走不出监狱了。

哥哥刘树为了这个家，该做的都做了。先是为了他当兵，然后又是为了姐姐刘草的幸福，他欠哥哥的太多了。想到这儿，他在母亲面前垂下了头。

母亲说：你弟弟找到了，我想把这事告诉你哥哥，他知道了，一定会高兴的。

刘栋陪着母亲去监狱探了一次监。刘树知道最小小的弟弟和刘栋是战友时，惊得嘴巴都合不上了。他喃喃着：这世上真有这么巧的事？

果然，刘树是兴奋的。他像是对母亲，又像是自言自语地说：这回好了，咱们一家人终于在一起了。

但在他知道田村为救刘栋，眼睛几乎失明后，他又沉默了。过了许多，他才盯着刘栋问：他的眼睛没救了吗？

刘栋就把等待捐眼角膜的艰难说给刘树，刘树不说话了。他抬起头，望着天花板，眼泪汹涌地流了出来。他一边流泪，一边说：弟弟找到了，可他却看不见了。

母亲在一旁说：我的眼角膜医生说不中用了，要是我的眼角膜行，早就给你弟弟用了。

刘树望着母亲，似乎多了一份心事。

母亲冲刘树道：树啊，妈大老远跑来，就是告诉你，你的弟弟找到了。虽然还没相认，可他毕竟是你弟弟，告诉你，也让你高兴高兴，你待在这里也有个盼头。

刘树突然问刘栋：田村的眼睛要是治好，还要等多久？

刘栋摇摇头：捐眼角膜的人太少，谁也不知道得等到什么时候。

刘树不再说话，直到探监结束，他都一言不发地坐在那里。

刘栋和母亲从监狱里回来没几天，刘栋突然接到监狱发来的电报。电报的内容很简单：弟速来。

刘栋不知刘树出了什么事。他又一次出现在监狱里时，先去见了监狱长。监狱长的样子很激动，把一张纸递给了他。这是刘树捐献眼角膜的申请书，上面有监狱各级领导的批示。监狱领导本着从大局出发，肯定了刘树的做法。监狱长拉着刘栋的手说：虽然刘树现在是改造的犯人，但他的行为让我们感受到了人世间的爱。

刘栋得知刘树要为田村捐眼角膜时，他一时没有反应过来，怀疑自己是在做梦。他不是不相信刘树的举动，而是被他的举动震惊了。哥哥为了这个家，都走到这今天这一步了，他想到的还是这个家、这个家的亲人。那一刻，他在心里喊了一声：哥呀，你这么做到底为了什么啊——

见到刘树的时候，他仍然没从那种情绪中走出来。他一把抓住哥哥的手说：哥，我不同意，要捐献也是我。

刘树甩开了他的手，冷冷地说：胡说，爸去得早，我是大哥。看到你们能过上好日子，哥心里都替你们高兴。

刘栋泪眼蒙眬地说：哥，你为我们、为这个家付出得太多了，你不能再牺牲自己了。哥，我求你了。

刘树不看刘栋，一脸的平静。自从知道田村需要眼角膜后，他就决心用自己的眼角膜换回弟弟的光明。让他没有想到的是，他的决定得到了狱方的支持。

他转过脸，看着刘栋说：栋啊，哥现在是犯人，又是无期，怕是得在监狱里待上一辈子。你和田村都有出息，哥看着高兴。我问过狱医，只用一只眼角膜就够了，我还有一只眼睛，啥也不耽误。哥决心已定，今天让你来就是告诉你一声，让你心里有个准备。这事别告诉妈，也别告诉田村。

哥，你为什么要这样做啊？

刘树笑一笑道：因为我是你们的哥。

刘栋知道，哥的决定就是命令。自从爸去世后，这个家就一直是哥在当家，以前是，现在还是。

光　明

刘树捐献眼角膜的委托手续是刘栋办理的，一切都在悄然有序地进行着。

手术那天，刘树在狱警的陪同下来到了医院。他很想在手术前，亲眼见一次田村，可医院有规定，手术前捐者与受捐者是不能见面的。在医院的走廊里，刘树只远远地看到了田村的背影。他在心里呼喊着“弟弟”。

手术很顺利，也很成功。按着狱方的规定，刘树在捐献眼角膜后，就被转到了狱方的相关医院。离开军区总医院，路过田村病房的时候，他下意识地停住了脚步。他的左眼缠着厚厚的纱布，此时他多希望能看一眼自己的弟弟啊。病房的门紧紧地闭着，走的时候，他的心情是踏实的，过不了多久，弟弟就会重见光明。一想起这些，心里就洋溢着幸福的温情，泪水终于打湿了眼睛。

田村又一次清晰地看到了世界，他看到了他挚爱的亲人和心爱的连队。

眼睛治好后，他就急于想见到给自己捐献眼角膜的人。住院前他只知道，捐者是个在押的无期徒刑的犯人，杨佩佩和田辽沈也不知道事情的真相。在这之前，刘栋要求院方严格保密捐者的相关信息。

田村在住院期间也曾打听过捐者的情况，知道捐赠手续是刘栋代理的。当时田村就意识到，这件事一定和刘栋有关，他的眼睛是为救刘栋受伤，刘栋这次是在回报他。

出院那天，刘栋没有来。他回家后的第一件事，就是给刘栋打电话。听到刘栋熟悉的声音，他的心里立刻充满了感动和温暖。

他欣喜地说：刘栋，我又看见了。刚说完这句话，他的眼泪就流了下来。

刘栋似乎很平静，最为激动的是王桂香。知道刘树要为田村捐眼角膜时，她许久没有说话，面对着墙壁暗自流泪。

刘栋小心地站在母亲身旁，小声地说：妈，你要是不同意，我再去劝我哥。

王桂香呜咽着：栋啊，你哥的心思你还不知道吗？他把所有的心思都用在了你们兄弟身上，他这辈子没为自己活呀……

母亲的话还没有说完，刘栋已是涕泪滂沱，他叫了声：妈——

王桂香一边哭，一边说：栋呀，你记住，这辈子啥时候都别忘了你哥，没有他，就没有你的今天。

刘栋跪在母亲前面，发誓地说：妈，你放心，我这辈子也不会忘了哥。

王桂香似乎平静了一些，她用手摸着刘栋的头，柔声地说：你哥这辈子怕是得在监狱里过了，妈心里难受啊。

刘栋抱住了母亲，心里也是一阵刀剜般的绞痛。

田村手术后，母亲又开始了新一轮的期盼。她关心着田村，也惦念着刘树。

栋啊，田村的眼角膜换了后，真的啥都能看清了？不会有啥后遗症吧？

妈，相信医生的。你就放心吧。

那刘树以后就剩下一只眼睛了。说着，母亲就用手捂住自己的一只眼睛，望望这儿，看看那儿。她在体会刘树剩下一只眼睛后的感觉。

接下来的日子里，母亲就掐指算计着田村出院的时间，还叮嘱刘栋去看看田村。刘栋也想去医院，好及时把田村的情况带给母亲，最后他犹豫着又放弃了。刘树捐献眼角膜的手续是他办的，如果他这时去医院，怕田村缠着他打听捐者的情况，这样会影响田村的治疗。于是，他才忍着没去医院看望田村。

刘栋知道田村会找他，但没想到会这么快。接到田村的电话，他一时不知该怎么说。他努力让自己平静下来，冲着电话说：你能看见了，真的能看见了？

田村急切地说：刘栋，我什么都看见了，我不会离开部队了。

刘栋就打着哈哈道：好，好啊。

刘栋，你快告诉我，是谁给我捐的眼角膜？他是我的救命恩人，这辈子我都要报答人家。

刘栋那边沉默了，他不知道怎么回答田村。

田村又说：你不说，我迟早也会知道的。过两天我就去看你，到时候咱们好好聊聊。

说完，就放下了电话。

王桂香得知田村要来的消息，竟一时手足无措。她一会儿打扫卫生，一会儿又去洗脸，仿佛田村马上就要来似的。那几日，她学会了照镜子。她一边看着镜子中的自己，一边冲刘栋和柳三环说：你们看看，妈老不老？

两人就异口同声道：妈，您一点都不老。

母亲就喃喃着：妈生你们的时候，才三十多岁，这转眼都三十年了。

星期天，田村出现在刘栋家。他来之前没有打招呼，是突然来的。刘栋把田村领进屋时，王桂香正抱着刘笑笑，孩子咿咿呀呀地在奶奶的怀里笑着。

田村的出现，让母亲僵直地愣在那里。她上上下下地把他看了个遍，目光就聚在了田村的脸上。她抖着声音问：你就是田村？

田村笑着点点头：大娘，我是田村。

孩子，你的眼睛好了吗？

好啦。

刘栋看着有些失态的母亲，怕田村疑心，就解释说：我妈知道你眼睛的事，她一直惦记着。你是为救我受的伤，她心里不安，还想捐眼角膜给你呢。

田村动情地说：大娘，你放心，我的眼睛比受伤前还好，你头上的白发我都能看清。

母亲一边抹着眼泪，一边说：好，好孩子。

说话的过程中，母亲的目光一直没有离开过田村。他走到哪儿，她的目光就跟到哪里。

刘栋怕母亲控制不住自己，就把田村让进了里屋，又随手把门关上了。两人隔桌相对的时候，田村一把捉住刘栋的手，急切地问：今天，你该告诉我那个捐者是谁了吧？

刘栋望着田村，随意地说：他在你心里就那么重要？

田村坚定地说：重要，是他给了我第二次生命。

刘栋叹了口气。他明白纸里是包不住火的，瞒得过初一，瞒不过十五。他缓缓地抬起头，平淡地说：是我哥。

田村瞪大了眼睛，久久地凝视着面前的刘栋。

刘栋把目光移向窗外道：他为了我，为了这个家，杀了人，被判了无期徒刑。他说自己有一只眼睛就够了。

田村嘴唇一阵颤抖，眼泪就无声地滑落下来：刘栋，你为什么要这样，你哥又为什么要这样？你知道吗，你这么做，我一辈子都不会心安。

刘栋的眼睛也潮湿了，他挥挥手说：你以后会明白的。

他还想说什么，门被推开了。王桂香泪流满面地出现在两人面前。

妈——

刘栋想提醒母亲，让她克制自己的情绪。这一声呼唤，果然让母亲清醒了，他们在屋里的对话，她都听到了。她忍不住冲进来，想告诉田村，刘栋就是他的亲哥哥。

清醒过来的母亲，忙冲田村道：刘树是刘栋的哥，也是你的哥，给你换眼角膜是应该的。

田村激动地扶住王桂香，热热地叫了声：大娘，你养了个好儿子，我以后要像对亲娘似的对你。

王桂香就势抱住了田村的头，她抖着手抚摸着田村，田村把头偎在了王桂香温暖的怀里。此时的王桂香既痛苦又幸福，她真想叫上一声“儿子”。可她忍住了，任泪水肆意奔流。

真相大白

田村从十三师回来后，脑子里一直在想着刘栋一家人。他做梦也没有想到，给自己捐眼角膜的竟是刘栋的哥哥。他越想越觉得有些地方不对劲儿，尤其是刘栋的母亲，就是刘栋看自己的眼神也有些特别，究竟哪里不对劲儿，他一时又说不出来，这种奇怪的感觉就在心里梗着。

周末的时候，他和苏小小又去看望父母。推开门的时候，他望见母亲的眼神，脑子里呼啦一下子闪出了刘栋的母亲，两个母亲竟让他有了一种相同的感受。

吃饭的时候，他忍不住说：妈，你猜我的眼角膜是谁捐的？

杨佩佩随口说：不是一个犯人吗？这事妈想过，犯人可能想好好表现，争取早点出狱，才想出了这个办法。但不管怎样，你要是打听到了这人的下落，咱们还是应该好好谢谢人家。

田村望一眼桌边的家人说：是犯人不假，可他是刘栋的哥哥。

听到这儿，杨佩佩手里的碗摔在了地上。田村惊呼起来：妈，你怎么了？

杨佩佩赶紧掩饰着弯腰去捡：没事儿，手打滑，妈没拿住。

这一刻，他发现了母亲的异样，父亲的神情也有了变化，他的心也跟着一沉。母亲又一次坐到桌边时，气氛就有了不同。

父亲似乎是为了缓和这种气氛，把话题岔到别的地方去了。母亲一直没有说话，直到饭后，母亲心事重重地把他叫到另外一个房间，又随手把门关上。母亲的举动让他有些忐忑，他小声地问：妈，你怎么了？

母亲望着他，好半天没有说话，他不解地看着母亲。

母亲终于张口了：这事你听谁说的？

田村明白母亲是在问眼角膜的事，他就说：前几天，我去了十三师，见到了刘栋。他不说，是我逼着他说的。

母亲的表情顿时紧张起来：你就只见了刘栋一个人？

他们一家人我都见到了，还见了刘栋他妈。

母亲在他面前摇晃了一下，似乎要摔倒，他上前扶住母亲，冲门口喊：爸，爸，你快看我妈怎么了？

田辽沈跑过来，看到杨佩佩的样子，心里什么都明白了。他扶着她坐在床上，冲田村挥挥手说：没啥大事，你妈有些头晕，休息一会儿就好了。你们忙去吧。

他和苏小小又待了一会儿，看见母亲也真的没什么大事，只是脸色还很难看，但离开母亲后，又让他觉得事情并不像父亲说的那么简单。他感觉到，父母一定有什么事情在瞒着他。

回去的路上，他走了一路，想了一路。苏小小问他：妈今天这是怎么了？

他无法回答，就满腹心事地在屋里转来转去。

晚上躺在床上，苏小小都睡着了，他又把她喊醒：我们家一定有什么事，这事说不定还和刘栋的母亲有关。

苏小小揉着眼睛，吃惊地看着他：你们两家能有什么事啊？

田村摇着头，他说不清两家之间有什么关系，但那晚他翻来覆去的，一夜也没睡好。

同样没有睡好的，还有田辽沈和杨佩佩。杨佩佩就像中了魔似的，反复念叨一句话：我没有儿子了，我就要没有儿子了……

田辽沈被她折腾得有些烦了，披上衣服，一遍遍地在地上踱着：我早就说过，告诉孩子真相，你不听，你这是自己折磨自己。

杨佩佩低着头，又嘤嘤地哭起来。

田辽沈的样子有些激动，他自顾自地说着：孩子是咱们领养的，就是领养的，不要试图隐瞒这个事实。

杨佩佩似乎下了最后的决心，哽咽着：这回我决定了，说吧，反正早晚都是这么回事。

她嘴上这么说，可心里并不踏实。她一遍遍地在床上翻腾着。第二天一早，她把田村小时候穿过的、用过的东西找了出来，这么多年了，这些东西她仍保留着。那时她似乎就有一种担心，担心孩子有一天会离开她，可只要孩子的东西还在，也就有了念想。她把田村儿时的衣服摊了一床，这件拿起来看看，那件拿起来闻闻，然后冲田辽沈说：这是他满百天时穿过的衣服，上面还能闻出奶腥味儿呢。

她又拿出另一件衣服：这是他过三岁生日那天，我在宽街的商店给他买的。

她唠唠叨叨地继续说下去……

儿子的往事，一幕幕又真切地浮现在她的眼前。田辽沈在一旁看着听着，也动了感情，他红着眼圈说：这日子可真快呀。你说的这一切，就好像是几个月前的事，现在孩子大了，咱们却老了。

一整天的时间里，两个人历数着儿子小时候的趣事，说笑间也重温了自己年轻的岁月。这时候，两个人已经变得很平静了，他们知道该如何面对儿子的未来和真相了。

在机关快要下班的时候，田辽沈给田村打了个电话，让他下班后回家一趟。他说这话时，和以前并没有什么区别，很平静的样子。人一旦下了决心，不再犹豫，心也就安定了。

当田村出现在他们面前时，他们笑着把儿子让进屋里。父母的举动，倒让田村感到有些不适，仿佛把自己当成了客人。接着，就看见父母的床上摆满了自己儿时用过的东西。他看着那些花花绿绿的东西，弄不清父母是何用意。

父亲先说话了，他重重地清了清嗓子：孩子，你大了，有些事其实早该告诉你。

田村意识到一定要有大事了，而这件大事是有关自己的。他屏住呼吸，紧张地望着眼前的父母。

父亲看着他，放慢语气道：这件事不是不想告诉你，是你妈一直担心，怕失去你。

田村张开嘴，想说什么，这时一边的母亲插话了：刘栋是你的亲哥哥，他的母亲才是你亲妈。

田村顿时张口结舌，半晌，他喊出一句：妈，爸，你们骗我！这不可能。

杨佩佩就一股脑儿地把三十多年前发生的事说了一遍，当她说完这一切时，她如释重负地吐出一口气。

长久的沉默后，是三个人相互的凝视。田村知道爸爸喊他回家，一定会有事情发生，那是他一直担心的事，他想过千万种结局，但没料到事情会是这样。他傻了似的站在那儿，突然一下子跪在父母面前，声泪俱下地喊了一声：爸，妈——你们放心，你们永远是我的亲爸和亲妈。

杨佩佩流泪了，田辽沈也湿了眼睛。

杨佩佩一把抱住田村：儿子，我的好儿子，妈还是你以前的妈。

喊一声“妈——”

真相大白后，呈现在田村眼里的亲情世界就是另外一番模样了，除了养父母外，他又多了一家的亲人，那里有生母和哥、姐。小时候，他是那么羡慕有哥有姐的伙伴呀，为此他还哭闹着向母亲要过哥哥和姐姐，以为哥、姐是父母藏起的礼物，只要想要，父母就会送给他。那时的他，总觉得有着兄弟姐妹的家才是最幸福的，如今他终于也拥有了众多亲人，这让他幸福而感慨。

他迫不及待地打通刘栋的电话，刘栋在电话里“喂”了一声。他和刘栋曾通过无数次电话，唯有这次让他觉得与以往是那么不一样，听到刘栋的声音，他哽咽起来，拿着电话的手在抖。他清晰地听到刘栋在电话的一端说：哪位，请讲话。

他终于再也控制不住自己，泪水瞬间蒙住了双眼，他抖着声音喊出了：哥——

这下轮到刘栋怔住了，有人在喊他“哥”，一时间他没有听出电话里的声音，就怔在那儿。

田村又喊了声：哥——

这次他听出来了，浑身打个激灵，脑子里一下子空白了。他朝思暮想的一刻终于出现了，之前他无数次想象过兄弟相认的情形，可从没想过会是这样的方式。他的眼泪一下子汹涌而出。

他听到田村在电话里问：哥，妈好吗？

刘栋终于唤了一声“弟弟”后，就再也说不出话来了。兄弟俩百感交集地握着电话，倾听着彼此的唏嘘，不知过了多久，田村平静了一下语气：哥，我要去看妈。

妈想你几十年了，她早就盼着这一天了。

母亲得到儿子要来的消息，开始坐立不安起来，她摸摸这儿，动动那儿，然后不停地问：你弟弟真的说要来？

刘栋大声说：他很快就到。

母亲就用劲儿去擦眼睛，似乎把眼睛擦亮了，就能看到自己的儿子。她仰着脸冲向窗外的太阳，眼前仍是白晃晃的一片亮，她嘶声喊道：老天爷呀，你终于开眼了，让我找到了儿子。

刘栋要去火车站接田村，母亲也要跟去，她想在第一时间见到久别的儿子。

火车还没有到站，她就不停地问：火车咋还没到？

刘栋看着表：还有十分钟，妈你别急。

她死死地抓住刘栋的胳膊，刘栋发现母亲的身体有些抖，他就安慰道：妈你别急，再过几分钟，弟弟就来了。

母亲不说话，冲着火车进站的方向，仰着头向前方张望。

列车终于进站了，在下车的人流里刘栋一眼就看到了田村，田村差不多是第一个从车上走下的。

刘栋大喊着：弟弟——

田村快步走过来，还没有到母亲的身边，他就哽咽着喊了一声：妈，哥——我来了。

他几乎是扑跪在母亲的脚前，脸伏在母亲的身上：妈，我来晚了。

母亲伸出手，摸住了孩子的脸，从鼻子到眼睛，她就那么仔细地摸着，泪水落在田村的脸上：三十年了，孩子，妈终于盼到了这一天。孩子，你好吗？

田村站起来，把脸凑到母亲跟前说：妈，我在这儿。

孩子，你真是妈的孩子。妈还以为这辈子再也见不到你了。

田村抱住母亲，哭着说：妈，对不起，我来晚了。

母子相见、兄弟相认的场面总是感人的。那天晚上，母亲和田村睡在一张床上，该说的话似乎都已经说了，母子俩就在沉默中享受着此刻的亲情。

母亲的手一刻也没有离开过儿子的脸：你的眼睛比你哥的大，也比你哥胖。

田村就说：我小时比哥吃得好。

母亲又说：多亏了你爸你妈，他们是好人，要是没有他们的接济，你哥也活不到现在。

田村听了母亲的话，又一次流下热泪。

母亲拍着儿子的脸道：孩子，你听好了，做人得有良心。妈是生了你，可人家养了你，不养儿不知父母恩，等你有了孩子，就知道这份感情了。

妈，你放心，你们都是我的亲人，以后我会好好孝敬你们。

替儿子擦去脸上的泪痕后，母亲喃喃着：这下好了，你们都在我身边了，我谁也不惦记了。

妈，我以后再也不离开你了。

这时，母亲忍不住问：孩子，你怪妈当年狠心把你送人吗？

田村哽着声音说：妈，我不怪你，当年你也是没有办法。

母亲又说：你在妈的眼里，还是刚生下来时的样子，哭的力气都没有，妈当时都担心你活不下来。

田村偎在母亲的怀里，泪水尽情地流着。他喃喃着：妈，你们这些年都是怎么过来的？

往事如烟，所有的痛苦和磨难，此时都化成了母子相见的幸福。母亲在叙说这些年的经过时是温馨的，说到刘树的时候，母亲的心一阵刺痛，她冲田村说：孩子，你记住了，你哥活到今天这个样子，都是为了你们、为了这个家。

提到刘树，田村难过了，也被震撼了。他在心里热切地喊了一声：哥呀——

天下兄弟

刘栋和田村相约去探望他们的哥哥刘树。

他们出现在刘树面前时，刘树呆立在那里。捐了眼角膜后，他一直等待刘栋的来信，急于知道弟弟的情况。知道母亲已经见过田村后，他高兴得整夜都睡不着觉，尽管那时兄弟还没有相认。

当他面对田村和刘栋的时候，不用问他也明白是怎么一回事了。此刻，心里涌动着千言万语，可就是说不出一句来。

田村上前两步，一下子把刘树抱住，哽着声音喊了一声：哥，弟弟来看你了。

兄弟三人抱在了一起，他们用泪水表达着自己的情感。

许久，刘树抬起头，抚着田村的肩膀，泣不成声说：弟呀，你走得太久了，三十年啊。

田村仰起脸说：哥，我来晚了，让你受苦了。

刘树笑一笑：这回好了，咱们一家人终于团圆了。哥以后谁也不惦记了，好好改造，争取早日出去和你们团聚。

说到这儿，刘树的眼泪又一次涌了出来。

短暂的相见，让他们有说不完的话。与刘树告别的时候，田村挥着手说：哥，这回就多一个弟弟了，我会常来看你的。

刘树冲弟弟们笑笑，表情幸福、安宁。

从监狱回来的路上，田村一直在说：大哥太不容易了，他是咱们的好哥哥。

刘栋咬着牙，努力不让自己的泪水流出来：哥希望咱们好，咱们就要好好地生活，都活出个人样来。

不久，监狱就传来了消息，由于刘树在改造过程中表现突出，刑期由无期减为有期徒刑二十年。

一家人得到这个消息都很高兴，最高兴的还是母亲。她掐指算计着日子，后来就叹口气说：妈也许等不到你哥出狱那一天了。

刘栋就劝道：妈，哥能从无期改成有期，就有可能还会减刑，只要他好好改造，你会等到那一天的。

从那以后，刘栋和田村轮流着去探视刘树，有时还带上母亲。刘树的日子也就有了盼头和希望。

尾　声

那一年，田村调到了军机关任正营职参谋。

不久，苏小小生产了，是一对双胞胎男孩。

苏小小生孩子的过程中，杨佩佩和王桂香一直在产房外等着。当孩子抱出来的时候，她们从护士手里一人接过一个。两个老人把孩子抱在怀里，你看看我，我看看你，恍若梦中。

杨佩佩开玩笑地冲王桂香说：妹子，这回你挑哪一个？

王桂香忍住笑：两个我都要。

那可不行，我还得留一个呢。

说完，两位母亲都笑了。

完稿于 2005 年 5 月 7 日